博斯系列

两种真相

Two Kinds of Truth

[美] 迈克尔·康奈利（Michael Connelly） 著

高希瑞 李杨 译

湖南文艺出版社
HUNAN LITERATURE AND ART PUBLISHING HOUSE

博集天卷
CS·BOOKY

目 录

Contents

献给 TK

第一部分

假买客

1

曾经的圣费尔南多监狱，三号牢房，博斯正在埃斯梅[1]·塔瓦雷斯案的一个案卷箱里翻找资料，这时贝拉·卢尔德从侦查处发来了一条提醒信息。

洛杉矶警察局和地方检察官办公室的人正在去你那儿的路上。特雷维尼奥跟他们说了你在哪儿。

博斯几乎每周初都在这里度过，此时也正坐在桌前，那张桌子是用从公共工程管理局院子里借来的木门横搭在两堆案卷箱上拼凑出来的。给卢尔德回信道谢之后，他点开手机上的备忘录程序，打开录音，然后屏幕朝下将手机放在桌子上，又从塔瓦雷斯案卷箱里拿了份材料半遮住

++++++

[1] 全称为埃斯梅拉达。

手机。这只是为了以防万一。他想不出地方检察官办公室和他曾经供职的警察局为什么会周一一大早就派人来找他。没有人打电话通知他会有这次来访——不过公平地说，这牢房的铁栅栏里也几乎收不到蜂窝信号。即便如此，他也知道这种突然来访通常都是早有安排。自从两年前被迫退休以来，博斯和洛杉矶警察局的关系有些紧张，他的律师也主张他在跟警局打交道时一定要保留好证据以便保护自己。

等候的过程中，他又扭头看起了手里的材料。他正在翻看塔瓦雷斯消失后的几周所记录的陈述材料。虽然以前已经看过，但他相信案件卷宗里通常会包含可以破解陈年旧案的秘密。它就在那儿，只要你能找得到。一处逻辑矛盾，一条隐藏的线索，一段自相矛盾的陈述，抑或是案件调查人员在报告边角上写下的寥寥数语——在过去四十年的漫长生涯里，所有这些都曾帮助博斯厘清案情，直到现在仍然有用。

塔瓦雷斯案的卷宗有三箱之多。虽然官方定为人口失踪案，但在过去十五年间，该案的卷宗却积攒了足足三英尺[1]高。活不见人，死不见尸，警方也只好一直按人口失踪案处理。

两年前，博斯来到圣费尔南多警察局，自愿负责察看陈年旧案的卷宗材料，他向安东尼·瓦尔德斯局长询问从哪个案子开始。当时局长已经在警局工作了二十五年，建议他从埃斯梅拉达·塔瓦雷斯的案子开始。当瓦尔德斯还只是一名调查员时，这个案子就让他放不下；如今已身为局长的瓦尔德斯仍旧对这个案子念念不忘，却又总是分身乏术。

在圣费尔南多兼职的这两年里，博斯重新追查了几起案件，同时也给将近一打案件结了案——其间不乏多重强奸案和谋杀案。然而，每当

++++++

[1] 1 英尺合 30.48 厘米。

有个把小时，他就会回到埃斯梅·塔瓦雷斯的案子上，翻看案卷箱里的材料。他也开始放不下她了。一位年轻的母亲人间蒸发，只留下婴儿独自睡在婴儿床上。这或许可以列为人口失踪案，但不用看完第一个案卷箱，博斯就能看出局长和他之前的每位调查员都看出的问题。这个案子很有可能牵涉谋杀行为。埃斯梅·塔瓦雷斯不仅仅是失踪。她已经死了。

博斯听到通往他这一侧的铁门打开了，然后这三间多人牢房门前的水泥地上传来了脚步声。他抬起头朝铁栅栏外望去，结果吃了一惊。

"你好啊，哈里。"

眼前的是他之前的搭档露西娅·索托，而她旁边身着正装的两名男子，博斯并不认识。索托显然没有让他知道他们的到来，这一事实让博斯警觉起来。从洛杉矶警察局和地方检察官办公室到圣费尔南多要四十分钟车程，她有足够时间发条信息说："哈里，我们正在去你那儿的路上。"但她没有这么做，因此他认为应该是那两名他不认识的男子限制住了索托。

"露西娅，好久不见，"博斯说道，"过得好吗，我的搭档？"

看起来，三个人谁也没有兴趣踏进博斯的牢房，尽管这牢房早就已经改造过了。他站起身，灵活地拿起桌子上文件下的手机，放在衬衫口袋里，屏幕朝里贴在胸口。他走到铁栅栏边，伸出手去。过去的一年时间里，虽然他和索托断断续续地通过电话、发过短信，却一直没见过面。她的外貌变了。她减了肥，看起来有些憔悴和疲惫，黑色的眼睛满是不安。她并不是和他握手，而是紧紧攥住。她攥得很紧，博斯心领神会：小心。

博斯轻易就能分辨出两个男性来访者的身份。两人都是刚过不惑之年，西装很可能是从男人衣仓服装店里买来的，但左边男子的细直条纹西装磨损得厉害。博斯知道这意味着他在西装里穿着肩托，武器的硬边来回滑动磨损了布料。博斯猜想，丝质内衬应该已经破了。再过六个月，这件西装也就废了。

"鲍勃·塔普斯科特,"他说道,"幸运女神露西的现任搭档。"

塔普斯科特是位黑人,博斯猜测他和霍勒斯·塔普斯科特是亲戚。霍勒斯·塔普斯科特是南洛杉矶的一位已故音乐家,在保留社区爵士乐的个性上起到了至关重要的作用。

"我是亚历克斯·肯尼迪,地方副检察官。"第二名男子说道,"有时间的话,我们想和你聊几句。"

"嗯,好的,"博斯说,"到我办公室里坐吧。"

他示意他们到这间曾经的牢房里来,里面如今装满了存放卷宗材料的铁架子。这间牢房曾被用来拘留醉汉,现在还留有一条公共长凳。博斯在长凳上摆放了不同案件的卷宗,以便查看。虽然非常确定他们不会进来坐,他还是将卷宗堆了起来,让来访的人有可以坐的地方。

"事实上,我们已经和特雷维尼奥警监说过了,他说我们可以用侦查处的作战室,"塔普斯科特说,"那儿会更舒服些。你不介意吧?"

"警监不介意,我就不介意,"博斯说,"这到底是怎么回事?"

"普雷斯顿·博德斯。"索托说。

博斯正朝牢房敞开的房门走去,听到这个名字,他不禁顿了一下。

"我们先去作战室吧,"肯尼迪赶忙说,"到时候再说。"

索托看了博斯一眼,似乎在说,她在这个案子上受制于地方检察官办公室。他抓起桌子上的钥匙和挂锁,走出牢房,将铁门拉上,发出沉重的铿锵声。牢房钥匙很久以前就没了踪影。博斯把一条自行车链缠在铁栅栏上,然后用挂锁锁上门。

他们离开旧时的监狱,穿过公共工程管理局存放设备的院子,来到第一大街。在等待车流穿过马路的空当,博斯若无其事地从口袋里拿出手机查看信息。市里这帮人来之前,他没有收到索托或是其他人发来的信息。他继续开着录音,将手机放回口袋。

索托开了口，但并没提促使她来到圣费尔南多的那起案子。

"那真是你的办公室，哈里？"她问道，"我是说，他们把你安排在了监狱牢房里？"

"是啊，"博斯说，"那是醉汉拘留室，有时候早上一开门，我觉得我还是能够闻到呕吐的气味。过去那些年里，还可能有五六个家伙把自己吊死在了里面。想来该是阴魂不散啊。但他们就是把悬案的卷宗放在了那里，所以我就得在那儿工作。他们还把旧的证物箱放在隔壁两间牢房里，找起来倒是很方便。而且，通常也不会有人来打搅我。"

他希望最后一句话的暗示让来访者们足够清楚。

"也就是说，他们没有监狱？"索托问，"他们得把人送到凡奈斯？"

博斯伸手指了指马路对面他们正要去的警察局。

"只有女的才会被送去凡奈斯，"博斯说，"我们这儿有个男子监狱，就在警察局里。顶尖水准，单人间。我自己还在里面睡过几次。比船员舱可强多了，那里全是呼噜声。"

她瞥了他一眼，似乎在说如果他愿意睡在监狱牢房里，那就不是他了。他朝她眨了下眼。

"我在哪儿都能工作，"他说，"在哪儿都能睡觉。"

车流过去之后，他们穿过马路，来到对面的警察局，进了大厅，右边就是侦查处的入口。博斯用门禁卡将门打开，拉着门好让其他人先进去。

侦查处比只能停放一辆车的车库大不了多少，中间是三个紧紧靠在一起的工位，属于单位里的三名全职警探：丹尼·西斯托、最近提拔的奥斯卡·卢松警探，以及因工伤长时间休假、刚回来俩月的贝拉·卢尔德。侦查处墙边立着文件柜、无线电充电器、咖啡机和打印工作站，工作站上面则是贴满了工作排班和部门公告的公告板。公告板上还有各种各样的寻人启事，包括过去十五年间为寻找埃斯梅·塔瓦雷斯所发布的照片。

一面墙的高处贴着一张海报，上面是迪士尼标志性的卡通形象——鸭子辉儿、杜儿和路儿[1]，代表着在单位中工作的三名警探，这是他们引以为傲的绰号。特雷维尼奥警监的办公室在右手边，左手边是作战室，第三个房间是验尸官办公室，转租给两名验尸官使用，他们负责整个圣费尔南多谷及其北部边缘地区。

三名警探正在各自的工位上工作。他们最近抓获了一个在市区外活动的大型汽车盗窃团伙，其中一名嫌疑人的辩方律师嘲笑他们是辉儿、杜儿和路儿。现在他们则把这个团队绰号当作一份荣誉标志。

博斯看到卢尔德从办公桌旁的工位隔断上偷瞥。他冲她点了点头，对她之前发的提醒信息表示感谢。这也是在说，到目前为止，一切都好。

博斯将来访者带进作战室。里面是隔音的，墙边立满了白色书写板和平面屏幕监视器。中间则是会议室风格的会议桌，周围放着八把皮椅。作战室设立的目的在于为重大犯罪调查事件、专案组行动和协调应对地震、暴乱等公共紧急事件提供指挥中心。事实上，这些事件非常罕见，作战室主要被当成了午餐室。宽敞的桌子和舒服的椅子非常适合中午聚餐。作战室里满是墨西哥食品的独特气味。位于麦克莱大道上的麦格丽玉米粉蒸肉店的老板会定期为这里的警队送来免费大餐，而作战室常是这些大餐被消灭的地方。

"请坐。"博斯说。

塔普斯科特和索托坐在桌子一边，肯尼迪走到桌子另一边，坐在了他们对面，博斯则在桌子一头坐下，这样便能同时看到这三名来访者。

"到底是怎么回事？"他说。

++++++

[1] 唐老鸭的三个外甥。

"好吧，我们先正式介绍下自己，"肯尼迪开口说，"你肯定认识索托警探，你们在悬案调查组共过事。现在，塔普斯科特警探你也认识了。他们正在和我一起重新调查你在将近三十年前处理过的一起谋杀案。"

"普雷斯顿·博德斯，"博斯说，"普雷斯顿怎么样了？上次我查看的时候，他还在圣昆廷监狱排队等死。"

"他还在那儿。"

"那你们为什么要再查这个案子？"

肯尼迪朝前拉了拉椅子，双臂交叠，胳膊肘放在桌子上。他左手手指连续敲打着桌子，似乎在决定怎么回答博斯的问题，尽管很明显，这次突然到访是早已彩排过的。

"我被委派到定罪证据真实性调查组工作，"肯尼迪说，"我相信你肯定听说过它。因为塔普斯科特和索托警探在悬案处理方面的能力，我在处理其他一些案子的时候曾经找他们帮过忙。"

博斯知道定罪证据真实性调查组是在他离开洛杉矶警察局后新成立的机构，其组建是为了兑现一项在竞争激烈的竞选过程中所做出的承诺。在竞选中，对警察的管理是一个热门的辩论话题。新的取证技术使得全国数百名在押人员无罪获释，新当选的地方检察官塔克·小林当时承诺会组建专门机构来处理这类看起来源源不断的案件。不仅仅是新科学在引路，曾经被认为用作证据无懈可击的旧科学也被拆穿谎言，为无辜的人打开了离开监狱的大门。

肯尼迪刚一提到自己分管的工作，博斯就把一切都拼在了一起，明白是怎么回事了。博德斯，这个被认为杀害了三名女性，却只被定了一起谋杀罪的男人，已经在死囚牢房里待了近三十年，他正在抓住最后一次机会，试图重获自由。

"你在跟我开玩笑，是吧？"博斯说，"博德斯？真的？你们真在重新调查这个案子？"

他的目光从肯尼迪转向他的老搭档索托。

他感觉自己完全被背叛了。

"露西娅?"他问道。

"哈里,"她说,"你需要好好听听。"

2

博斯感觉作战室的墙壁都朝他挤了过来。他打心底不愿意去想博德斯的事情，事实上也没有去想过。尽管他并不指望暴虐成性的性侵谋杀犯真会被处以极刑，但死囚牢房本身仍旧是地狱般的存在，远比其他任何刑罚更加严酷。这种隔离是博德斯应得的惩罚。他被关进圣昆廷时年仅二十六岁。对博斯来说，这意味着五十多年的单独监禁。除非他够幸运，时间上才可能会短些。在加利福尼亚，死于自杀的死囚人数远超过被执行死刑的人数。

"并没你想的那么简单。"肯尼迪说。

"是吗？"博斯说，"那就给我讲讲为什么。"

"定罪证据真实性调查组的职责是处理所有提交过来的合法申请。重检过程只是第一步，在我们单位完成，然后案件才会被移交到洛杉矶警察局或者其他执法部门。当案件的可疑程度达到一定门槛时，我们会执行第二步，要求执法部门对尽职调查情况展开调查。"

"当然，届时所有人都会宣誓保密。"

博斯说这话时朝索托看了过去，她转头看向别处。

"那是当然。"肯尼迪说。

"我不知道博德斯或者他的律师向你提交了什么证据，但那肯定是在瞎扯，"博斯说，"他谋杀了丹妮尔·斯凯勒，其他的都是假的。"

肯尼迪并没有回应，但博斯从他的表情上可以看出，他很惊讶博斯竟然还记得被害人的名字。

"是啊，三十年了，我还记得她的名字，"博斯说，"我还记得唐娜·蒂蒙斯和薇姬·诺沃特尼，你们办公室认为我们没有足够的证据给这两名被害人立案。她们也是你们尽职调查的一部分吗？"

"哈里。"索托说，试图让他平静下来。

"博德斯并没有提交新证据，"肯尼迪说，"证据早就在那儿了。"

这对博斯来说就像当头一棒，他知道肯尼迪说的是案件中的物证。意思是说犯罪现场或其他地方有证据，足以洗脱博德斯的罪行。背后的意思是他不称职，说得更严重点就是渎职，也就是说，他没有注意到或者有意隐瞒了这一证据。

"你指的是什么证据？"他问道。

"DNA，"肯尼迪说，"一九八八年，案子里还没有这一块。案件起诉的时候，加利福尼亚并没有允许在刑事案件中使用DNA。一年后，文图拉的一家法院才引入并接受了DNA。洛杉矶县则是又过了一年才引入。"

"我们不需要DNA，"博斯说，"我们在博德斯的公寓里发现了被害人的东西。"

肯尼迪冲索托点了点头。

"我们去找那个东西了，找出了证物箱，"她说，"你知道程序的。我们把从被害人身上搜集的衣物送到了实验室，他们对衣服做了血清检测。"

"三十年前他们也做了检测，"博斯说，"只是当时，他们找的是

ABO 血型，而不是 DNA，结果什么也没有发现。你们是要跟我说——"

"他们找到了精液，"肯尼迪说，"量非常少，但这次他们确实找到了。这次的结果显然使整个案件都变得复杂起来。而且他们还发现，精液并不是博德斯的。"

博斯摇了摇头。

"好吧，我认输，"他说，"那是谁的？"

"一个名叫卢卡斯·约翰·奥尔默的强奸犯。"索托说。

博斯从没听说过奥尔默。他开始思考起来，寻找其中的阴谋和勾当，但并没有考虑自己在给博德斯戴上手铐时是不是做错了。

"奥尔默也被关押在圣昆廷，是吗？"他说，"这整件事——"

"没有，他不在那儿，"塔普斯科特说，"他已经死了。"

"别当我们是饭桶，哈里，"索托紧接着说，"我们并不是故意朝那个方向调查。奥尔默从没在圣昆廷待过，他两年前死在了科克伦，也从来就不认识博德斯。"

"从周日开始，我们用了六种不同的方法进行核查，"塔普斯科特说，"两所监狱相距三百英里[1]，他们互不认识，也没有交流过。不存在交集。"

塔普斯科特说话时脸上洋溢着一种"我早就知道你要说这个"的自鸣得意，博斯忍不住想要反手抽他一巴掌。索托知道她老搭档的爆点，赶紧伸手按住博斯的胳膊。

"哈里，这不是你的错，"她说，"这是实验室的错。报告都在那儿。你是对的——他们什么也没发现。当时他们漏掉了。"

博斯看着她，把胳膊抽了回来。

"你真相信？"他说，"我反正是不信。这是博德斯，是他在幕后设

++++++

[1] 1 英里约合 1.61 千米。

计的这一切——不管怎么着。肯定是这么回事。"

"他怎么做的,哈里?我们已经在查这背后的情况了。"

"审判后谁动过证物箱?"

"没人动过。事实上,最后一个动的人是你。原来的封签完好无损,你的签名和日期都在上面。给他看看视频。"

她冲塔普斯科特点了下头,后者掏出手机,打开一段视频。他把屏幕转向博斯。

"这是在派珀科技。"他说。

派珀科技是市区的一处大型综合建筑,除了存放洛杉矶警察局的前科记录和证物档案,还是指纹组和飞行中队的所在地——飞行中队使用足球场大小的建筑楼顶作为直升机机场。博斯知道档案组有很严格的廉政规程,宣誓过的警官从任何案件中提取证据时都需要提供部门身份证件和指纹。证物箱被置于开放的检查区域,有二十四小时视频监控。但这是塔普斯科特自己的视频,是用他自己的手机拍摄的。

"这不是我们第一次跟定罪证据真实性调查组打交道,所以我们也有自己的规程。"塔普斯科特说,"我们其中一个人开箱子,另一个人拍摄整个过程。他们那儿有自己的摄像头也没什么关系。你可以看到,封签没有破损,没有篡改。"

视频上,索托向镜头展示证物箱,并将其翻转过来,博斯可以看到各面和接缝处都是完好的,接缝处都封有八十年代使用的标签。至少在过去二十年里,警局使用的都是红色证物胶带,一旦篡改,胶带便会破裂脱落。而在一九八八年,密封证物箱使用的是印有"洛杉矶警察局已分析证据"字样并附带签字和日期填写处的白色长条标签。索托不耐烦地摆弄着箱子,博斯看得出她认为他们是在这个箱子上浪费时间。至少在那时,她仍旧是站在博斯这边的。

塔普斯科特将镜头拉近到箱子顶部接缝处的封签上,博斯在箱子顶部的中间位置可以看到自己的签名和"1988 年 9 月 9 日"这一日期。他知道审判结束后箱子封签上写的是这个日期。博斯交还物证，将箱子封起来，然后保存在档案馆中，以应对上诉导致判决被推翻、他们需要再次接受审判的情况。博德斯一直没有上诉，箱子大概也就一直待在档案馆里，没有在后来断断续续的陈旧证物清理中被清理掉，因为博斯清楚地在箱子上标了"187"这一数字。这个数字是加利福尼亚的谋杀案刑事代码，在证物储存室里的意思是"别扔"。

在塔普斯科特摆弄箱子的过程中，博斯认出了自己的习惯性行为。他会在箱子各条缝上，包括箱底，都贴上证物封签。在警局改用红色证物胶带之前，他一直都是这个习惯。

"倒回去，"博斯说，"让我再看看签名。"

塔普斯科特把手机拿回去，调整视频，然后将画面暂停在了博斯签字的封签上，给它来了个特写。他将屏幕伸向博斯，博斯探身仔细看了看。签名有些褪色，不好认，但看起来没有问题。

"好了。"博斯说。

塔普斯科特又继续播放视频。屏幕上，索托用拴在检查桌上的美工刀划开标签，打开了箱子。在将包括被害人衣物和装有她指甲屑的信封等物品从箱子里拿出来的时候，她边拿边一件件地报出物品的名字，以便有准确的记录。在她报出的物品中有一个海马吊坠，这是指控博德斯的关键证据。

视频还没结束，塔普斯科特就把手机抽了回去，关掉回放，然后把手机收了起来。

"看来看去都还是这些，"他说，"没人乱动过箱子，哈里。从审判结束后你贴上封签的那天开始，里面的东西就一直在那儿。"

作为一个陌生人，塔普斯科特直呼自己的名字让博斯很不舒服。他把这份不爽搁置一旁，沉默了很长时间。他一直坚信自己将一名残虐成性的杀人犯送进监狱是正确的，三十年来他第一次考虑自己是不是做错了。

最后，他问道："他们从哪儿找到的？"

"找到什么？"肯尼迪问。

"DNA。"博斯说。

"在被害人睡衣的底边找到了很少一点。"肯尼迪说。

"一九八七年那会儿很容易会被忽略掉，"索托说，"当时他们很可能只是用不可见光照了一下。"

博斯点了点头。

"那接下来会发生什么？"他问。

索托看向肯尼迪，这个问题得他回答。

"地方检察官办公室下周三将在 107 法庭就人身保护动议举行听证会，"检察官说，"我们会和博德斯的律师一起请求霍顿法官推翻判决，免除博德斯的死刑。"

"我的天哪。"博斯说。

"他的律师还通知了市政府，说他将会提出索赔，"肯尼迪继续说，"我们已经与市检察官办公室联系过了，他们希望协商出赔偿方案。金额很可能会达到七位数。"

博斯低头盯着桌子，他无法和任何人的眼睛对视。

"我还需要警告你，"肯尼迪说，"如果没有达成赔偿方案，他再向联邦法院提出索赔的话，那就可以直接追究你的责任了。"

博斯点了点头。他心中早已了然。如果洛杉矶选择不保护他的话，一旦博德斯提出民事权利索赔，博斯就得自己承担赔偿。鉴于两年前起诉洛杉矶，要求恢复自己的全部退休金，他很难在市检察官办公室找到一个愿意保护自己免于博德斯索赔的人。接着博斯想到了自己的女儿：如果他被判向博德斯支付巨额赔偿款，他会变得一无所有，只剩下一份在他离世后才能由他女儿继承的保单。

"非常抱歉,"索托说,"如果有其他……"

她还没说完,他就慢慢抬起头来看着她的眼睛。

"九天。"他说。

"什么意思?"她问。

"听证会在九天后,在此之前,我必须搞清楚他是怎么做到的。"

"哈里,我们已经在这上面花了五周了。什么都没有。当时谁都没有注意到奥尔默。我们只知道博德斯案发生时,奥尔默还是自由身,并且他当时就在洛杉矶,我们找到了工作记录,但 DNA 就是 DNA。在她的睡衣上出现了一个男人的 DNA,而这个男人后来被证明犯了多起绑架强奸案。所有案件都是非法入室,和斯凯勒的案子非常相似,只是没有出现死亡。我是说,看看这些事实。世界上没有地方检察官会认为这个案子不是奥尔默做的。"

肯尼迪清了清嗓子。

"我们今天过来是出于对你以及你过去所办案件的尊重,警探。我们不想因此引发敌意,那样对你没有好处。"

"你认为我过去查清的其他案子就不会受这件事的影响?"博斯说,"你给这家伙开了头,就是给其他所有我送进监狱的人都开了头。如果把责任归咎于实验室,也是同样的问题。一切都会受到影响。"

博斯向后靠着,眼睛盯着他曾经的搭档。他一度是她的良师益友。她必须知道这对他意味着什么。

"事实就是事实,"肯尼迪说,"我们有责任。'宁可错放一百,不可误关一人。'"

"别拿你那本·富兰克林似的狗屁论调来烦我,"博斯说,"我们找到证据,证明博德斯与三个女人的失踪都有关,而你们地方检察官办公室放弃了其中两个,就因为有个目中无人的检察官说证据还不够。这他娘的没道理。我要用这九天时间自己调查，我需要能够使用你们手里的一切，还需要能够查看你们已经做的一切。"

他说的时候看着索托，结果却是肯尼迪做出了回应。

"不可能，警探，"肯尼迪说，"我已经说过了，我们到这儿来是出于礼貌，但是你已经不再负责这个案子了。"

博斯还没来得及反驳，门外突然传来急促的敲门声，接着门就被打开了。贝拉·卢尔德站在门口，挥手招呼他出去。

"哈里，"她说，"我们必须现在就谈一下。"

她语气急迫，博斯无法置之不理。他回头看了看坐在桌边的几个人，准备起身。

"稍等，"他说，"我们的事还没说完。"

他站起来朝门外走去。卢尔德一直用手指示意他出来，他一出来她就将门关上了。他注意到侦查处早已空无一人——工位上一个人都没有，警监办公室的门开着，但他并没有坐在椅子上。

卢尔德明显很焦虑，她双手将自己的黑色短发理到耳朵后面。这是她焦虑不安时的习惯动作，博斯注意到，自从重新回来工作后，这位身材娇小结实的警探便一直如此。

"出了什么事？"

"商业区一家药店发生了抢劫案，两人中弹。"

"两个什么人？警察？"

"不是，是那里的人，在柜台后面。局长希望全员出动。你准备好了吗？和我一起开车过去吗？"

博斯回头看了眼作战室关着的门，想了想在里面说的话。他要怎么做？怎么处理？

"哈里，快点，我得出发了。你去还是不去？"

博斯看着她。

"好，走吧。"

他们快步通过出口，直接来到旁边那个警探和指挥人员停车的停车场。他从衬衫口袋里抽出手机，关掉了录音程序。

"他们怎么办？"卢尔德问。

"管他们呢，"博斯说，"他们会反应过来的。"

3

圣费尔南多辖区不过二点五平方英里[1]，被洛杉矶市包裹其中。当博斯结束在洛杉矶警察局的职业生涯时，他仍旧认为自己可以做出更多的贡献，还有使命没有完成，但他看起来无处可去，于是就在这个小地方找到了这份工作。对博斯而言，找到这里简直就像大海捞针一样难得。二〇〇八年大萧条之后，由于预算短缺，四十人的警察队伍裁掉了四分之一，警局随后积极成立由退休执法人员组成的志愿队，在警局各个部门工作，从巡逻、通信，再到警探。

瓦尔德斯局长联系博斯时跟他说，有一间旧牢房，里面全是陈年悬案，没有人处理。这对当时的博斯而言，就像是溺水之人看到了救命的绳子。在突然离开工作了将近四十年的警局的同时，他的女儿也去了外地读大学。博斯孤身一人，自然是茫然无措。最重要的是，这份邀约出

++++++

[1] 1平方英里约合 2.59平方千米。

现时，他正觉得自己的使命还没有结束。付出了这么多年，他从来没想过自己有一天会离开洛杉矶警察局，还被禁止再次回去。

在大多数人拿起高尔夫球杆或是买艘小船的年纪，博斯坚信自己的使命还没有完成。他是个能够结案的人，他需要有案子去查，而成立事务所做私人侦探或是辩方调查员，于他而言都不是长久之计。他接受了局长的邀约，不久就在圣费尔南多警察局证明了自己的结案能力。很快他就从兼职调查悬案变成了整个侦查处的导师。辉儿、杜儿和路儿都是专注而优秀的调查员，但是他们作为警探的经验加起来也不到十年。特雷维尼奥警监自己在小队里也只是兼职，因为他还要负责管理通信组和监狱。这样一来，教卢尔德、西斯托和卢松如何执行任务便成了博斯的事。

商业区位于横穿市中心的圣费尔南多路，横跨两个街区，临街遍布小店、商店、酒吧和餐馆。这里地处圣费尔南多的老城区，边上一家百货商店已经空置多年，只有杰西潘尼百货商场的招牌仍旧挂在前面。其他店铺的招牌差不多用的都是西班牙语，出售的商品主要是为了迎合这里众多的拉丁裔居民，婚礼用品、成人礼服饰、来自墨西哥的各色二手商品应有尽有。

从警局到枪击现场需要三分钟车程，卢尔德驾驶的是她那辆没有标记的公务车。博斯尽量将博德斯案和在作战室中的讨论抛诸脑后，以便集中精力完成手头的任务。

"现在已经掌握了哪些情况？"他问。

"店名叫'家庭药房'，现场发现两人死亡，"卢尔德说，"报警的是一名顾客，进门时看到了其中一名被害人，巡警在柜台后发现了第二个。两人都是员工，看起来像是父子。"

"儿子也是成年人？"

"是。"

"跟帮派有瓜葛？"

"没听说。"

"还有什么？"

"就这些。我们一接到电话，古登和桑德斯就出发了，已经通知取证技术人员到场了。"

古登和桑德斯是两名验尸官，在侦查处旁边转租的办公室里工作。他们能离得这么近真是很幸运。博斯还记得，当年他在洛杉矶警察局调查案子时，有时得等一个多小时验尸官才能到达现场。

博斯到圣费尔南多工作后，已经解决了三起悬案，但调查新发谋杀案，这还是头一遭。这意味着他可以进入仍然鲜活的犯罪现场，观察倒在地上的被害人，而不是只盯着档案中的照片看。办案的行为准则和节奏也都大不相同。这让博斯暂时忘却刚才的不快，精力充沛地投入到工作中。

在卢尔德转弯进入商业区的时候，博斯朝前方看去，发现调查从一开始就出了错。三辆巡逻车直接停在了药店门前，靠得很近。穿过商业区的双车道并没有封锁交通，驾驶员们行驶到药店门前时车速缓慢，都希望能看一眼现场，了解警察出动所为何事。

"停在这儿，"他说，"那些车靠得太近了，得往后挪挪，把路给封上。"

卢尔德按他的指示把车停在了一家叫"三王"的酒吧门前，前面便是药店门口越聚越多的围观者。

博斯和卢尔德很快下车，穿过人群。巡逻车之间的空隙拉着黄色的犯罪现场警戒线，两名警员正靠在其中一辆巡逻车的后备厢上交谈，另外一名警员则两手放在腰带扣上，用这一常见的巡警姿势望着药店门前。

博斯看到犯罪现场所在的药店前门被沙袋撑着，沙袋很可能是从其中一辆巡逻车的后备厢里拿来的。到处都没有看到瓦尔德斯局长或者其他调查人员的身影，博斯知道这意味着他们都在里面。

"该死。"他边说边朝门走去。

"怎么了？"卢尔德问。

"人多手杂……"博斯说，"在外面等会儿。"

博斯走进药店，让卢尔德留在外面。这是家小商铺，只有几排零售货架，后面则是柜台，也就是真正的药房所在。他看到瓦尔德斯正和西斯托、卢松一起站在柜台后面。他们都低着头，博斯猜测他们是在看其中一具尸体。没有见到特雷维尼奥的身影。

博斯低声而短促地吹了声口哨以引起他们的注意，示意他们到药店门前，然后他便转身走到门外。

他在门口等着，三人出来之后，他就用脚将沙袋推开，让门自己关上。

"局长，我可以开始了吗？"他问。

博斯盯着瓦尔德斯，等着局长点头同意。他在请求负责案件的调查，他希望能让所有人都明白这个案子将由他来负责。

"开始吧，哈里。"瓦尔德斯说。

博斯招呼了一声聚在一起的巡警，示意他们也都过来。

"好了，大家都注意听，"博斯说，"我们在这儿的首要任务是保护好犯罪现场，而这方面我们现在还没有开始。巡警，我要你们把车挪开，在街区两头封锁街道，拉起警戒线。未经授权，任何人不准进来。然后，拿着写字板到街道两头，记下所有进入犯罪现场的警察或实验室人员的名字。所有你们放行的车辆都要记下车牌号。"

所有人都一动不动。

"你们都听到了，"瓦尔德斯说，"行动起来，伙计们，我们有两名市民倒在了那里。为了他们和警局，我们都需要正确处理。"

巡警们迅速行动起来，各自上车执行博斯的命令。博斯和其他警探则分头行动，将聚集在周围的行人疏散回街道上。有些行人用西班牙语大声问发生了什么事，博斯没有回答。他将人群推回道路上时不停地扫视眼前的面孔。他知道凶手有可能就在其中，毕竟早有先例。

建立起犯罪现场管制地带后，博斯、局长和三名警探聚到了药店门口。博斯再次看向瓦尔德斯以确认自己仍有授权，因为他已经预计到自己的下一步安排不会太顺利。

"还是我来负责吗，局长？"他问道。

"你全权负责，哈里，"瓦尔德斯说，"你打算怎么做？"

"好的，我希望限制进入犯罪现场的人数，"博斯说，"当我们把案子提交给法庭的时候，辩方律师会看到我们全都蜂拥而入、四处张望。这只会给他更多可以肆意抨击的目标，更多让陪审团困惑的由头。所以只有两个人可以进去，那就是卢尔德和我。西斯托和卢松，你们负责犯罪现场外围。我要你们去街道两头，我们需要寻找目击者和摄像头，我们——"

"我们先到的这儿，"卢松指着自己和西斯托说，"这应该是我们的案子，我们进去才对。"

四十岁左右的卢松在三名全职警探中年龄最大，但作为警探，又是经验最少的。在巡警队待了十二年之后，六个月前他才调入侦查处。他的晋升是为了弥补因卢尔德工伤歇假所造成的人员不足，随后瓦尔德斯从预算里抽出足够的资金，才让他一直留任，彼时当地名为桑弗斯的帮派刚好犯下了财产罪。自他获得晋升以来，博斯便一直在观察他，发现他是一名忠实且认真的警探，瓦尔德斯的选择很不错。只是博斯还没有与他共同办过案，只有和卢尔德一同办案的经历。他希望她能牵头这个案子。

"案子并不是谁先到就是谁的，"博斯说，"卢尔德会牵头。我需要你和西斯托沿街道两个方向分别排查两个街区，我们需要查找逃跑车辆，还需要找录像。我需要你们两个人去找出来，这很重要。"

博斯看得出卢松压制住了自己再次对博斯的命令进行争辩的冲动，但他还是看向局长。局长正站在那儿，双臂交叉抱在胸前。博斯看不出这个拥有最终决定权的人对自己的安排有丝毫意见。

"你们都听到了。"他说。

卢松朝一个方向走去，西斯托则去往另一头。西斯托并没有费神抱怨这一安排，但还是一脸的垂头丧气。

"嘿，伙计们？"博斯说。

卢松和西斯托都回过头来，博斯示意卢尔德和局长也往前点。

"听着，我并不想做个傲慢自大的浑蛋，"他说，"我的经验是从很多该死的失败中得来的，我们都是从错误中学习。过去三十多年，我在谋杀案的调查工作中犯过很多错，我只是想好好利用这些吃尽苦头才学到的经验。好吗？"

卢松和西斯托勉强点了点头，然后分头去做各自的工作。

"把车牌号和电话号码都记下来。"博斯在后面冲他们喊，可马上他又意识到这一指令根本没必要。

他们一走，局长便踱步朝一边走去。

"哈里，"瓦尔德斯说，"咱俩聊几句。"

博斯跟着他，将卢尔德独自留在了人行道上。局长说话时压低了声音。

"瞧，我明白你为什么给那两人那么安排，也明白你说的吃尽苦头才学来的经验，但是我想让你来牵头。贝拉很棒，可她才刚回来，刚开始办案。而这个——这种谋杀案，你已经办了三十年了。这也是让你留在这儿的原因。"

"我明白，局长，但你不会想让我来牵头的，我们需要考虑提上法庭之后的事。所有努力都是为了把案子送上庭审，你不能让一个兼职的人牵头。你要的是贝拉。如果他们要诋毁她的人格，她能砸了他们的饭碗，特别是考虑到去年发生的事，她经历了一番，然后又回来工作。她是个英雄，这才是你所需要的站在证人席上的人。除此之外，她还很优秀，能应付得了，而且市里那边可能很快会给我带来些麻烦，这些麻烦会让我严重分心。你不能让我牵头。"

瓦尔德斯看着他。他知道"市里"指的是圣费尔南多警察局之外，指的是博斯的过去。

"我听说今天早上你有几个客人，"他说，"这个问题我们之后再说。你需要我做什么？"

"媒体关系，"博斯说，"他们很快就会听到有关这件事的消息，然后赶过来。一条主要街道上死了两个人，这会是个大新闻。你需要设立一个指挥站，在他们来的时候拦住他们。我们需要控制从这里流出去的消息。"

"明白，还有什么？你需要更多人手参与调查。我可以从巡警队里调些人，每辆巡逻车匀出一名巡警，单独巡逻，直到我们能够应付这个案子。"

"那样更好。那些商店里都有人，肯定有人看到了什么。"

"说得对。要是我能找人把之前的杰西潘尼商场打开，把那儿作为指挥站怎么样？我认识那栋建筑的业主。"

博斯朝马路对面看去，半个街区左右正是早已关门大吉的百货商店的正门。

"我们得在这儿待到很晚，如果你能把那儿的灯亮起来，就选那里吧。特雷维尼奥警监呢？在附近吗？"

"我让他留在家里了，我好到这儿来。你需要他吗？"

"不需要，我可以晚点再跟他细说。"

"那就交给你了。我们真的需要快点得出结论，哈里，如果有的话。"

"收到。"

局长转身离开，卢尔德朝博斯走了过来。

"让我猜猜看，他不想让我牵头。"她说。

"他想让我来，"博斯说，"不过这倒不是对你吹毛求疵。我没有答应。我说了这是你的案子。"

"跟早上来找你的三个人有关系吗？"

"可能吧，主要还是因为你有能力处理好这个案子。你为什么不进去看着点古登和桑德斯呢？我去给治安官实验室打个电话，看看他们几点到。我们首先需要的是照片。在我们拿到所有角度的照片之前，别让他们挪动尸体。"

"收到。"

"尸体是验尸官的，但犯罪现场是我们的。记住这一点。"

卢尔德朝药店大门走去，博斯则掏出自己的手机。圣费尔南多警察局太小，没有自己的取证队伍，因此需要倚赖治安官办公室的犯罪现场队伍，而他们通常不会太重视警局的需求。博斯给实验室的联络人打了个电话，对方说，就在他们说话的当口，已经有小组在来圣费尔南多的路上了。博斯提醒联络人，他们正在处理的是双重谋杀案，要求再派一组人过来。联络人拒绝了他的要求，说根本没办法再匀一组人过来。他们已经派了两名技术人员和一名摄像兼摄影师，就这么多。

挂断电话后，博斯注意到他早前给了命令的一名巡警正站在街区刚刚设立的犯罪现场边缘。黄色的警戒线绑在街道两边，完全封锁了横穿购物中心的道路。巡警双手放在腰带扣上，盯着博斯。

博斯收起手机，沿街道朝黄色警戒线和负责警戒的巡警走去。

"不要朝里看，"博斯说，"看外面。"

"什么？"巡警问道。

"你正在盯着警探。你该盯着的是街道。"

博斯把手放在巡警肩上，将他转向警戒线。

"从犯罪现场往外看，看朝里面张望的人，看那些看起来不对劲的人。罪犯回来查看现场、调查情况的次数肯定会多得让你吃惊。总之，你是在保护犯罪现场，而不是盯着它。"

"明白。"

"很好。"

治安官办公室的取证小组很快就到了，博斯命令所有人都到药店外面去，以便让摄像师进去，在里面只有尸体的情况下对整个犯罪现场进行初步的拍照和录像。

等待的过程中，博斯戴上手套，穿上一双纸制鞋套。听到摄像师说搞定后，整支队伍便穿过犯罪现场的塑料门帘进入药店。门帘是取证人员挂的。

古登和桑德斯分头继续查验尸体。卢尔德和博斯首先来到药店柜台后面，古登和一名犯罪现场技术人员正在查验第一具尸体。卢尔德掏出一个记事本，用笔将自己看到的情况记录下来。博斯探身在他的搭档耳边悄声说了几句。

"花点时间专心观察。笔记很好，但是清晰的视觉影像更有利于记到脑子里。"

"好的，我会的。"

当博斯还是名年轻的谋杀案警探时，和他一起工作的搭档叫弗朗基·希恩。希恩一直将一个旧的牛奶板条箱放在他们没有标识的警车后备厢里。他会把这个牛奶箱带到每一个犯罪现场，找一个有利的观察点，再将牛奶箱放下。然后他会坐在上面，专心观察现场，研究其中的细微差别，试图确定那里所发生的暴行的程度及其动机。和博斯一起调查丹妮尔·斯凯勒案的正是希恩，当时他就坐在放于房间一角的牛奶箱上。房间里的尸体裸露而凌乱地躺在地上，被恶意侵犯过。但是现在希恩已经去世很久了，不会再经历这个案子将给博斯带来的自由落体般的痛苦。

4

家庭药房只是个小店铺，在博斯看来主要靠按处方拿药维系。商店前半部分是三条不长的货架和它们之间的过道，架子上放着与家庭治疗和护理相关的零售品，基本上都是从墨西哥进口，上面标着西班牙语。店里没有卖贺卡的架子，没有糖果售点展示，也没有售卖苏打水和饮用水的冷藏箱。这家药店和遍布城市各处的连锁药店一点也不一样。

药店的整个后墙才是真正的药房，柜台设在药品储存区的前面，还有一块用来按方配药的工作区。药店前半部分似乎完全没有受到店里犯罪行为的影响。第一具尸体是一名男子，看起来五十岁出头。他躺在柜台后面，双手向上，掌心朝外，举在肩膀两侧。他身穿白色的药剂师外套，上面绣着名字。

"哈里，过来见见若泽，"古登说，"至少在我们确认指纹前他就是若泽。胸口被子弹打穿了。"

在向博斯报告时，他用拇指和食指做了个手枪的手势，枪管指向自己的胸口。

"近距离直射？"博斯问。

"基本上是，"古登说，"六到十二英寸[1]。这人很可能已经举手投降了，但他们还是对他开了枪。"

博斯什么也没有说。他正在观察。他会对现场形成自己的印象，并确定被害人中枪时双手是举起还是下垂的。他不需要从古登那里知道这条信息。

博斯蹲下，看了看尸体周围的地面，然后继续俯身朝柜台下面望去。

"发现什么了？"卢尔德问。

"没有弹壳。"博斯说。

对博斯来说，没有弹出的子弹弹壳只意味着两种可能。杀手要么是不慌不忙地捡走了弹壳，要么就是用的左轮手枪——左轮手枪不会弹出弹壳。不论是哪一种，对博斯来说都非常值得注意。捡走关键证据表明凶手对犯罪行为的冷静算计，用左轮手枪也是同样的道理——之所以选择这种武器就是因为不会留下关键证据。

他和卢尔德走到药店柜台左边的走廊上。二十英尺长的过道连接着工作兼储存区，以及一间厕所。走廊尽头的门上锁了两把锁，上面贴着出口标志，还有一处窥视孔。门后或许是条小巷，用来卸下配送过来的货物。

门边不远处，桑德斯，也就是第二名验尸技术人员，正跪在第二具尸体旁查验，同样是一名身穿药剂师外套的男性。死者胸口朝下，一只手朝门的方向伸着。地上有喷溅出的血液，漫延到尸体处。卢尔德小心翼翼地沿走廊边过去，以免踩到血迹。

"这里是我们的小若泽，"桑德斯说，"我们看到有三处枪伤——后背、

++++++

[1] 1 英寸合 2.54 厘米。

直肠和头部，顺序很可能也是这样的。"

博斯从卢尔德身边走开，跨过血渍来到走廊另一边，以便能够看到尸体的全貌。小若泽右胸口着地，双眼半睁。他看起来二十岁出头，下巴上长着稀稀拉拉的胡须。

血渍和子弹造成的伤口已经说明了情况。小若泽见势不妙，立即沿着走廊往后门猛冲。后背上部的第一枪将他打倒在地。在地上，他扭头朝后看去，将血洒在了地砖上。他看到枪手正朝他过来，又转头试图向后门爬去，他的膝盖在地上擦过，留下了血渍。枪手过来后再次对他射击，这一枪打在直肠上，然后又上前一步，将最后一枪打在了他后脑勺上。

博斯在以前的案子中见过直肠处的枪击，这吸引了他的注意力。

"打中直肠那一枪，有多近？"他问道。

桑德斯伸手过去，用戴手套的手将被害人臀部位置的裤子往下拉，然后扯住，以便能够看清楚子弹射入的位置。他用另一只手指了指衣服上被子弹烧坏的位置。

"子弹是从这里打进去的，"桑德斯说，"近距离直射。"

博斯点了点头，他的眼睛向上看了看后背和头上的伤口。他能够看到的这两处伤口比老若泽胸口的伤口更小，也更干净。

"你认为会是两把不同的武器吗？"他问。

桑德斯点了点头。

"我敢打赌。"他说。

"没有弹壳？"

"现在还没看到，等我们挪动尸体的时候再看看。但如果三枚弹壳都能落在下面，那也是个奇迹了。"

博斯点了点头作为回应。

"好的，该怎么做就怎么做吧。"他说。

　　他小心地退出走廊，走到药店的工作兼药品储存区。他先是抬头向上看，立马就注意到了门口上方的天花板角落里安装的摄像头。

　　卢尔德跟在他后面，也来到房间里。他朝上指了指，她也看到了摄像头。

　　"需要拿到材料，"他说，"希望是存储在了其他地方或者网站上。"

　　"我可以去查查看。"她说。

　　博斯检查了下房间。好几个存储药片的塑料抽屉都被拉了出来，掉到地上，药片散落得到处都是。他知道要查清药店存货里有什么，被拿走的又是什么，不会是件容易的事。地上有些抽屉明显比其他的大，他猜测里面存放的应该是更为常见的处方药。

　　工作台上放着一台电脑，桌上还有用于计量药片数量并将药片分装进塑料瓶的工具，此外还有一台标签打印机。

　　"你能去和摄像师说一声吗？"他问卢尔德，"在我们将药片踩碎之前，确保他已经把这里的东西都拍全了。另外，告诉他可以开始犯罪现场处理工作的录像了。"

　　"马上。"卢尔德说。

　　卢尔德走开后，博斯再次来到走廊。他知道他们要在这里待到很晚，他们需要收集并记录这里的每一粒药片和每一件证物。杀人案件的调查总是缓慢地从中心往外开展的。

　　要是在当年，他这会儿肯定会出去抽根烟，思考一下这些事情。这一次，他却穿过塑料门帘来到外面，只是单纯地思考。几乎同时，他的手机在口袋里振动起来。来电者信息被挡住了。

　　"不太合适吧，哈里。"他一接起来，露西娅·索托就开口说道。

　　"抱歉，突发事件，"他说，"不得不走。"

　　"你可以跟我们说一声，在这件事上我不是你的敌人。为了你，我正想办法介入此事，免得你太引人注意。如果你做法得当，责任就会是实验室或者你之前的搭档的，反正他也已经死了。"

"肯尼迪和塔普斯科特现在跟你在一起吗？"

"没有，当然没有。只有你和我。"

"你提交给肯尼迪的报告，能给我一份吗？"

"哈里……"

"我猜就是这样。露西娅，别说你是站在我这边的，如果没有正在为了我想办法进行介入，那就别那么说。你明白我的意思吗？"

"调查中的案卷资料我没办法提供给——"

"听着，我这儿还有事情在处理。如果你改变了主意，就给我打个电话。我记得曾经有个案子对你来说非常重要，我们当时是搭档，我一直都在帮你。我想，或许现在一切都变了。"

"这不公平，你心里明白。"

"还有，我永远不会出卖自己的搭档，哪怕他已经死了。"

他挂断了电话，感到一阵后悔。他对索托太过苛刻了，但又觉得必须得这么做才能迫使她把他需要的东西送来。

自打从洛杉矶警察局离职，开始处理陈年悬案以来，他已经很多年没在凶杀现场工作过了。随着犯罪现场反应一起回来的还有当年的老习惯。他感到急需找根烟抽。他四下看了看，希望能找人借根烟，结果看到卢尔德正从不远处的街头走过来，愁容满面。

"怎么了？"

"我出来找摄像师问话，结果加里森示意我到警戒线那边。埃斯基韦尔女士正在他身边，她是我们被害人的妻子和母亲，情绪失控。我刚把她安顿到车里，让他们把她带回警局。"

博斯点了点头，让她远离犯罪现场是正确的选择。

"你要去跟她聊聊吗？"他问道，"我们不能让她在那儿待太长时间。"

"我不知道，"卢尔德说，"我刚刚把她的生活给毁了。对她来说，一切重要的东西突然间就都没了。她的丈夫，还有她唯一的孩子。"

"我知道，但是你得跟她建立好关系。你没法确定这个案子是不是得调查上好些年。她需要去信任负责案子的人，而这个人不应该是我。"

"好的，我能做到。"

"把重点放在儿子身上。他的朋友，他业余时间做什么，他的敌人，所有的一切。查一下他住在哪儿，有没有女朋友。问问他母亲，老若泽在工作中和他儿子有没有什么矛盾。儿子将是这个案子的关键。"

"这都是你从他屁股上那一枪得出来的？"

博斯点了点头。

"我以前见过这种情况，我们和一名侧写师在一个案子里聊过。这是一种泄愤的枪击，写满了报复。"

"他认识枪手？"

"毫无疑问。要么他认识他们，要么他们认识他，又或者他们互相都认识。"

5

博斯直到午夜之后才回到家。一整天都在犯罪现场工作，还得协调其他警探和巡警队的工作，这让他疲惫不堪。在局长去应付商业区里聚集的摄像机和记者前，他还被叫去向瓦尔德斯局长汇报调查进展。最新情况说来十分简单：没有发现嫌疑人，没有逮捕任何人。

提供给媒体的这番说辞句句属实，但药店谋杀案的调查人员并非没有线索。谋杀和随后对商店处方药存货的劫掠行为都被药店内的三个摄像头拍了下来，彩色的录像画面记录下了罪犯的冷酷算计。两名枪手都戴着黑色的滑雪面罩，手持左轮手枪。从他们干掉老若泽·埃斯基韦尔和他儿子时的冷酷手段来看，这二人应该是早有预谋，并且制订了周密的计划。看到录像后，博斯的第一反应是这两名枪手是被雇来的职业杀手，盗窃药片仅仅是为了掩盖犯罪行为的真实动机。可惜的是，最初观看录像时并没能在两名枪手身上发现什么可用的识别特征。其中一人抬起胳膊朝老若泽射击时袖子向后甩，露出了白色的皮肤。但除此之外，没有任何其他发现。

把车停在车棚后，博斯没有从侧门回家，而是走到前门去查看信箱。信箱钉在墙上，他看到箱子上面被一个厚厚的马尼拉信封给撑开了。他把信封抽出来，拿到门廊灯下查看信是从哪儿来的。

信封上没有回信地址，也没有邮票，连他的地址也没有。信封上只写着他的名字。博斯打开门，把信封带进屋。他把信封和收到的其他信件一并放在厨房柜台上，然后打开冰箱拿了瓶啤酒。

拿起琥珀色的瓶子喝了一口之后，他把啤酒放在一边，撕开信封。他从里面抽出了一英寸厚的成捆文件。他马上辨认出了这份绝密报告。这是一九八七年丹妮尔·斯凯勒谋杀案最初事件报告的复印件。博斯飞快地把文件翻了一遍，很快就确定这是当前调查卷宗的一份副本。

露西娅·索托来过。

博斯已经筋疲力尽，但他知道自己一时半会儿还不会睡觉。他把剩下的啤酒倒入下水道，然后用克里格牌咖啡机煮了杯咖啡。这台咖啡机是他女儿在圣诞节送给他的礼物。他抓起那沓文件就开始工作。

自打女儿去读大学，家庭聚餐便成了稀罕事，于是博斯就将这座小房子里的餐厅当成了工作间。餐桌成了宽大的办公桌，足以摊开调查报告——有他从圣费尔南多监狱牢房里抽出来的案件报告，也有他私下里调查的案件报告。他在凹室两侧的墙壁旁还装了一组架子，上面摆放了更多的卷宗、关于法律程序的书、加州刑罚典、成捆的激光唱片和一台博士播放器。当他收藏的黑胶唱片和留声机里没有自己想听的音乐时，他便会用那台博士播放器。

博斯在博士播放器里放入一张名为《化学反应》的唱片，将音量调到中等。这是一张双重奏专辑，由使用次中音萨克斯的休斯敦·珀森与使用低音提琴的罗恩·卡特共同演绎。这是二人在音乐上的对话，是他们第五次，也是最近一次合作，博斯有所有他们之前合作录音的黑胶唱片。这张唱片非常适合熬夜工作。他坐在桌边自己常坐的位子上，背对着书架和播放器，开始翻阅文件里的内容。

首先他把文件按照新旧分开。丹妮尔·斯凯勒谋杀案的原始调查报告，很多都是三十年前他自己写的。他把这些报告放成一堆，把当前二次调查中准备的新报告放成另一堆。

他对原始调查仍记得很清楚，但他知道案件的很多小细节早已在自己的记忆中模糊了，为稳妥起见，他还是要从老的卷宗开始看，然后再看新的。他首先注意到的是案件的序时记录表，这通常是案件回顾的起点。从本质上来说，这是份案件日志——描述了博斯和他的搭档弗朗基·希恩开展的调查行动，简要地标明了日期和时间条目。许多条目在总结报告里都会被扩充开来，但记录表是一步步概述调查情况的起点的。

一九八七年，整个劫案/命案组都没有一台电脑。报告要么是手写，要么就是用 IBM 打字机打出来。大多数时候，案卷的记录表都是手写在条格信纸上，作为案卷的第一部分。每个办案探员，无论是主办探员还是那些临时顶班或提供辅助支持的探员，都会把自己的工作记录下来，并附上自己姓名的首字母——尽管多数情况下，单凭字体便足以分辨出某个条目是谁写下的。

博斯正在看原始案件序时记录表的影印件，他认出了自己和希恩的字迹。同时，他也认出了自己和希恩的不同文风。作为队伍里更富经验的领导者，希恩用词简洁，常常写半句话；相比之下，博斯的报告更为冗长。随着时间的推移，博斯的文风发生了变化，这是因为博斯学到了一个希恩早已烂熟于心的道理：少即是多——一方面，案头工作消耗的时间越少，就有越多的时间来追查案件线索；另一方面，白纸黑字的陈述越简单，就越不容易被辩方律师在法庭上利用。

博斯于一九七七年拿到警探徽章，之后在多个侦查处和犯罪调查小组待了五年，升职为命案警探。他最初任职于好莱坞分局，后来调到了位于市中心帕克中心的精英单位——劫案/命案组。在劫案/命案组，他被安排与希恩搭档，而斯凯勒案是他们牵头调查的首批谋杀案之一。

丹妮尔·斯凯勒的故事在洛杉矶十分常见，而她的身世则赋予了这个故事更多的讽刺意味。丹妮尔·斯凯勒由单身母亲抚养长大，她的母亲在佛罗里达州的好莱坞做一名汽车旅馆服务员。在选美大赛和高中舞台上的出色表现让斯凯勒获得了摆脱生活困境的机会。二十岁那年，她带着美貌和脆弱的自信，跨越三千英里，从佛州好莱坞来到了加州好莱坞。在这里，她发现自己与别人一样，只不过是千千万万从全国各个小镇聚集而来的普通女孩子中的一个。能够获得报酬的工作本来就很少，娱乐圈里的吸血鬼又占尽她的便宜。尽管如此，她仍然坚持着。她在餐厅做服务员，进修表演课程，去一场又一场地试镜，只为争取一些通常没有几句台词的无名角色。

在这个过程中，她建立起了自己的圈子——一个同为成功和出名而奋斗的年轻人的圈子，其中很多人都是她在试镜或者选角的过程中遇到的。他们彼此传授在娱乐业和招待业（也就是餐饮业）工作的窍门。经过五年的奋斗，她已经在多部电影和电视剧中出镜，尽管都是些花瓶角色。此外，她时常在河谷地区的小剧院里登台演出，最终辞掉了餐厅的工作，成为一名兼职人员，为一位自由职业的选角代理做接待员。

在洛杉矶的这五年里，她先后搬了好几次家，换过好几位室友，交了好几个男朋友。其中小的比她年轻五岁，大的比她年长二十岁。当她被人发现遭到强奸，并勒死在托卢卡湖公寓的次卧时，博斯和希恩光是调查她之前的人生经历就花了好几周的时间。

通读案件序时记录的过程让博斯回忆起关于斯凯勒的若干细节，以及他与希恩办案过程中的点点滴滴。博斯感到，这个陈年旧案与早上的家庭药房杀人案一样，仿佛就是刚刚发生的事情。他想起了事件记录里列出的那些走访过的朋友和同事的面孔，也想起了他和搭档认定普雷斯顿·博德斯就是杀人凶手时的笃定。

博德斯也是一名拼命想在好莱坞站稳脚跟的演员，但他并非走投无路。不同于丹妮尔·斯凯勒这样每年如威尼斯海滩上的潮水一样涌入洛杉矶的数万逐梦青年，博德斯不需要做招待或电话销售之类的工作来维持生活。博德斯的家在波士顿郊区，他对演艺事业的追求获得了父母的资助。他的房租和汽车都不用自己付钱，信用卡账单也都直接寄到波士顿。这样他白天可以随时试镜，晚上则无尽无休地泡在夜总会，流连于数名像斯凯勒这样的女子之间，用自己阔绰的出手换取她们的莞尔一笑、莺声燕语，甚至是两情相悦的一夜欢爱。

根据序时记录表，博斯和希恩是在一九八七年十一月二日——也就是调查开始后的第九天——锁定博德斯的。那天他们走访了斯凯勒的一位熟人阿曼达·玛戈。彼时，玛戈也是一名涉世未深的年轻演员。站在三十年后的今天来看，玛戈不可谓不幸运。她的影视事业获得了成功，不仅在几部电影中饰演小角色，还在一部大型连续剧中担任主角，饰演一位手段狠辣的命案警探。博斯曾读过她的采访，她说剧中角色对被害人的同情源自现实生活中一位被害好友的经历。

初次走访玛戈那天的情形对博斯来说恍如昨日。当时，这位年轻的女演员住在影视城的小公寓里，里面丝毫没有成功所带来的装饰。博斯和希恩坐在从二手商店买来的破旧沙发上，玛戈则是坐在她从厨房拖到客厅的一把椅子上。

两名警探一天内已经走访了被害人的四五位好友和同事，玛戈在他们的名单中排得很靠前，但是她之前已经在底特律汽车展上找到了一份为期一周的车模工作，在谋杀发生后不久离开了洛杉矶。所以走访时间就定在了她回来之后。

事实证明，玛戈是斯凯勒相关信息的重要来源。虽然不曾住在一起，但两人关系非常要好。谋杀发生时，斯凯勒的室友刚刚搬了出去，放弃了自己的明星梦，并回了得克萨斯老家，所以斯凯勒正在寻找新室友。

玛戈的租约还剩下几个月，计划在新年后搬去和她同住。直到案件发生时，斯凯勒都是独自一人居住。不过她的家人曾对调查人员说她妹妹原本计划赶来和她一起过感恩节，在姐妹两人一起回佛罗里达过圣诞假期前，她妹妹会住在那个空房间里。当时她妹妹刚刚高中毕业，正在利用上大学前的一年空当到处旅行。

玛戈和丹妮尔是三年前在一家选角代理机构的等候室里认识的，她们都在等着试演同一个角色。两人非但没有对对方产生敌意，反倒是非常合得来。两人最终都没有得到出演机会，却在试镜结束后一起喝了咖啡并成了朋友。她们的职业和社交圈都很相似。她们相互照顾，交流潜在的工作机会以及哪些选角导演或是表演指导爱占女演员的便宜。

那些年，她们甚至与相同的男人约会，而警探们关注的正是这一点。证据和验尸结果显示，丹妮尔·斯凯勒死前曾被人粗暴虐待长达一整晚。有人反复将生殖器强行插入她的阴道和肛门，并致使她多次窒息。她的脖子上有多处细细的勒痕，有些已经穿入皮肤。这说明凶手将她勒晕后又唤醒了她，重新施暴，这一过程至少有六次，而刑具有可能是被害人所戴的一条项链。

丹妮尔的尸体上还发现了刀伤，凶器则是厨房里的一把刀。尸检认定，这些刀伤为死后造成，可能是凶手为了掩盖自己在被害人死前的所作所为而故意留下的。

此外，案发的公寓被伪装成入室抢劫的样子。二楼没人居住的那个房间外面，阳台的推拉门敞开着，但是没有任何迹象显示有人曾爬上过二楼阳台、打开门并进入房间。阳台的金属栏杆上积了厚厚的一层烟尘，整个栏杆都没有被动过的痕迹。这意味着闯入者必须翻过栏杆，且不碰到它，然后来到推拉门前。这种不可能的场景促使调查人员考虑另外一种完全相反的情形，也就是杀害斯凯勒的凶手是从前门进入的，而且没有遇到反抗。这也意味着凶手和她在某种程度上是认识的，而他想要掩盖这一点，不被调查人员发现。

在询问中，阿曼达·玛戈透露说，在斯凯勒死亡两周前的一个晚上，两名年轻的女子一起在玛戈的公寓里喝了些廉价红酒，还点了外卖。后来另外一位名叫杰米·亨德森的女演员也来了，她跟她们也是在试镜时认识的。当天晚上的某个时刻，她们开始讨论起男人，发现曾约会过几个相同的男人，而且都是通过表演学校、选角代理和才艺展示认识的。在酒精的作用下，这几名女子开始列起了她们一致认为不应该再次约会的"一次就够"的男子名单。

之所以名单上的这些人"一次就够"，一个主要原因是他们都过于苛求，有几个甚至存在"霸王硬上弓"的情况。玛戈解释说，一两次约会后就急着上床是很多男人的通病，但只有那些无法接受女方拒绝的男人才会被列进名单。

博斯和希恩从这个角度展开调查，终于得到了回报。尽管"一次就够"名单不过是女生之间酒后夜聊的产物，但玛戈还是保留了那张从记事本上撕下来的纸，并把它带磁石的开瓶器贴在了冰箱门上。她把那张纸提供给了警探，并指出名单上有四个名字是丹妮尔·斯凯勒提供的。这些名字并不是全名，有的甚至只是绰号，比如"臭嘴鲍勃"。

斯凯勒最先给出的就是普雷斯顿这个名字。玛戈并没有记住这是名还是姓，但她的确还记得与这个名字相关的故事。丹妮尔说普雷斯顿是一名"奖学金"演员，也就是说，他有某种资金支持，并不需要另外打工。而且他认为，即便是男女初次约会，只要自己花钱请女方吃了饭、喝了酒，女方跟他上床就是理所当然的。丹妮尔说，她在公寓门前下车后拒绝了他，结果他变得非常生气，后来还回到门前敲门要求进屋。她拒绝开门，但普雷斯顿仍然坚持要求进屋，直到她威胁说要报警他才悻悻离开。

玛戈说，丹妮尔拒绝普雷斯顿发生在三个女人聚会那晚的前两周，也就是丹妮尔被杀前四周。当博斯二人要她提供更多关于普雷斯顿的细节以及他和丹妮尔可能在何处相识的信息时，玛戈只能说出二人应该是在某种工作场合结识，毕竟丹妮尔和普雷斯顿都是演员。

序时记录表显示，走访玛戈之后，找到普雷斯顿就成为调查的首要任务。博斯和希恩再次调查了已经被破坏的犯罪现场，回访了那些此前已经走访过的人，问他们是否知道名为普雷斯顿的男子，却一直没有突破。直到他们从斯凯勒做接待员的公司那里要来了之前三个月挑选演员的试镜记录，二人才时来运转。在女孩们夜聊前的几周，公司正在为一部关于医院急诊室工作人员的电视剧挑选配角。

一九八七年九月十四日的试镜签到单上，出现了普雷斯顿·博德斯这个名字。这张名单就放在代理公司接待员丹妮尔·斯凯勒办公桌的写字板上。

博斯和希恩就这样找到了那个让人"一次就够"的男人。

6

　　警探们做了尽职调查，走访了杰米·亨德森，也就是一起列出"一次就够"名单的第三名女子。她确认了玛戈对那天晚上的描述，以及丹妮尔·斯凯勒列出的那部分名单。他们之后确定并走访了所有斯凯勒议论过的男人，包括臭嘴鲍勃。但是博斯和希恩将普雷斯顿·博德斯留到了最后，因为直觉告诉他们，他会从相关人员变为犯罪嫌疑人。在被拒绝后回到女子公寓门前，敲门并要求发生性关系，这样的行为让两名警探想到了常见于性犯罪者的精神错乱。

　　走访阿曼达·玛戈一周后，警探们在博德斯位于谢尔曼奥克斯的公寓门前蹲守监视着，等他出门。他们希望在远离他公寓的地方接触他，以便在询问中看看他能够透露什么，可以作为搜查他家的可信理由。他们不想敲门后给他机会藏匿或销毁犯罪证据。

　　同时他们也是在凭直觉行事。在丹妮尔·斯凯勒的母亲和朋友的帮助下，他们整理了她的公寓，发现只有一件私人物品失踪。那是一个蓝色的海马吊坠，挂在用编织绳做成的项链上。这是她母亲在她离开家前往加利福尼亚的那天送给她的。丹妮尔此前就读的高中以海马作为吉祥物，吊坠可以提醒她记住自己出身的那个好莱坞，她的母亲不希望她忘记那个地方。母亲将吊坠挂在了一条自己编结的项链上，尽管看起来并不值钱，但据说这首饰一直都是这位年轻女子引以为傲的财富。

虽然对斯凯勒的公寓先后开展了三次搜查，博斯和希恩并没有找到海马吊坠或者项链。他们确定斯凯勒没有弄丢，因为在她死前几周拍的大头照中，很明显，她还戴着海马吊坠。警探们认为，编织绳项链可能就是导致斯凯勒窒息而死的凶器。这一信息他们一直瞒着丹妮尔的母亲，直到后来审判时她才知道。

他们还认为凶手在谋杀后拿走了项链和吊坠作为纪念。如果能够在嫌疑人的所有物中发现这两样东西，细绳上残留的任何血迹都可以用来和丹妮尔的进行对比，并成为一份宝贵的证据。

监视那天早上的晚些时候，博德斯从公寓里出来后上了韦斯珀路，朝南走了一个街区，来到文图拉大道。博斯和希恩让他在前面走了一段距离，然后才徒步跟上。博德斯先是进了塞德罗斯和文图拉交叉口处的淘儿唱片店，在录像制品区浏览了半个多小时。警探们观察着他，讨论着是否应该走过去要求进行询问，但最终还是决定退回来，等他回公寓时在路上拦截他。

离开音像店后，博德斯往回走，穿过文图拉，走进了一家名为"乐咖啡"的餐馆。他自己一个人在柜台边吃了午餐，其间还和柜台服务员友好地闲聊。博斯此前曾来过乐咖啡几次，因为餐馆上面是一家叫作"楼上房"的爵士乐俱乐部。俱乐部很晚才会打烊，里面有世界级的表演者。几个月前他还在这里看过休斯敦·珀森和罗恩·卡特的演出。

吃完午饭，博德斯在柜台留下二十美元，转身向外走去。博斯和希恩迅速来到有三个台面的柜台前，博斯把柜台服务员叫到其中一边，询问有什么波旁威士忌酒，而希恩则来到另一边，将博德斯喝过的空啤酒杯放进了纸袋里。随后希恩走了出去，在人行道上等着博斯。博斯和他会合后，起初发现博德斯已经没了踪影，但他们搜查了一家药店，在两位顾客结完账后发现了他，看到他正在里面提着塑料提篮购物。

博德斯在药店买了一盒避孕套和其他化妆品，然后开始返回公寓。在他打开防盗门时，博斯和希恩从不同方向靠了上去。他们计划让他同意接受问询。根据调查，斯凯勒的行为暗示了他的自恋人格，这种人格的两个典型特征就是自负和优越感。警探们利用这一点，向博德斯表明了身份，说他们需要他帮忙破解丹妮尔·斯凯勒谋杀案。

希恩说他们正在调查各种细小的可能性，因为博德斯曾和她约会过，所以希望他能够帮忙了解她的性格和生活方式。在后续的审判中，辩方律师提出博德斯同意跟他们去做问询这一事实可以证明博德斯是无辜的，因为这世上没有哪个有罪之人会愿意回答警察就他们犯下的罪行所提出的问题。

但是博斯和希恩对博德斯行为的解读则恰恰相反。博德斯会认为，跟警探们去做问询可以知道他们已经掌握了什么，然后击败他们。就像对实际上已经被自己杀害并掩埋的失踪人员，凶手常常会自愿加入搜寻队伍一样，这两种心理很相似。凶手需要接触调查，了解进展，与此同时，躲藏在明处也会给他们带来心理上的满足。

他们驾车将博德斯带到了附近的凡奈斯警察局，此前已经和那里的探长预定了一间审讯室。审讯室里已经连接了录音，问询也会被录下来。

博斯放下手里的序时记录表，换了张激光唱片，因为《化学反应》已经放完了。这一次他换上的是弗兰克·摩根的《芳心之歌》，很快他就听到了自己最喜欢的录音之一——《摇篮曲》。随后他便继续在这一堆旧报告里翻找三十年前问询博德斯的文字记录。这是这一堆材料里最厚的一份报告，足有四十六页。他飞速翻到博德斯被发现撒谎的那一刻，正是这一刻导致他最终被捕并定罪。总共半小时的谈话已经进行了二十分钟，博斯正在提问。当时博德斯已经签署了一份同意书，表示知晓自己的米兰达权利，并同意与警探们谈话。

博斯：也就是说，你和丹妮尔并没有发生性关系？你只是开车把她送到家，然后就走了？

博德斯：是的。

博斯：那么，你有表现得很绅士吗？有没有送她到门口？

博德斯：没有。应该说，在我还没能绅士之时，她就跳下车走掉了。

博斯：你是说她对你很生气？

博德斯：有点，她不喜欢我说的话。

博斯：你说了什么？

博德斯：我说没有化学反应。你懂的，尝试了，但感觉不对。我以为她明白，以为她也是这么想的，但她接着就跳下车，连句再见都没说就走了。这很没礼貌，但我猜她应该是很失望。她很喜欢我，但我没有那么喜欢她。没人喜欢被拒绝。

博斯：另外，你说之前你并没有去她那里接她？

博德斯：对，她坐的出租车，我们约在饭店见面。因为她从西区那边过来，对我来说，开车翻过山区去接她，这一路太难走了，老兄。我喜欢那个女孩，或者说，至少我是那么认为的，但是没有那么喜欢，你知道我的意思吧？

博斯：是的，明白。

博德斯：我是说，我又不是出租车司机。有些女孩会认为你就是她们的司机或者（此处听不清），我可不是。

博斯：好的，所以你说的是，你并没有去接她，而且你把她放在路边就开车走了。

博德斯：就是这样，甚至连个晚安吻都没有。

博斯：你从来没有进过她的公寓？

博德斯：没有。

博斯：甚至没到过她门口？

博德斯：从来没有。

博斯：那天晚上之后呢？当时你已经知道她住哪儿了，你有没有回去过？

博德斯：不是吧，老兄。我跟你说了，我不感兴趣。

博斯：好吧。这样的话，我们就有个问题需要搞明白了。

博德斯：什么问题？

博斯：你觉得我们今天为什么会接触你，普雷斯顿？

博德斯：我不知道，你们说你们需要我帮忙。我想，或许她的某个朋友跟你们说过我和斯凯勒约会的事。

博斯：事实上是因为我们在她公寓的前门上发现了你的指纹。问题在于，你刚刚跟我说你从来没到过她门前。

博德斯：我不明白。你是从哪儿弄到我的指纹的？

博斯：要说，这可就有意思了。我跟你说在谋杀现场发现了你的指纹，你却问我是怎么弄到你的指纹的。我想，大多数人应该都会说些别的，特别是如果他们之前说了自己从来没去过那个地方。你有什么要跟我们说的吗，普雷斯顿？

博德斯：是的，我想说这都是狗屁。

博斯：你还是要坚持说你从来没去过那儿？

博德斯：没错，所有其他的都是狗屁。你们根本就没有什么指纹。

博斯：她跟两个不同的朋友提起过，约会当天晚上，在她拒绝你的性要求后，你试图闯进她家里。如果我这么跟你说呢？

博德斯：哇哦，老兄，我现在明白了，我懂了。那些小婊子就是想一起对付我。我跟你说，她没有拒绝我。没人会拒绝我。是我拒绝的她。

博斯：回答我的问题，在你和丹妮尔约会的那天晚上，你是不是到过她门口？是，还是不是？

博德斯：不是，我没有去，而且根本就没有他妈的指纹。我跟你说完了，如果你还想再问问题，你得先给我找个律师来。

博斯：好的，你想找哪个律师？

博德斯：我不知道。我哪个律师都不认识。

博斯：那我就给你拿电话簿来。

博斯在指纹这件事上撒了谎。门上和公寓里发现了多个指纹，但是他们的存档里没有博德斯的指纹，之后从收集来的啤酒杯上找到的指纹也并没有和斯凯勒公寓里发现的指纹对上。可博斯的做法是完全合法的。全国各地的法庭一直以来就允许警察在跟犯罪嫌疑人进行问询时使用欺骗和圈套，认为无辜的人能够看穿欺骗，不会错误地认罪。

博德斯的这次问询是他唯一一次和执法队伍里的人说话。玛戈和亨德森对斯凯勒关于那场倒霉约会的说法进行了叙述，而博德斯则否认自己曾返回公寓。基于这一矛盾，他因涉嫌谋杀而被拘留在审讯室，随后就被关在再往上两层楼的凡奈斯监狱。当时，案子的证据还非常薄弱，博斯和希恩也都知道这一点。在有没有到过被害人门前这一点上，他们认为博德斯是在撒谎，更加相信他就是杀手，但这个细节只能算是道听途说。它完全基于被害人两位朋友的记忆，而且丹妮尔在叙述她的故事时三个女人还在一起喝酒。这种控方证人与嫌疑人各执一词的情况往往让辩方律师如鱼得水，合理怀疑也在真相与谎言之间的灰色地带中悄然生长。

两名警探知道，他们需要找到确凿的证据，否则就得在拘留四十八小时后把他给放了。他们利用证人玛戈和亨德森的叙述建立了被害人与犯罪嫌疑人之间的联系，说服一位态度友好的法官为他们签发了一张搜查令。这给了他们二十四小时来搜查普雷斯顿·博德斯的汽车和住处。

他们很走运。进入博德斯位于韦斯珀的公寓并搜查了三小时后，博斯注意到一套组装好的木头置物架，架子底部缺了两根螺丝，不能将底层的架子和底座固定在一起。博斯想着，如果要组装一套置物架，最简单的方式应该是先组装上面，而不是底座。

在把架子上的书和其他物品挪开后，他轻易就将下面的薄板掀了起来，露出了架子底座里隐藏的空间。他在里面发现了被包在一张纸巾里的海马吊坠。没有找到编织绳项链。他还发现了几件其他的女性饰品，以及一系列关于性虐和捆绑的黄色杂志。

随着海马吊坠的发现，针对博德斯的罪证由牵强变成了确凿。斯凯勒的母亲还在城里，已经做好安排，打算将女儿的遗体运回佛罗里达举行葬礼。博斯和希恩在她住宿的旅馆和她见了面。她辨认出在博德斯家中找到的吊坠就是自己给女儿的那个。

警探们欣喜若狂，感觉自己已经从败局中夺回了胜利。当天晚上，在地方检察官办公室提出诉讼后，他们出门就去了位于回声公园的游击手酒吧，举杯庆祝。

三十年后，博斯依然记得在调查中找到关键证据时的那份喜悦。他慢慢回味着那一刻，将松散的问询记录整理好。对自己和希恩完成的这个案子，他的信心仍然没有动摇，他依旧坚信是博德斯谋杀了丹妮尔·斯凯勒。

在为庭审做准备的过程中，博斯和希恩试图将暗格里发现的另外几件饰品与其他案子联系起来。他们调看了博德斯在洛杉矶居住期间所有悬而未决的年轻女性谋杀案和失踪案。他们认为他至少还犯下了另外两起性侵杀人案。两名被害人都是与娱乐业沾边的女性，和博德斯一样在文图拉大道的酒吧圈内活动。他们找到了这两名女性戴着和从他公寓暗格里找到的相同首饰的照片，但是专家分析无法确定这之间的联系，地方检察官办公室决定只针对斯凯勒谋杀案对博德斯进行审判。博斯和希恩反对这一决定，但检方总是拥有最终决定权的一方。

庭审中，博德斯和辩方律师不得不仓皇地对那个海马吊坠做出解释，但是他们的努力看起来毫无意义。辩方律师大卫·西格尔在法院圈里被称"西律"，以对法律的深刻理解和精明运用而著称。他试图对检方将吊坠被认定为斯凯勒所有的真实性提出疑问。

检方让被害人的母亲出庭。她认定是同一件首饰，并含泪讲述了首饰背后的故事。同时，检方还展示了斯凯勒在被害前拍摄的照片，照片上可以看到她脖子上正戴着这个吊坠。西格尔让那件首饰的厂商代表出庭，他做证说颜色和款式相同的海马吊坠他们生产了几千件，销往了全国各地，在洛杉矶地区的零售店里也卖了几百件。

博德斯为自己辩护时称，在自己公寓发现的吊坠是他从圣莫尼卡码头买的。他解释说，自己记得在和斯凯勒的约会中见过相似的吊坠，他很喜欢。他买来打算将来作为礼物送出去，这也是为什么他会把这件饰品和其他几件女性饰品一起藏在置物架的暗格里。他将这些饰品当作可能会送给与自己约会女性的礼物，不希望在公寓发生入室盗窃时被抢走。

西格尔支持自己当事人的说法，并向凡奈斯分局介绍了与当地相关的盗窃数据。不过，对海马吊坠是如何跑到博德斯手里这件事的牵强解释没有得到陪审团的信任，特别是在听了博德斯接受问询时的录音回放之后。陪审团在慎重考虑了六小时后给出了有罪判决。在另外一场庭审上，听完斯凯勒所遭受的恐怖对待之后，同一批陪审员只用了两个小时便建议判处死刑。法官坚持到了最后，判处了博德斯极刑。

凌晨四点，博斯回顾完了最初的调查情况。音乐早就停了，只是他并没有注意到。他非常疲惫，同时也知道自己七点半还要到圣费尔南多警察局的作战室参加一个全体会议，讨论药店谋杀案的调查情况。他决定先睡两个小时，然后等现在的案子有空闲时再去看索托和塔普斯科特二次调查的情况。

　　他朝走廊尽头的卧室走去，想起了自己发现海马吊坠的那一刻。在内心深处，他知道博德斯就是谋杀犯，必须让他为自己的罪行付出代价。

7

七点钟，博斯已经开车上路。他一边大口喝着自己在家做的咖啡，一边开车穿过巴勒姆大道的坡道，然后朝北转入 101 高速公路。这是一个凉爽而清新的早晨，在北边的地平线上可以清晰地看见峡谷两侧的山岭和交叉气流下的残余烟雾。170 高速公路是他去圣费尔南多经过的第二条高速公路，驶入后他掏出手机，拨通了手机里圣昆廷州立监狱调查服务处的号码。

有人接起了电话，博斯要求让名为盖布·梅嫩德斯的调查员接电话。监狱有自己的调查队伍，他们负责调查在押人员的犯罪行为，同时也负责收集监狱里在押犯人的活动情报。多年前博斯和梅嫩德斯合作过，知道他为人正直。

过了一会儿，电话里传来了另一个人的声音。

"我是梅嫩德斯警督，有什么可以帮您？"

自从博斯上次和他通话后，他就升职了。

"我是洛杉矶的哈里·博斯，看来你这是高升了啊。"

博斯非常谨慎，没有说自己是从洛杉矶警察局打来的电话。他避免提及自己的现实处境，因为他相信如果能够让梅嫩德斯认为自己是在洛杉矶警察局，而非小小的圣费尔南多警察局工作，他能够获得对方更好的合作。

"有一阵子了，博斯警探，"梅嫩德斯说，"有什么我可以帮你的？"

"你们监狱里在押的一名死刑犯，"博斯说，"名字是普雷斯顿·博德斯，是我把他送进去的。"

"我知道他，比我在这儿的时间都长。"

"是的，那么你可能已经听说了，他试图翻案。"

"是的，这事我也听说了。我们刚刚收到转移他的命令，下周他就要去你们那儿了。我本来以为他已经在这儿待了那么长时间，早就没有上诉机会了。"

"是，不过这次他找了一条邪道。我需要知道他的探监记录，知道有谁探望过他。"

"我想这不是什么问题。你想往前查多久？"

博斯想了想卢卡斯·约翰·奥尔默的死亡时间。

"过去两年怎么样？"他问道。

"没问题，"梅嫩德斯说，"我会安排人去查的，之后联系你。还有其他事吗？"

"有，我在想，作为死刑犯，博德斯能够接触到电话和电脑吗？"

"没有直接途径，没有。没有电话，也没有电脑，不过他可以定期收发邮件。有些网站是方便在押死刑犯和他们的笔友沟通的，差不多是这样。"

博斯思考了片刻才继续说话。

"那有监控吗？"他问，"我是说，邮件。"

"有，都要经过阅读的，"梅嫩德斯说，"我们单位有人负责这个。这是轮流着的，这种事没人能做太长时间。"

"会有存档吗？"

"需要采取后续行动的话才有。如果信里没什么可疑的，就直接转过去了。"

"那你知道博德斯有没有收到过很多邮件？"

"他们都有收到过很多邮件。还记得斯科特·彼得森吗？他的信件多得离谱。外面就有很多那种混账女人，博斯。她们就喜欢坏蛋，只不过这帮坏蛋已经没机会出去了，所以她们应该没危险，如果一切正常的话。"

"说得是，往外发的信件呢？"

"一样，发出去前都要经过检查。如果有问题的话，我们就返还给在押犯人。这种情况一般是因为犯人写的都是些恶心的性幻想。比如他们要是见面的话，他会对那个女孩做什么，都是这种狗屁话。我们不允许这种信件发出去。"

"明白。"

"不管怎么说，我的名片夹里有你的电话。我是这里最后一个还用名片夹的人了。我来找人办这件事，之后和你联系。"

"那我还是给你我的手机号吧。我在外面，正在盯另外一个案子——昨天发生的一起双重谋杀案——手机会好些，你可以记下这个号码。"

博斯给他留了号码，表达感谢之后挂了电话。挂了电话后他才意识到，索托悄悄给他的报告里可能早就有他刚才要的信息了。

新调查应该已经覆盖了博德斯与谁会面和交流的信息，但是梅嫩德斯并没有暗示说他已经收到过类似的请求。这不禁让博斯想到，要么是索托和塔普斯科特不够尽职，要么就是梅嫩德斯刚刚在要他。

不管是哪种情况，博斯应该很快就会知道了。

博斯接着打电话给他的律师米基·哈勒，他俩刚好还是同父异母的兄弟。博斯离开洛杉矶警察局的时候，哈勒帮他处理法律问题，并起诉警局，要求警局全额支付博斯的退休金。最终警局败诉，博斯将额外获得的十八万美元存入了自己的小金库，希望有朝一日全部留给自己的女儿。

哈勒接起电话时咕哝了一声，听上去似乎有点不太高兴。

"我是博斯，是不是吵到你睡觉了？"

"没有，兄弟，我清醒着呢。我这么早一般不会接电话，经常有当事人打来说：'米克，条子拿着搜查证正敲我家门呢，我该怎么办？'总是这种破事。"

"呃，我也是无事不登三宝殿啊，只不过是别的事。"

"谁让你是我的异母兄弟呢！出什么事了？酒驾？"

哈勒特别喜欢这句"异母兄弟"，每次都要说一遍，而且每次都蹩脚地模仿六年前在电影里扮演他的得州人马修·麦康纳。

"没有，不是酒驾，比那个严重。"

博斯把前一天索托、塔普斯科特和肯尼迪登门拜访的事情告诉了哈勒。"所以我就想知道，我是不是应该立刻把我的退休金、我的房子、我的所有东西都过户给麦迪？我这些东西是要留给她的，不是给博德斯的。"

"第一，别胡思乱想了。你一分钱都不需要付给那家伙。我想先问几个问题。这些人来找你的时候有没有表明或者暗示你存在渎职行为？比如你伪造证据栽赃，或者在庭审期间私自按下了可以证明嫌犯清白的证据？有这些吗？"

"目前还没有。表面看来，他们认为这都是实验室搞砸了，但是现在实验室里用的技术手段那时候都没有。当时根本没有 DNA 什么的。"

"我说的就是这个。如果调查过程中遗漏了什么证据，但是你完全做到了尽职尽责的话，那么即便博德斯要告你，市政府也得给你兜着。就是这么简单，而且如果市政府过河拆桥，我们就起诉市政府。要是工会听到风声，发现为公家卖命的人最终却被市政府抛弃，那就更热闹了。"

博斯想起，索托曾经提到要把锅甩给希恩。但是在与肯尼迪的会谈中，并没有人提起这件事。难道索托是在暗示新一轮调查中发现的另外一个问题？博斯决定还是先重看一遍案卷，再跟哈勒讨论这件事。

"好吧。"他说。

博斯感到与哈勒的对话让他如释重负。或许他即将面临足以终结他职业生涯的耻辱，但现在看来，至少他的财产和他给女儿的遗产可以保住了。

"来找你的那个定罪证据真实性调查组的地方检察官叫什么？"哈勒说，"我跟这帮人打过几次交道。"

"姓肯尼迪，"博斯说，"叫什么我忘了。"

"亚历克斯·肯尼迪，他可是个货真价实的讨厌鬼。他开始可能对你以礼相待，但以后要在背后捅你一刀，将你置之死地而后快。好在我们不用太理他。就像我说的，如果这件事完全是因为新证据而起的，不存在什么渎职的情况，那么市政府必须挺你。"

心理按摩差不多该结束了。博斯现在已经上了 5 号高速路，正在靠近圣费尔南多方向的出口。

"这件事需要我介入吗？"哈勒问道。

"暂时还不用，"博斯说，"我正在调查。我顺了一遍我的调查过程，没发现有什么不对的地方。这个案子就是博德斯干的，我要找出究竟是哪里出了问题。只是下周三就是听证会了，你觉得我该怎么办？"

"这取决于从现在到下周三之间你能有什么发现。我随时可以提起动议，就整件事提出我的疑问。没准可以拖延一点时间，让法官多思考一周左右。但是我们要么就做点什么，要么就闭嘴。"

博斯思考着哈勒的话。如果他需要更多时间进行调查，这不失为一个好办法。

"不过那样会有点怪。"哈勒说。

"哪样会有点怪?"博斯问。

"我跑到法庭上要求法官不要释放一名死刑犯。事实上,我之前从没干过这样的事情。我可能得托一个同事办这件事。站错边会影响生意的,兄弟。随便说说。"

"你不可能站错边的。"

"我是说,DNA把双方拉回到同一起跑线上。你觉得警察抓错人这种事多吗?"

"不多啊。"

"百分之一的概率?毕竟人非圣贤,孰能无过嘛,对吧?"

"说不好啊,也许吧。"

"在这个国家,有两百万人被关在监狱里。两百万人啊。如果司法体系的错误率为百分之一,那么就有两万个无辜之人被关进了监狱。即便把犯错的概率降低一半,也还是有一万人。我晚上经常因为这件事睡不着。这也就是为什么我总是说最可怕的委托人就是无辜之人,毕竟事关重大啊。"

"或许这件事我不应该找你啊。"

"你瞧,我的意思是司法体系是不完美的。清白之人被关进监狱、被判死刑、被处死的事情并不是没有,这些都是事实,你得考虑考虑,别着急站边。反正不管怎么样,你个人肯定是安然无恙的,放心吧。"

"好。我得挂了,有个会。"

"好的,兄弟。有事给我打电话。"

博斯挂掉电话,感觉心情比早上出门时更糟了。

8

不到七点半，博斯就进了作战室，结果发现卢尔德早已开始在会议室的其中一块白板上梳理案件细节和任务清单了。

"早啊，贝拉。"

"嘿，哈里。小队那边有壶新煮的咖啡。"

"我现在还好，你有睡会儿吗？"

"睡了一点。四年来，我们第一次碰到新发谋杀案，睡不着啊。"

博斯从会议桌一头抽出把椅子坐下，方便看看她在梳理什么。她在左边列了两列，中间用竖直线分开。其中一个标为"若泽"，另一个则是"小若泽"，每个被害人的名字下面都罗列了一些关于他们的基本事实。他知道谋杀当天下午，她把大部分时间都花在了陪伴两位被害人的妻子及母亲身上，收集了这个家庭的很多动态情报。小若泽刚刚从药学院毕业，住在家里，但是因为生活和工作安排问题与父母不和。

卢尔德这会儿正在第二块板上写字，列出调查线索，以及需要分配和执行的任务。她有些用了黑色的笔，有些则用了红色。其中有尸检和弹道信息。药店里事发前三十天的监控录像已经获得，但需要几个小时进行检查。近几年洛杉矶还发生过其他的药店抢劫案，也都需要复查以确定是否有相似之处。

"为什么用红色？"博斯问。

"表示高优先级。"卢尔德回答说。

"MBC 是什么？"

她用红笔写了这几个字母，还加了下划线，之后画了个箭头指向自己的首字母缩写。这条线索是她要去追查的。

"这是加州医疗委员会的缩写，"卢尔德说，"昨天我在小若泽的房间里发现了一封 MBC 的回信，信上说他们已经收到了他的投诉，将会在调查员审查后和他联系。"

"好的，"博斯说，"为什么这个要优先？"

"两个原因。首先是他把这封信放在了自己房间的一个抽屉里，似乎是要把信藏起来。"

"为什么？不想让父母发现？"

"我还不知道。另一个原因是他母亲透露说，小若泽和他父亲最近有争吵。她不知道是因为什么事，但知道是跟工作有关。他们在家里都没有提起。我的直觉是这可能跟他向医疗委员会提交的投诉有关，似乎值得去查一查。"

"我同意。查完了告诉我。"

门开了，西斯托和卢松走了进来，特雷维尼奥警监跟在后面。三人手里都端着热气腾腾的咖啡。

特雷维尼奥五十多岁，胡子花白，剃了个光头。他身穿制服，每天都是如此，但在博斯看来这似乎总是很突兀，因为他负责侦查处，而这里没人穿制服。在警察局里，大家都知道他明显就是后备局长，但是没有迹象显示已经在镇上住了一辈子的局长会调到其他地方去。博斯觉得，这让特雷维尼奥非常沮丧，于是他便把这种情绪转化成了对规定和纪律的墨守成规。

"我就来旁听一下，之后向局长汇报，"特雷维尼奥说，"他去参加一个商业领袖早餐会了，不得不去。"

在圣费尔南多这样的小镇，局长必须同时扮演警察管理人、政客和社区啦啦队长的角色。在商店和社区聚集的主要街道上发生双重谋杀案自然会成为热门话题，瓦尔德斯需要在调查过程中消除紧张情绪，提升大家的信心。从某种程度上说，这和调查本身同样重要。

"没问题。"博斯说。

博斯一开始来到警局的时候，和特雷维尼奥的相处并不融洽。警监根据博斯在洛杉矶警察局的历史，把他看成不受束缚的大炮，必须时刻加以监督。这对博斯来说没什么意义。大约一年之后，随着博斯和卢尔德成功抓到一名危害圣费尔南多女性居民四年之久的连环强奸犯，博斯和特雷维尼奥之间的关系才缓和了不少。随后的宣传报道使警局获得了社区的广泛支持，而由于特雷维尼奥负责管理侦查处，大部分功劳都归到了他身上。自那之后，对博斯在城里旧监狱调查并翻阅悬案卷宗和证物箱这一行为，特雷维尼奥乐于放手不管。不过，博斯注意到特雷维尼奥对自己仍有怀疑，一旦他发现关于博德斯的情况，肯定会向局长告密，要求博斯走人。

"为什么不从看药店的录像开始呢？"博斯说，"不是所有人都看过。然后我们可以讨论一下，总结昨天的工作，以便特雷维尼奥警监能够让局长跟上进度。贝拉？"

卢尔德伸手拿起遥控器，打开了白板对面墙上的一块屏幕。药店的录像已经被做了标记，因为博斯和卢尔德昨天晚上回家前已经看了好几遍。

药店里有三个摄像头，但处方柜台上方天花板上的摄像头最完整地记录了这场谋杀。作战室里的五个人安静地盯着缓慢播放的录像。

屏幕上，若泽·埃斯基韦尔和他的儿子都在药品区的柜台后面，他们正在为当天的生意做准备，因为药店只有他们两个人运营，除了周日，每天早上十点开门。老若泽正在清点塑料篮里的几个白色小袋，里面是已经装好的等待病人来取的处方药。小若泽正站在柜台末端的电脑前，显然是在核对药品办公室新送来的处方药。店里没有其他雇员。根据前一天问询的情况可以确定，这对父子是店里仅有的全职员工。店里还有一名兼职雇员，只在一周中最忙的日子或者埃斯基韦尔父子二人中有一人不在的时候到店里帮忙，不过她并非药剂师，主要负责收银结账。

根据录像上的计时器，十点十四分，两名男子打开前门进入药店。他们脸上早已戴好滑雪面罩，双手戴着手套，拿着武器。他们分别走进两条零售走道，并没有跑动，而是快步走向店铺里面的柜台。老若泽第一个抬起头，看到了从走道里向他走来的男子。从摄像头的角度看不出他是否认识这两个人，但他立刻往右挪动，用前臂推了下儿子，将他从电脑前推开，警告他有危险。

尽管录像并没有声音，但很显然，老若泽朝自己的儿子喊了句什么，然后小若泽便往右手边那扇门转过身去。那扇门连接着走廊和后门，看起来他并没有意识到这会让自己撞上从另一条走道里过来的人。小若泽开始朝走廊跑去。枪手从走道里走了出来，紧随其后，两人都进了药店后面，消失在了镜头里。

另一名枪手继续向柜台走去，并举起了武器。老若泽掌心朝外，举起双手投降。枪手将枪伸向埃斯基韦尔举起的双手间，几乎算是近距离地朝他胸口开了枪。子弹贯穿胸口，射进了他后面的储藏柜。老若泽倒退一步，撞在储藏柜上，然后瘫倒在地，双臂仍旧举过肩膀。

"天哪，这也太残酷了。"西斯托说。他之前没有看过这段录像。

没人回应。他们在震惊所带来的沉默中继续往下看。

埃斯基韦尔遇害后不久，第二名枪手从后面的走廊里走了出来，出现在镜头中，大概是已经射杀了小若泽。他来到柜台边，伸手拿起下面的白色塑料垃圾桶，将里面的垃圾倒在地上，然后走向药品储藏柜，拉开抽屉，把里面存储的药片和胶囊倒进垃圾桶。另一名枪手双眼紧盯前门，两手拿着武器，随时准备开枪。博斯再次意识到没有更多的被害人是多么幸运的事。顾客很可能会漫步走进药店，对等待着他们的危险毫不知情。这些杀手显然没打算留下目击者。

这原本可能是一场大屠杀。

从前门进来一分半钟后，枪手们走进了后面的走廊，在后门出口处消失不见。

卢尔德说："我们认为他们肯定在巷子里准备了一辆车，还安排了司机。有人要再看一遍吗？"

"不了，谢谢，"特雷维尼奥说，"他儿子被枪击的地方有录像吗？"

"没有，后面的走廊里没有装摄像头。"卢尔德说。

"街上呢？"特雷维尼奥继续问，"我们有那俩狗杂种不戴面罩的画面吗？"

"什么都没有，"卢松说，"商业区两头倒是有摄像头，但是它们屁都没拍着。"

"我们认为，他们是在巷子里下的车，然后从后门进了三王酒吧。"西斯托说。他说的时候，用的是和药店隔着两家店的那家酒吧的英文名。

"他们穿过酒吧，从前门走了出来，"卢松说，"之后来到家庭药房，并在进门前戴好了面罩。"

西斯托补充说："他们知道自己要做什么，而且也知道摄像头的位置。"

"三王酒吧描述了他们的模样没？"特雷维尼奥问。

"那伙人可不怎么合作，警监，"卢松说，"我们什么也没问出来，只有酒保说看到两个人非常快地穿了过去。他说他们是白人。就这些。"

特雷维尼奥皱起了眉头。他非常清楚，三王酒吧经常呼叫巡警，不是斗殴、赌博、酗酒、骚乱，就是其他犯罪行为或者破坏事件。那家店就是商业区的一处旧伤疤，社区多年来一直在要求警局对那里做点什么。瓦尔德斯局长会例行公事般查看警局的检查名单，将这里单拎出来采取积极的执法行动，也就是说，他希望每一班巡警都要到酒吧里走上几趟——不论是酒吧，还是酒吧顾客，都不欢迎这一举动。之后，警察和酒吧管理人以及酒吧顾客的关系就不怎么样。在这个案子上，三王酒吧肯定不会提供什么帮助。

"好吧，还有其他的吗？"特雷维尼奥问，"这能和城里最近发生的案子匹配上吗？"

他是指洛杉矶。圣费尔南多的大多数居民都会称圣费尔南多为镇上，称洛杉矶为城里。

"我们有两个类似的案子，"西斯托说，"都发生在城里，我今天能拿到案件细节和录像。不过基本情况是一致的——两名头戴滑雪面罩的白人男子，司机在外面候着。唯一的不同是，另外两个案子里没有人受伤，都是简单直接的抢劫——一起在恩西诺，一起在西山。"

博斯不自觉地摇了摇头，特雷维尼奥注意到了。

"不是我们的嫌犯干的？"警监问。

"我认为不是，"博斯说，"我认为我们的嫌犯希望我们认为是。但这案子是有预谋的谋杀案。"

"好的，"特雷维尼奥说，"那我们的焦点呢？"

"在儿子身上。"卢尔德说。

"为什么？"警监问。

"唉，据我们所知，这孩子非常耿直，他去年才从加州州立大学北岭分校的药学院毕业。没有被捕记录，没有帮派关系，在他高中的班里是最可能成功的人。不过，埃斯基韦尔夫人说，因为家里的生意，他和他父亲的关系不太好。典型的新鲜思想撞上老派做法。"

"我们还知道什么别的吗？这跟案子有什么关系？"

"目前还没有，但是我们正在调查。我需要再去拜访一下埃斯韦尔夫人，昨晚时机不对。"

"那么为什么我们会认为这跟那孩子有关呢？"

博斯指了指屏幕，上面是老若泽伸着四肢被枪杀在自己店里的画面。

"录像，"他说，"看起来当父亲的似乎看出来了要发生的事，还试图让儿子离开那里。另外就是过火行为——当父亲的被开了一枪，孩子则被开了三枪。"

"还有，没什么比屁股上的那枪更有针对性了。"西斯托补充说。

特雷维尼奥想了想这几点，然后点了点头。

"好的，后面我们怎么做？"他问。

工作任务被分配给大家，卢松负责尸检和弹道调查，这需紧急处理，以便找出杀人武器是什么，看看是否能和数据库中其他含有弹道资料的案子匹配上。西斯托负责录像，从头到尾再看一遍从药店拿到的录像，以调查两名枪手在当月早些时候是否有去药店附近踩点，并且研究父子两人的关系。西斯托还要到洛杉矶警察局确认那两起类似的药店抢劫案，看看能否拿到那两起犯罪行为的录像。

卢尔德说，她会继续调查儿子的背景情况，调查他向加州医疗委员会提交的投诉。博斯则作为案件协调员，在卢尔德外出调查时支援她。

听完这些后，特雷维尼奥向所有人做了最后指示。

"这次调查的是谋杀案，所以分量很重，"他说，"对我们所有人来说都是这样，包括我们的枪手。我知道我们警局很小，但是调查这个案子的时候，谁也不能单独出门。我们永远都不知道自己将要面对的会是什么情况。听到了吗？"

大家齐声确认，对他做出了回应。

"好了，"他说，"把这两个家伙找出来。"

9

作战室的会议结束后，博斯离开警局，卢尔德则要找出州医疗委员会调查队中的某个调查员。博斯走过两个街区，来到杜鲁门的一家购物中心，走进一家向新移民售卖一次性手机的小杂货店。新移民没有办法向大的服务商提供固定地址和信用记录，所以会购买这类手机。他买了一部带短信功能的一次性手机，并付了全部费用。然后他走出商店，向露西娅·索托发了条两个字的短信：

　　　　谢谢。

不到一分钟，他就收到了回复。

　　　　你是谁？

他编辑了一条信息：

五分钟后，找个隐秘的地方接电话。

他看了看自己的手表，开始往回走。五分钟后他来到警局旁边的停车场，然后拨出电话。索托接了电话，但什么都没有说。

"露西娅，是我。"

"哈里？你在做什么？你的手机呢？"

"这是部一次性手机。我以为你并不想让我和你的对话留下任何记录。"

"别傻了。发生什么事了？你为什么谢我？"

"为了那些文件。"

"什么文件？"

"好吧，如果你想这么处理的话，没问题。我明白。我必须告诉你，我已经看了那个旧案子——我参与的那部分——都在里面，露西娅。那案子无懈可击。主要靠的是旁证，没错，但是一直到判决，整个过程无懈可击。你需要阻止整件事，别把这家伙放出来。"

"哈里……"

她没有继续说下去。

"什么，露西娅？怎么，你还不明白？我在想办法让你别掉进一个大麻烦里。不知道到底是哪种方式、哪种途径，但这就是个骗局。塔普斯科特给我看的你俩打开证物箱的那个视频，你能给我发一份吗？"

索托沉默了半天才回话。

"我觉得这里唯一有大麻烦的人就是你，哈里。"

博斯对此无话可说，他意识到有什么事情改变了她对他的看法。在她眼里，他的形象已经一落千丈，轮到让她对他感到同情，而不是她曾经所表现的那种敬重。他肯定是疏漏了什么。他必须回去再看看她放到他信箱里的调查卷宗，不管她承不承认。他现在不得不考虑，她这么做并不是为了帮他，而是为了警告他之后会发生什么。

"听我说，"索托说，"我为你冒险是因为……因为我们曾经是搭档。你得让这事过去，不要引火烧身，否则会元气大伤的。"

"把那个家伙，那个杀手，从圣昆廷无罪释放，你觉得我就不会元气大伤？"

"我得挂了。我建议你把整个卷宗都看完。"

她挂断了电话，博斯愣在那里，手里握着自己刚刚花了四十美元买来的、之后可能再也不会用的手机。

他朝自己的汽车走去。他从家里带来了斯凯勒的卷宗，放在了汽车后座的地板上。很明显，索托刚刚是在引导他再看看卷宗。新调查里有什么东西是她在引导他去看的，而这一点至少在亚历克斯·肯尼迪看来足以将以前的调查作废。博斯猜测，恐怕不只是 DNA 那么简单。

还不等博斯来到车门前，警局的侧门开了，卢尔德走了出来。

"哈里，我正要来接你。你要去哪儿？"

"就从车里拿点东西。什么事？"

"开车出去一趟。我刚刚和州医疗委员会的一名调查员通了话。"

博斯将一次性手机放进口袋，跟着她一起来到她的公务车旁。他坐进副驾驶，然后她就开始倒车。他看到她将一张便条纸放在了中控台中间，上面写着圣费尔南多和特拉贝拉。他知道这上面写的地方在洛杉矶柏高附近的一个十字路口处。就在圣费尔南多正南边。

"柏高？"他问。

"小若泽给医疗委员会发了封电子邮件，投诉柏高周边的一家诊所开具过量的氧可酮，"她说，"我就是想开车看一眼，调查一下那个地方。"

"明白了。小若泽什么时候发的电邮？"

"两个月前，他把邮件发给了位于萨克拉门托的中央投诉组，过了一段时间后，这封邮件又被转到了洛杉矶的执法组。我查到了负责处理这封邮件的人。他说这件事还在处理的初期阶段，他从来没和小若泽通过话，正在为采取执法行动收集数据。"

"收集数据？你是说，比如诊所开了多少药？"

"是的，确认诊所里有哪些医生在工作、他们的执照、开的处方量，所有这类东西。初期阶段，我觉得他就是在说什么都还没做。他确实有说这家诊所不在他们的关注范围之内，还说这家诊所听起来像是家不靠谱的药品作坊。今天还在这儿，明天当局一注意，就消失得毫无踪影。问题是，他说这类诊所大部分时候不会与合法药店合作。有些药店通常都是同谋，或者至少乐意睁一只眼闭一只眼，直接依处方供药。"

"所以，我们可以说，老若泽选择了睁一只眼闭一只眼。他的儿子刚从药学院毕业，眼睛雪亮而天真，认为自己将藏在阴影里的诊所指出来是做了件好事。"

卢尔德点了点头。

"确实是这样，"她说，"我跟你说过，他是个正直的人。他看到了正在发生的事，然后投诉到了委员会。"

"那么这也就是造成父子关系不和的原因——他们争吵的原因，"博斯说，"要么是老若泽贪恋伪造处方带来的财富，要么就是他害怕投诉可能带来的危险。"

"不仅仅是这些。小若泽在邮件中说，他将会停止给那家诊所开具的处方供药。这可以说是最危险的举动。"

博斯感到胸口隐隐作痛。这是内疚和尴尬造成的痛。他太低估小若泽·埃斯基韦尔了。他开口便问帮派关系，草率地认为小若泽的活动和交际才是谋杀案的诱因。他可能在一方面是正确的，但是对这个年轻人，他完全看错了。事实证明，这个年轻人是个理想主义者，路见不平便盲目地拔刀相助，最终却搭上了自己的性命。

"该死，"他说，"他不知道如果他停止按处方抓药的话会引来什么。"

"这太让人痛心了。"卢尔德补充说。

之后博斯便默然无语，思考着自己的错误。这让他很是苦恼，因为被害人和负责追查罪犯的警探间总是会建立一种关系。博斯质疑了他被害人的品性，让被害人失望了。这么做的时候，博斯也让自己失望了。这使得他希望自己能够加倍努力，找出昨天早上迅速通过药店的那两个凶手。

博斯想到了小若泽试图穿过走廊、逃出出口时的那份恐慌。小若泽惊恐地意识到自己把父亲留在了后面。

因为录像上没有声音，小若泽被枪杀的地方也没有摄像头，博斯并不能确定，但他猜测应该是父亲先被射杀，而他的儿子在走廊里打算逃跑时听到了枪声。随后他也被击中，而枪杀他的人先来到他身边做出最后的羞辱，然后了结了这件事。

他们通过了杜鲁门南段和圣费尔南多路汇在一起的地方，很快就穿过地界，进入了柏高。尽管没有"欢迎来到洛杉矶"的标牌，两边社区的差异却显而易见。这里的街道垃圾遍地，墙上满是涂鸦。中间道路发黄，野草丛生。和道路平行的地铁轨道两旁竖立的护栏上挂满了塑料袋。博斯觉得很失望。尽管柏高的族群组成和圣费尔南多一样，但是两边社区的经济水平差距很大。

很快他们就行驶在了怀特曼机场[1]南侧外围的道路上。这是一处名字颇具讽刺意味的小型综合航空机场，要知道它旁边的社区里绝大多数都是棕色和黑色人种。快到特拉贝拉时卢尔德把车速降了下来，博斯可以看到街角处一栋仅有一层的白色建筑。它之所以显眼是因为外墙刚刚粉刷过，在阳光下很亮，同时也因为没有任何标识标明这是一家诊所或是

++++++

[1] 英文为"Whiteman Airport"，其中，"Whiteman"为白人的意思。

其他什么地方。

就在他们靠近的时候，一名白发男子从那栋建筑里走了出来，朝特拉贝拉的一角走去。卢尔德降低车速，同时转了个弯。博斯看到其他几名男女正沿着诊所排成一队，等着通过侧门，登上一辆白色的面包车。

他们大都年迈而邋遢，所穿的旧衣服在他们枯瘦的身上显得过于肥大。队伍里还有几个年轻人。这个队伍看起来就像在市区第五大道旁一家汤羹店前排队的人群一样。

卢尔德继续开车向前，以免引起他们任何人的警觉。

"你怎么看？"她问。

"我不知道，"博斯说，"哪种诊所会不在门口设标识呢？"

"不合法的那种。"

"那些人是谁？病人？"

"不确定，可能是药物傀儡。"

她继续朝前开了一个街区，然后在一家洒水装置生产公司的车道上掉头转了回来。她沿着通往诊所的街道往回开，但在中途将车停在了路边另一辆车的后面。

"我们先看一会儿。"她说。

他们看着那群男男女女登上了面包车。

"医疗委员会的调查员杰里是这么称呼他们的，"卢尔德说，"药物傀儡。他们去所谓的诊所开处方，然后到药店拿药。他们每片药能赚一美元。如果瞬间就能拿到六十片药的话，我猜这收益还算不错。"

"不过，之后在街上这些药片会卖出什么价？"博斯问。

"这取决于药量和药品种类。一般来说，一毫克一美元。氧可酮通常都是每片三十毫克。不过他说，现如今最受欢迎的乡村海洛因是八十毫克的剂量。另外，还有种氧吗啡酮，这是又一个大生意。据说药力可以达到氧可酮的十倍。"

　　博斯掏出自己的手机，打开相机程序，借着中控台稳定住手机画面，开始对着诊所和面包车拍照。他使用了变焦功能，以便更清楚地拍到等待上车的人，结果他们的特征都模糊了。

　　"你觉得面包车现在会把他们带到附近的药店去吗？"他问。

　　"有可能，"卢尔德说，"杰里说老年人是最合适的傀儡。他们很受欢迎。"

　　"为什么会这样？"

　　"因为他们想要那些看起来足够老，看起来已经被国家老年人医疗保险制度覆盖了的人。他们会给他们提供伪造的医保 D 类卡，然后他们去拿药就不需要付全价了。"

　　博斯摇了摇头，不太相信。

　　"所以医保会向药店支付药品差价，"他说，"也就是说，联邦政府在资助这种行为。"

　　"而且还不少，"卢尔德说，"杰里是这么说的。"

　　最后一名男子从诊所入口出来，转过墙角朝面包车走去。按照博斯数的，至少有十二名男女现在都挤进了车里。他们当中既有白人，也有黑人和棕色人种，共同特征是看起来都像奔波了很长时间。他们面容憔悴、衣衫褴褛，毫无疑问，这都是艰难生活留下的痕迹。司机戴着太阳镜，穿着黑色的高尔夫球衫。他从面包车前面绕到侧门，将车门拉上。等博斯调好手机摄像头焦距的时候，已经没机会拍到这一幕了。司机已经上了车，躲到了挡风玻璃后面。

　　面包车驶离诊所，沿着特拉贝拉朝两名警探的方向开了过来，博斯赶紧将自己的手机藏到中控台下面。

　　"该死。"卢尔德说。

　　博斯和卢尔德驾驶的无标记警车并没有做什么伪装。车身通体黑色，轮毂有政府用车标记，前格栅里装有闪光灯。

不过，面包车经过时并没有减慢车速，司机正忙着接听手机。博斯注意到他留着山羊胡子，拿着手机的那只手上戴着一个金戒指。

卢尔德在后视镜中盯着面包车，直到它开出去两个街区，在埃尔多拉多那儿朝右边驶去。

"要跟上它吗？"她问。

"跟上吧。"博斯说。

她将车开离路边，做了个三点掉头。她猛加油门，将车朝埃尔多拉多开去，然后和面包车一样向右转弯。当面包车在皮尔斯再次右转，然后向北开的时候，他们跟了上去，穿过圣费尔南多和地铁轨道，最后进入怀特曼机场。

"没想到会是这儿。"卢尔德说。

"是啊，真是古怪。"博斯附和道。

面包车穿过入口，在私人飞机库那儿停了下来，驾驶员一侧的车窗玻璃摇了下来。驾驶员从车窗伸出胳膊，在读卡器上刷了一下门禁卡。飞机库门升了起来，面包车驶了进去。卢尔德和博斯无法开进去，不过在机场外有条道路刚好和内部道路平行，这使得他们能够从禁止区域外跟上面包车。他们看着面包车进入一处门开着的飞机库，消失在视野中。

他们将车停在外面的道路上，等待着。

"你想到了什么？"卢尔德问。

"没想法，"博斯说，"等等看。"

之后他们便无声等待着，几分钟后，一架单引擎飞机的螺旋桨高速旋转着，从飞机库里开了出来，朝跑道开去。飞机离开飞机库后，面包车倒了出来，向大门开去。

"盯面包车还是飞机？"卢尔德问。

"我们还是在这儿盯着飞机吧，"博斯说，"我已经记下面包车的车牌了。"

博斯数了下，从驾驶舱往后，飞机的一侧一共有七扇窗户，每一扇窗户都拉下了遮光板。他从口袋里掏出一支笔，在卢尔德写有诊所地址的便条纸上记下了飞机尾部的编号。他还同时记下了时间。他又再次拿起手机，开始拍摄飞机在跑道上滑行的照片。

"我们来这儿到底是在找什么？"卢尔德问。

"我不知道，"博斯说，"不过我记下了尾部编号。如果他们有提交飞行计划，我们就可以拿到手。"

博斯看了看飞机库，发现又大又宽的库门正在缓慢地下降。这个波纹金属做成的大门上喷有已经褪色的广告词：

大胆去跳！
SFV 跳伞俱乐部
今天预订！今天就跳！

博斯把自己的注意力转回到跑道上，安静地看着飞机沿柏油跑道滑行。白色的飞机侧面喷涂着橘黄色的条纹。飞机有顶部机翼，宽大的登机门框下面装有跳伞台。

博斯将相机调整为录像，拍下了飞机加速、升空的画面。飞机向东飞去，然后向南倾斜，沉入太阳之下。

博斯和卢尔德一直盯着飞机，直到它消失不见。

10

怀特曼机场的空中交通管制塔位于一座小型综合行政楼顶楼。在公共区域和通往管制塔的楼梯之间有一位接待员，她看到警徽就让他们上了楼。博斯和卢尔德沿着楼梯上去，敲了敲贴有"空中交通管制——闲人免进"标识的门。

有人过来开门，看到警徽后，他却抬手指了指"闲人免进"的字样。

"警官，"他说，"是在调查那些改装赛车吗？"

博斯和卢尔德互相看了看，两人都没想到对方会问这个问题。

"不是，"卢尔德回答说，"我们是想问问刚刚起飞的那架飞机。"

那人转过身去，看了看身后的房间和窗外的机场，似乎是在确认他正身在机场，而一架飞机刚刚起飞了。然后他回过身来看着卢尔德。"你是说赛斯纳飞机？"

"那架跳伞飞机。"博斯说。

"是的，华丽大篷车，也有人叫它迷你货车。除此之外，我也没什么其他可以告诉你们的。"

"有地方让我们进去聊聊吗？我们正在调查一起谋杀案。"

"呃，当然，请随意。"

他用胳膊撑着门好让他们进去。博斯判断这人应该快七十岁了，有部队经历——他的举止，以及他伸手时差点要敬礼的样子。

管制塔空间很小，装满了窗户，从而可以完全看清机场的情况。雷达和通信控制台前有两把椅子，博斯示意卢尔德找把椅子坐下，他则靠在门旁的一个四斗文件柜旁。

"我们能先问问你的名字吗，先生？"卢尔德说。

那人坐到剩下的那把椅子上，转了过来面对着两名警探。

"特德·奥康纳。"他说。

"你在这儿工作多久了，奥康纳先生？"她问。

"哦，我想想，到现在差不多二十年了，但经历了两个不同的时期。从空军退役后来的这儿——在空军待了二十五年，就是在国外扔凝固汽油弹那些狗屁玩意。之后到这儿工作了十年就退休了，然后觉得我并不喜欢退休生活，就在一年后又回到了这里。那是十二年前。你可能认为坐在这儿一整天会很无聊，但是如果你在一个装有单体空调组的两连式活动住房里待上一个夏天，你就会想念热天和无聊的。不过，谁又他娘的在乎呢？你们是想知道关于那架赛斯纳的情况吧。"

"你知道它在这儿多久了吗？"

"随口就说的话，我可以跟你说，它在这个机库的时间比我在这儿待的时间还要久。过去这些年，它转手了好几次。过去两年里，机主是家来自加利西哥的公司。至少楼下的贝蒂跟我说机库账单和燃油账单是寄到那儿的。"

"公司的名字叫什么？"

"贝蒂可以告诉你。她跟我说过，但是我没记住。切洛什么还是什么东西。是个西班牙名，我不大懂西班牙语。"

"飞机还用来跳伞吗？"

"我希望不是。那些我看到登上飞机的人，跳了伞可没命还活着。"

博斯朝前探了探身，向窗外看去。他注意到奥康纳可以直接看到那处机库，控制台上的双筒望远镜可以让他清楚地看到机库大门什么时候开启。

"那么，你有看到那座机库里都发生了什么吗，奥康纳先生？"博斯问。

"我看到很多人进进出出，"奥康纳说，"很多老人，老得，嗯……就跟我差不多。"

"每天都这样？"

"差不多吧。我每周只上四天班，不过我上班的时候，每天都能看到那架飞机降落或者起飞，或者降落后又起飞。"

"你知道飞机里面是不是仍按照跳伞的用途设计的吗？"

"据我所知是的。"

"两侧装有长长的跳伞凳？"

"对。"

"那么，飞机一次可以装多少人？"

"那架飞机是加长的型号，尾部比较大。应该可以装十五个人，或者二十个人，如果有需要的话。"

博斯点了点头。

"你有向任何人报告过你看到的这些吗？"卢尔德问。

"报告什么？"奥康纳说，"上架飞机能是什么罪？"

"他们今天有提交飞行计划吗？"

"他们从不提交飞行计划。他们不需要提交。甚至也不需要向管制塔报告，只要他们遵照 VFR 飞行。"

"VFR，那是什么？"

"目视飞行规则。知道吗？我在这儿的工作是向有需要的人提供雷达支持，引导有需要的飞行员进出。问题是，你可能会注意到，我们是在加利福尼亚，如果是晴天的话，你就可以按照目视飞行规则飞行，美国联邦航空管理局没有任何规则要求驾驶员在通用型机场和管制塔联系。今天驾驶那架飞机的家伙？他今天只跟我说了一件事，就是这样。"

"他说的什么？"

"他说，他准备朝东起飞。我跟他说，跑道是他的了。"

"就这些？"

"除了他的俄罗斯口音，就这些。我觉得是因为今天我们这里是西风，他是在告诉我他并不愿意朝东起飞。"

"你怎么知道是俄罗斯口音？"

"我就是知道。"

"好吧，没有飞行计划就是说没有文件记录他要去哪儿，或者他打算什么时候回来？"

"在这种机场，对那种飞机来说，没必要。"

奥康纳朝窗外指了指，好像那架飞机正盘旋在那儿似的。卢尔德看了看博斯。她显然被震惊到了，没想到机场这么缺乏安全措施，也没有对出入进行控制。

"如果你觉得白天不方便的话，应该晚上到这儿来看看，"奥康纳说，"我们管制塔晚上八点关门，之后机场就没有任何管控了。人们可以随意进出——而且他们确实会。"

"你就让跑道的灯亮着？"博斯问。

"不会，灯是无线电控制的。飞机上的任何一个人都可以随意开关。你唯一要担心的就是那些改装赛车。"

"改装赛车？"

"它们晚上会溜到停机坪上，在那儿赛车。大约一个月前，我们有个飞行员飞了进来，把灯都打开了，结果差点落在其中一辆改装车顶上。"

　　无线电呼叫打断了他们的谈话，奥康纳转身到控制台去接听。在博斯听来，像是有架飞机要从西面飞到机场降落。奥康纳跟飞行员说，跑道是他的了。哈里看了看卢尔德，她挑了挑眉毛，博斯点了点头。他们两人传递的信息很明确。他们不知道自己正在问的事情和他们的调查是否有关系。但是他们刚刚看到几名男女被从诊所直接送上飞机飞走，却连个具体人数都没有统计，觉得这很不寻常。同时，对这种事情的处理如此宽松也让他们感到惊讶。

　　奥康纳站起身，拿起双筒望远镜，举到自己眼前，俯身从控制台朝窗户外看去。

　　"我们有飞机要降落了。"他说。

　　博斯和卢尔德仍旧没有说话，博斯不确定自己是否应该打断奥康纳观察和处理飞机降落的工作。很快，一架小型单引擎飞机从西面滑入机场，安全着陆。奥康纳在写字夹的记录页上记下了飞机的尾部编号，然后将夹板挂到自己右手边墙上的挂钩上，之后又转过身来面向两名警探。

　　"还有什么要我帮忙的？"他问。

　　博斯指了指写字夹。

　　"你会记录工作时间内的每次起飞和降落？"他问。

　　"我们并不需要这么做，"奥康纳说，"不过，对，我们确实有记录。只要我们在这儿。"

　　"介意我看一看吗？"

　　"不，我不介意。"

　　奥康纳又将写字夹从墙上取了下来，递给博斯。上面有好几页纸记录着机场的出入情况。起飞和降落次数最多的那架飞机，它的尾部编号和博斯之前记下来的那架一样，就是那架跳伞飞机。

　　他将写字夹递了回去。他计划在取得正式的搜查令后征用这份记录文件。

"跑道和机库有摄像头吗？"他问。

"是的，有摄像头。"奥康纳说。

"录像会存档多长时间？"

"不确定，我觉得应该是一个月。洛杉矶警察局之前到这儿调阅过飙车的录像，我听说他们回看了几周的内容。"

博斯点了点头。知道如果需要的话，他们可以回来调阅录像，这是个好消息。

"所以，总的来说，"卢尔德说，"这个机场实际上出入都不受限制。不需要飞行计划，不需要旅客或货物清单，类似的这些都不需要。"

"差不多就是这样。"奥康纳说。

"也没办法确定那架飞机——华丽大篷车——要飞去哪儿？"

"这个嘛，看情况，飞行的时候应该是要把异频雷达收发机打开的。如果遵守规则的话，他就会把异频雷达收发机打开，记录飞机从一个空中交通管理区域到另一个区域的信息。"

"你能实时得到这个信息吗？比如现在？"

"不能，我们需要拿到飞机特有的异频雷达收发机编码，然后发出请求。或许得一天时间，也可能得更长时间。"

卢尔德朝博斯看去，他点了点头。他没有其他要问的。

"谢谢，奥康纳先生，"她说，"感谢你的合作。"

博斯和卢尔德回到车里才开始讨论过去一小时里他们得到的信息。

"见鬼了，哈里，"卢尔德说，"我是说，当你需要的时候，运输安全管理局他妈的去哪儿了？人们可以在这儿等着上飞机，随便装点什么都行，然后就可以冲着市区，或者水库什么地方飞，做什么都没人知道。"

"真是让人提心吊胆。"博斯说。

"不管怎么说，我们需要找人谈谈这个问题。泄露给媒体什么的。"

"我们先看看这和我们的事有什么关系，再让媒体关注这个问题。"

"明白。说到我们的事，下一步怎么做？"

博斯思考了一会儿。

"去市区里根大厦。咱们去找你医疗委员会的伙计聊聊。"

卢尔德点点头，发动了引擎。

"杰里·埃德加，他跟我说他以前在洛杉矶警察局工作。"

博斯惊讶地摇了摇头。

"怎么，你认识他？"卢尔德问。

"是的，我认识他，"博斯说，"我们一起在好莱坞工作过，那是从前的事情了。我知道他退休了，还以为他在拉斯维加斯卖房子呢。"

"好吧，他现在回来了。"卢尔德说。

11

加利福尼亚医疗委员会在缅街的罗纳德·里根州立办公大厦有办公室，和洛杉矶警察局隔着三个街区。由于交通堵塞，从柏高开车过去花了四十五分钟。路上卢尔德给杰里·埃德加打了个电话，说她和她的搭档正在去见他的路上。当埃德加推托说自己要开会，想之后再约个时间的时候，她说自己的搭档是哈里·博斯，这使得埃德加无法拒绝。他说他会在日程里腾出时间。

他们将车停在了一处收费停车场，埃德加正在州立大厦的大厅里等着他们。他热情地向博斯打招呼，拥抱时有些不自然。不论是在工作中还是在生活中，他们已经好几年没有见过面了。博斯记得自己从埃德加那里收到的最后一条信息是几年前他对博斯前妻的吊唁。博斯听说他的老搭档自那之后就退休了，但他并没有收到退休聚会的邀请，尽管他不知道实际上有没有退休聚会。虽说如此，在好莱坞分局命案组共事的时候，他们一起了结了好几个案子。现在，好莱坞分局连命案组都没了。所有谋杀案都交由西部分局的警探们或者劫案／命案组负责。世事无常。

　　警察们常说对搭档的真正考验是在其中一人需要帮助的时候。正确的回应应当是放下手头的事情就走，不管是否有红灯，将油门踩到底，拉响警报就朝需要帮助的警察赶去。真正的搭档在加速通过十字路口的时候会一人应对一边，驾驶员负责左边，副驾驶上的负责右边，在警车呼啸着闯过红灯和十字路口的时候，每人都喊出"安全"。在你的搭档喊出安全的时候，不作假和不查看另一边都需要异乎寻常的信任。拥有一位真正的搭档，你就不需要去查看另一边。你知道。你相信。当博斯和埃德加搭档时，博斯总是会不放心地自己去查看路的另一边。外人可能觉得这是两人因种族不同所造成的隔阂，毕竟埃德加是黑人，而博斯是白人。但他们二人都清楚，这并非因为肤色深浅，而是因为其他原因。是两人在工作看法上的差异，是警察如何办案和案子如何改变警察的不同。

　　不过，当两人互致微笑，不自在地拥抱时，所有这些都没有透露出来。埃德加现在留着光头。博斯想着如果不知道这是自己老搭档的话，他是不是还能够认得出来。

　　"我之前听说你离开了这里，搬到拉斯维加斯去卖房子了。"博斯说。

　　"不是那样，"埃德加说，"我只在那边待了两年就回来了。看看你，我就知道你永远都放不下，不过，我还以为你最后会去地方检察官办公室什么的。圣费尔南多警察局。他们称呼自己是使命之城，对吧？那儿真是跟哈里·博斯很配啊。"

　　卢尔德微笑着，埃德加指了指她。

　　"你知道我说的是什么，"他微笑着说，"哈里一直都是个执行使命的人。"

　　看到博斯僵硬的表情，埃德加知道自己把两人间的差异拉得太大了。他赶紧收起微笑，换了话题。他示意他们跟着他来到电梯间，一起进了一部开着的、拥挤的电梯。埃德加按下了四楼的按钮。

"话说，你女儿怎么样了？"他问道。

"上大学去了，"博斯说，"在读大二。"

"哎哟，"埃德加说，"太棒了。"

埃德加从来没有见过麦迪，很明显他们现在是在随意说笑。电梯开始上行时，他便没再说话。他们在四楼出了电梯，埃德加用门禁卡打开了办公套间。墙上有个巨大的政府图章，上面是被"加利福尼亚消费者事务局"几个字围绕着的七芒星。

"我的房间在这儿。"埃德加说。

"你在消费者事务局？"卢尔德问。

"没错，健康质量调查处。我们负责医疗委员会的执法行动。"

他带着他们来到一间狭小的私人办公室，里面有一张拥挤的办公桌和两把访客座椅。他们刚一坐下，就转入了正题。

"所以你认为你现在正在调查的这个案子，"埃德加说，"跟你们其中一个被害人向我们发来的投诉有关？"

埃德加说话时一直盯着卢尔德，但是博斯和卢尔德在路上已经商量好，尽管是贝拉最先联系的埃德加，这次会面还是由博斯牵头。博斯之前与埃德加共事过，更加清楚如何开展对话对他们更有利。

"对这一点，我们还不是百分之百确定，"博斯说，"但线索是这么暗示的。整个案件过程都有录像，从上面我们看得出，这是一起伪装成抢劫案的谋杀案。两名枪手，事先准备了面罩和手套，进出迅速，没有留下弹壳。我们将这个孩子视为目标，找到了他发出的投诉。他是个好孩子——没有犯罪记录，没有帮派关系，是药学院毕业的孩子里最有可能成功的那种。他和他的父亲正因为什么事情不和，有可能就是按照那家诊所给出的处方配药的事。"

"讽刺的是，这孩子上药学院的钱很可能就是老头给可疑处方配药赚来的。"埃德加说。

"真是令人难过，"博斯说，"那么，那孩子的投诉怎么样了？"

"嗯，"埃德加说，"这么说吧，正如我告诉卢尔德警探的，那份投诉送到了我的桌子上，但我还没有处理。在我们通话的时候，我把它找了出来，从发送和接受的日期看，那份投诉到了萨克拉门托五六周之后他们才看了一眼，然后送到了我这里。官僚作风——你知道的，是吧，哈里？"

"是的。"

"这类罪行的诉讼时效是三年。我也想尽快处理，但残酷的现实是我得等两个月左右才能去处理。我手里正在调查的案子已经让我忙不过来了。"

他指了指桌子上成堆的文件和右手边的架子。

"和这座大厦里的其他人一样，我们的人手也严重不足。我们这个组原本应该有六名调查员和两名办事支持人员的职位，以便负责整个县的工作。但实际上，我们只有四名调查员和一名办事支持人员，去年他们还将半个橙县的事务放到了我们这里。光是为了办案，往来橙县一趟就得花上半天时间。"

埃德加似乎在不辞劳苦地向他们解释为什么自己还没有处理这份投诉，博斯意识到这是因为他们曾经的经历。博斯作为搭档非常苛刻，这一直让埃德加很有压力，让他必须做点什么才可以。过了这么多年，他仍试图找理由在博斯面前为自己辩白。这让博斯感到内疚的同时也有些不耐烦。

"我们都明白，"博斯说，"谁的子弹都不够用——体制就是这样。我们只是因为手头的双重谋杀案才来试着看看能不能有什么进展。对药剂师投诉的那家位于柏高的诊所，你能告诉我们什么？"

埃德加点点头，打开桌上一份很薄的文件，其中有一份一页纸的记录。博斯觉得，在卢尔德打电话提到博斯，并说明他们正在来市区的路上之前，埃德加并没有怎么处理这件事。

"我查过了，"埃德加说，"这家诊所有营业执照，以柏高疼痛和急救看护所的名义营业。诊所所有人是埃弗拉姆·埃雷拉，但是我之后查了下他的药品管理局号码，他——"

"药品管理局号码是什么？"博斯问。

"每个内科医生都需要有药品管理局号码才能开处方。每个药店都应该先检查处方上的药品管理局号码，然后才能往药瓶里装药。实际上有很多假号和被盗号码被滥用。我查了埃雷拉医生的号码，两年时间里他都没有开过处方，从去年开始，突然跟变了个人似的，疯了一样狂开处方。我是说，一周开数百个。"

"数百个药片还是数百个处方？"

"处方。方子。要是拿药片来算，得数千片。"

"所以这能告诉你什么？"

"这可以确定这地方就是个药品作坊，这个年轻药剂师的投诉会成为靶子也就不奇怪了。"

"我知道你跟贝拉说过一些，但是你能多教我点吗？药品作坊是怎么——这整个东西是怎么运作的？"

在博斯问这个问题的时候，埃德加狠狠地点了点头，忙不迭地抓住机会向这个总是怀疑自己的人展示自己的专业水平。

"他们把干这事的人称作'假买客'，"他说，"他们主导整件事，这需要昧良心的医生和药剂师共同参与才能运作。"

"假买客不是医生或者药剂师？"博斯问。

"不是，他们是老板。他们要么是从开诊所开始，要么就是从利用偏远社区已有的诊所开始。他们会找个垃圾医生，某个刚刚被注销执照的人。很多在医用大麻机构工作的医生就是完美的候选人。假买客会说：

'医生，每周到我的诊所工作两个早上，付你五千美元怎么样？'这对某些人来说是一大笔钱，他们会同意加入。"

"然后他们就开始写处方。"

"没错，假买客让傀儡们早上去排队，从医生那里开处方——既不会好好做体检，也没有什么合法性——然后他们去外面，上了车，假买客就开车带他们去药店买药。通常来说，作为同谋的药店不会只有一家，所以他们就分散开来，争取尽可能长时间地不被发现。很多人都有好几个身份证件，所以他们就每天突击两三个地方，而且不会被记录到电脑上。身份证件是假的一点屁关系都没有，因为药剂师也是和他们一伙的，不会去认真看每一点。"

"然后药就到了假买客那里？"

"非常正确。大多数傀儡自己本身就是瘾君子，假买客是二老板，他要向上线报告，还得确保没人会把这些药给私吞了。所以他会先让所有人都待在面包车里，然后让他们去药店，也许每次进去两个人，等他们返回面包车的时候就得立刻把药交给假买客。假买客会提前向他们提供每日维持药瘾所需的剂量，好让他们一直工作。他让他们一直上瘾，让他们永不止步。这就是个陷阱。他们一进去，就再也出不来了。"

博斯想起了他和卢尔德跟踪的那个司机，他戴着太阳镜，留着山羊胡，开车载着一群老人。

"之后呢？"博斯问。

"药品会被分销出去。"埃德加说，"他们到街上去，卖给吸毒成瘾的人。自从这种交易开始以来，已有五万五千例死亡发生，这一数字还在继续增长。和越南战争的死亡人数一样。遗憾的是，这一点还可以计量，但是钱的话，还是别想了。超乎想象。很多人都从这场危机中赚了钱——这是这个国家的新兴产业。还记得他们曾经是怎么说银行和华尔街太重要而不能倒的吗？这和那些一样，只不过是太大而不能停掉。"

"就像大卫和歌利亚。"博斯说。

"比那个还要严重，"埃德加说，"我来给你讲个故事，对我来说这故事说明了一切。阿片成瘾——如果你不知道的话——会阻塞器官，它会阻碍胃肠区域发挥其功能。重点是会让人拉不出来。所以有家大药企研制出了一种能够解决问题的处方通便剂，价格是非处方通便剂的二十倍左右。随后这家药企的股价就涨上了天。他们的销量非常高，甚至到国家电视台去做了广告。当然，他们对上瘾之类的事屁都不提。他们就是发广告说有个正在修理草坪的家伙，哦，他拉不出来了，赶紧让你的医生给你开这个。然后他们就得到了华尔街的投资，有了国家电视台的销售广告。每个人都在疯狂赚钱，哈里，这种事发生之后就停不下来了。"

"我还以为华盛顿的一切都在改变。"卢尔德说。

"不见得，"埃德加说，"药店是主要的竞选赞助人。没人会去自断生路。"

埃德加似乎是在用整个国家的现状来为自己的不作为辩护。博斯希望眼下能够将注意力集中到小事上，大事也总要先从小处着手。

"那么，回到柏高这个具体的案子上来，假买客找上了埃雷拉医生，然后他就从不开处方变成了一次开几百个。"

"没错，这些都是大剂量处方。六十片，有时候甚至是九十片。丝毫没有小心翼翼的意思。我查了下他的记录，他已经七十三岁了。看起来是他退休之后，他们又把他请了回来，重开诊所，把处方本放到了他面前。据我们所知，这家伙可能老糊涂了，我们之前了解过。他们将一些早已退休的可怜虫拉回来，因为这人仍然有药品管理局号码和行医执照。'要每个月再多拿两万美元吗？'"

博斯没有说话，他正在努力消化所有这些信息。埃德加主动说了下去。

"他们还会和这些老医生一起翻找以前的记录，用合法的名字伪造身份证件和医保卡。许多现实中的人甚至都不知道自己的名字被他们用来做这种事。政府认为最低需求是合法的。"

"这太疯狂了。"卢尔德说。

"所以说，你们的人怎么处理呢？"博斯问。

"等确认的时候，我们就把医生给停掉。"埃德加说，"我们和药品管理局合作，撤销医生的药品管理局号码，然后撤销医生的执照。但这是一个很长的行政过程，大多数时候假买客已经转移到了下一个医生那儿，像埃弗拉姆·埃雷拉这种人则被留下来背黑锅。不是说我对这些医生有什么同情心，而是真正的罪犯早已逃脱。不用我说你也知道这多让人沮丧了。"

"看得出。这些药物傀儡，你有听说他们用飞机到处转移吗？"

博斯随意问了问，但是由于这个问题问得突然，埃德加顿住了。博斯从这份迟疑中看出，这和他们调查埃斯基韦尔案子的常规程序有所出入。

"你那边调查的就是这个吗？"埃德加问。

"看起来是，"博斯说，"我们从诊所跟踪一辆面包车到了怀特曼机场，有几个人被安排登上了一架老旧的跳伞飞机。飞机起飞后朝南飞去了。他们没有提交飞行计划，我们到管制塔核实过了。那里的一个老兄说飞机每天都会飞来飞去。诊所就在机场路对面。"

"怀特曼的燃油账单都发到了加利西哥一家名叫切洛·阿苏尔的公司。"卢尔德补充说。

博斯看得出埃德加脸上的变化，他的眼神更加不安，眉毛也更加深邃。他向前俯身，将胳膊肘放在了桌子上。

"原来如此。"他说。

"怎么了？"博斯问。

"就你们手边这个案子而言：国内药品作坊这个行当里最大的操盘者之一是一伙俄裔美国人组成的犯罪集团。大多数来源于这种小组织的药片都流向了他们，然后他们会供货给芝加哥、拉斯维加斯以及其他热点地区。据说他们用飞机载着傀儡们到处飞，一天去多家诊所和药店。飞机帮助这些傀儡四处流窜，将处方变现为药片。就像我之前说的，他们使用多个身份证件，一天去三四家药店。这可是桩大买卖，买卖一大，风险也就大。那个孩子在决定挺身而出的时候根本不知道自己要对抗的是什么。"

"他们杀了他，就是为了杀一儆百？"

"完全有可能。'不乖乖按我的处方给我拿药，你干脆就别干了。'像这种。"

"这个犯罪组织的据点在哪儿？在这儿吗？"

"你们得去找药品管理局谈谈，哈里。这是完全不同层次的——"

"别推了，杰里。跟我说说你知道的。"

"我知道的也不多，哈里。我们只是替医疗委员会执法，这里不是有组织犯罪管理单位。据我在药品管理局的联系人说，他们在沙漠里。"

"哪个沙漠？拉斯维加斯？"

"不是，在加利西哥的边境附近，靠近孟买海滩的板坯城——那个人迹罕至的地方被他们称为'茫茫蛮荒之南'。那里有各式各样的卡特尔——甚至是美军——留下的飞机跑道。他们用飞机运人的时候就是用的这些跑道。这帮人躲在鸟不拉屎的地方，就像吉卜赛人的大篷车。他们不断移动，一旦意识到麻烦就马上跑，你明白我的意思吗？该死的游牧人。"

"能不能给我几个人名？这个犯罪组织的头儿是谁？"

"头儿是个亚美尼亚人，他雇了好多俄罗斯暴徒和飞行员。他自称桑托斯，因为他看起来像是墨西哥人，但可能并不是。在这点上，我只知道这么多。"

"如果知道这些人在哪儿、在做什么，为什么不去把他们拿下呢？"

"那是药品管理局的问题，伙计。我也好奇为什么。我想是因为桑托斯。他们希望拿下他，而他就像是烟雾一样难觅踪影。"

"给我一个药品管理局的联系人。"

"哈里，看吧，别——"

"就一个名字。"

"好吧，查利·霍文。他是他们对付亚美尼亚毒贩的专家。他跟我说他们家的姓氏本来是霍瓦尼安还是什么的，后来入乡随俗改成现在这样。"

"查利·霍文。多谢，杰里。"

博斯看向卢尔德，看她是否还有要问的。她摇了摇头，准备走了。博斯又转头看着他的老搭档。

"那我们就不打扰你处理这件事了，"他说，"多谢合作。"

博斯站起身，卢尔德紧随其后。

"哈里，关于桑托斯有一个故事，"埃德加说，"我不知道是不是真的，但你应该知道。"

"说吧。"

"药品管理局策反了他的一名傀儡。那家伙氧可酮成瘾，他们利用他做线人。本来他应该继续参与游戏，回来向缉毒刑警提供情报。"

"发生了什么？"

"不知道桑托斯怎么知道的或者听到了什么风声，有一天，这个线人和其他的一群傀儡一起登上了一架飞机，起飞去做当天的工作。但是当飞机落地的时候，他就已经不在飞机上了。"

"他被扔下了飞机。"

埃德加点了点头。

"他们那里有索尔顿湖，"他说，"想来高盐度的湖水很快就会把尸体腐蚀掉。"

博斯点了点头。

"很高兴知道我们要对付的是谁。"他说。

"是啊，你们俩照顾好自己。"埃德加补充说。

12

结束了在里根大厦的会面后，博斯和卢尔德步行来到尼克尔餐厅，准备把午饭补上。还在市区为洛杉矶警察局工作的时候，博斯是这家餐馆的常客，但是离开警局后就再也没有来过。餐馆的合伙人之一莫妮卡热情地欢迎他再次回来，仍旧记得他之前总是点培根生菜西红柿三明治。

博斯和卢尔德讨论了他们从埃德加那里得到的信息，仔细考虑了是否需要跟他们手头上已经知道的那个药品管理局调查员联系。最终，他们决定等到自己更好地理解这个案子，并掌握更多有关家庭药房和柏高诊所的活动信息后再去联系。除了小若泽·埃斯基韦尔关于诊所的投诉，他们还是没有任何信息将两件事联系起来。

在驱车返回峡谷的路上，他们收到了西斯托的电话。他说他在回看药店摄像头拍摄的录像时有所发现，希望队伍里所有人都能看看。卢尔德让他在作战室做好准备，还说他们四点就能回去。

车流在晚高峰早期缓慢地移动着，博斯开始感到疲惫不堪。他犯了个错误：把头靠在了副驾驶的车窗上，很快就睡了过去。半个小时之后，他被口袋里手机的振动声给叫醒了。

"该死，"他边掏手机边说，"我打呼噜了吗？"

"有一点。"卢尔德说。

在电话挂断变为提示信息前他接了起来。他含糊地对着手机说出自己的名字时仍旧有些迷糊。

"是的，长官，我是圣昆廷调查服务处的杰里科警官。您说您是博斯警探吗？"

"是的，博斯，是我。"

"梅嫩德斯警督让我处理一名在押犯的调查请求，然后向您汇报。在押犯的名字是普雷斯顿·乌尔里克·博德斯。"

"是的，你查到什么了？"

博斯从口袋里掏出记事本和笔，他侧着头将手机夹在耳朵和肩膀之间，准备记录。

"并不多，长官。"杰里科说，"他只有一名获准探访的人，那就是他的辩护律师，叫兰斯·克罗宁。"

"好的，"博斯说，"你们有已删除名单吗？曾经获准探访的人？"

"这些都没有电脑记录，长官。我们没有已删除名单。"

"好的，那你有这位律师的探访记录吗？"

"有，长官。记录显示他去年一月开始获准探访。此后他会定期探访，在每个月的第一个周四，只有去年十二月没有过来。"

"探访次数很多啊，是吧？我是说，到目前为止，得有十四五次了。"

"我不知道这算不算是探访次数很多，长官。这些死刑名单上的人受到了很多法律方面的关注。"

"好的，那邮件呢？警督有没有让你查一下寄给博德斯的邮件是什么情况？"

"是的，他有说。我查过了，长官，在押犯博德斯每天大约收到三封邮件，都有经过审核流程。他有被拒绝的邮件，因为是色情邮件或是包含色情内容的邮件。其他没有什么不正常的。"

"你们有整理寄件人目录什么的吗？"

"没有，长官，我们没有整理过。"

博斯思考了片刻。梅嫩德斯那边传来的消息帮助并不大。他透过挡风玻璃看到外面的高速公路标牌，意识到自己在驱车回圣费尔南多这一路上几乎都在睡觉。再过五分钟，他们就要上麦克莱大道了。

他决定改变策略，争取从杰里科那里再套出一点有用的信息。

"你说你正在电脑前，是吗？"他问。

"是的，长官。"杰里科说。

"你能够查看整个系统的所有在押人员，还是仅仅是圣昆廷的？"

"这是一个全系统的数据库。"

"好的，你能帮我再查一个在押犯吗？他的名字是——"

"梅嫩德斯警督并没有让我查询多个在押犯。"

"没关系，要不你去问问他，我等你。"

杰里科停顿了一下，似乎真的在考虑是否要去向警督请示。

最终他问道："名字是什么？"

"卢卡斯·约翰·奥尔默，他很可能在已死亡名单里。"

杰里科让博斯把全名拼了出来，博斯听到他在敲击键盘。

"是的，已经死了，"杰里科说，"死于十一月九日，晚上八点十五分。"

"好的，"博斯说，"还有存档的获准探访名单吗？"

"嗯，稍等。"

博斯等待着。

"是的，"杰里科总算回复了，"他有五名获准探访的人。"

"把名单给我。"博斯说。

他将杰里科列举的名字写到记事本上。

卡罗琳·奥尔默

佩顿·福尼耶

威尔马·隆巴德

兰斯·克罗宁

维多利亚·雷姆普

博斯盯着这个名单。其中一个显然是家庭成员，其他女性很可能是铁窗骨肉皮，就是那种追求危险刺激、专爱囚犯的女人。重要的只有克罗宁的名字。现在代理普雷斯顿·博德斯的律师就是此前代理如今已经过世的奥尔默的律师，而奥尔默跟博德斯一样，也被认定犯有谋杀罪而判处死刑。

"你怎么知道的？"杰里科问。

"知道什么？"博斯说。

"那个律师在两个探访名单上都有。"

"我也是现在才知道。"

不过，这显然是需要去调查的一件事，博斯知道索托和塔普斯科特肯定也查到了这个联系。但是这并没有妨碍他们得出结论——在丹妮尔·斯凯勒被杀案中，博德斯是清白的。

博斯知道自己需要回去看那份卷宗，仔细查看第二部分，也就是最近的调查。他感谢杰里科费心帮忙，还让他向梅嫩德斯警督转达谢意。随后，他便将自己的手机和记事本都收了起来。

"哈里，什么事？"卢尔德问。

"私事，"博斯说，"跟咱们的案子没有关系。"

"如果这事情让你熬夜，然后在我的车上睡着了，它就和我们的案子有关系。"

"我是个老年人，老年人都会打瞌睡。"

"我不是在开玩笑。在这个案子上，你得全力以赴。"

"别担心，不会再发生的。我状态没问题。"

开往圣费尔南多警察局余下的路程中，他们都没有再说话。他们从侧门进了侦查处，立刻前往作战室，发现西斯托、卢松和特雷维尼奥已经在等他们了。

"发现什么了？"卢尔德问。

"看看吧。"西斯托说。

他正拿着其中一块屏幕的遥控器。屏幕上暂停的画面是家庭药房处方柜台上方的摄像头拍摄的。西斯托按了下播放键。博斯先是注意到了上面的时间和日期，录像是在谋杀发生十三天前拍摄的。

大家围成了一个半圆，在屏幕前观看。屏幕上，老若泽·埃斯基韦尔正站在柜台后，手指放在电脑键盘上。一名顾客站在柜台另一侧，是一名怀抱婴儿的年轻女子。柜台上放着一个白色的处方药袋。

那名顾客的交易正在进行时，一名男子从前门进了药店。他身穿黑色高尔夫球衫，戴着太阳镜，留着山羊胡。博斯立刻认出来这人就是他和卢尔德早上看到的那个，那个从诊所驾驶面包车到怀特曼机场的人——假买客。他来到两条走道间，漫不经心地看了看货架，似乎在找什么东西。

但是很显然，他在等待。

埃斯基韦尔处理完了电脑上的事，把一张看起来像是保险卡的卡片递给了怀抱婴儿的女子，然后将处方药袋递给了她，点头示意一切都处理完了。女子转身离开了药店，接着身穿黑色球衫的男子就来到了柜台前。

没有迹象显示小若泽正在店里。回放没有声音，但是身体语言和手势清楚地表明黑衣男子非常生气，他与埃斯基韦尔对峙起来。药剂师从柜台往后退了一步，在自己和愤怒的来访者之间留出空间。来人先是举起一根手指，似乎在说还有一件事或者最后一次。然后他将手指指向埃斯基韦尔的胸口，隔着柜台俯身将手指戳在了药剂师的胸口上。

这时候埃斯基韦尔显然应对不当。他用自己的双手做出抵抗，开始说起话来。看起来他正在与其争执，顶了几句嘴。突然，来人伸出胳膊，一把抓住了埃斯基韦尔工作服的领子。他将药剂师一把拉了过来，使其半个身子趴在了柜台上，然后正对着他的脸，两人的鼻子近在咫尺。埃斯基韦尔脚尖着地，大腿紧贴在柜台边缘。他本能地举起双手表达悔意，也没有再反抗。来人让他保持着这个不自在的姿势，继续生气地说着话，愤怒地晃着头。

接着便是西斯托想让大家看的那一幕。来人举起左手，做了把枪的样子，食指前伸，拇指抬起。他手指顶着埃斯基韦尔的太阳穴，比画出对着他的头开枪的样子，他的手甚至还做出了开枪后反冲的样子。然后他将药剂师推回到柜台后面，松开了手。他一句话也没多说就穿过药店从前门走了出去。若泽则是衣冠不整，努力让自己镇静下来。

西斯托举起遥控器暂停了播放。

"等等，"博斯说，"再看看他。"

屏幕上，药剂师在柜台后来回踱了几步。他用双手搓了搓脸，然后抬起头来，似乎是在向上天寻求指引。从头顶摄像头的角度看，他的面孔非常清楚，老若泽·埃斯基韦尔似乎正背负着沉重的包袱。他双手按在柜台边缘，前倾着身子。

他的面部表情和身体语言说得非常清楚：我该怎么办？

最后他直起身，打开柜台的一个抽屉，从里面拿出一包香烟和一个一次性打火机。他穿过大门，走进了后面的走廊，消失在画面中，或许是去后面的巷子里抽烟，想让自己平静下来。

"好了，"西斯托说，"还有这儿。"

他将录像快进了二十秒，然后恢复到了正常播放速度。

在西斯托做说明的时候，博斯看了看时间。

"这是两个小时之后，"这位年轻的警探说，"注意他儿子进来的时候。"

屏幕上，老若泽正站在药店柜台后面盯着电脑屏幕。他儿子从前门进入药店，来到柜台后面。在他从挂钩上取下自己的工作服时，老若泽从屏幕上抬起头来，等着他儿子转过身。

父子二人随后争执起来，父亲做出了请求的姿态，双手合十像祈祷一样，儿子则根本不看他，甚至还在摇头。最终，儿子将刚刚穿上的外套又脱了下来，随手一扔就冲出了药店。数天后，他被杀害时穿的正是这件外套。父亲再一次独自俯靠在柜台上，双手支撑着身子，沮丧地摇着头。

"他预见到后来的事了。"卢松说。

他们都在大会议桌前坐下，讨论起刚刚看到的情况和其中的意思。卢尔德看向博斯，他们两人点头交换了意见，这种沉默的交流表明他们想到了同一件事。

"我们认为我们知道那个身穿黑色球衫、戴太阳镜的家伙。"她开口说。

"是谁？"特雷维尼奥问。

"他被人们称为假买客，为一家经营药品作坊生意的诊所工作。我们今天看到他开车载着人到处转。这些人将非法处方带到埃斯基韦尔家这种药店去拿药。我们认为这个当父亲的涉事很深，而他的儿子可能在试图摆脱他们。"

特雷维尼奥低声吹了声口哨，让卢尔德把故事讲完。在博斯时不时的补充下，他们让整个队伍都了解了他们这一整天的活动，包括怀特曼那边，以及到市区里根大厦拜访埃德加。特雷维尼奥、西斯托和卢松问了几个问题，卢尔德和博斯在这个案子上取得的进展似乎让他们非常钦佩。

讲到一半时，瓦尔德斯局长走进了作战室，拉了把椅子坐在桌尾。特雷维尼奥问他是否需要博斯和卢尔德再从头讲一遍，瓦尔德斯拒绝了，说他只是想知道一点进展。

在卢尔德总结完自己的汇报后，博斯问西斯托能否将假买客的静止画面和药店杀手的静止画面一起放在屏幕上。西斯托花了几分钟时间做好后，所有人都站在屏幕前，将威胁老若泽·埃斯基韦尔的男子与杀害他们父子的人对比起来。基于体形大小，大家得出了一致意见：杀手并不是威胁他们的人。此外，卢尔德指出，假买客是用自己的左手比画出对老若泽开枪的样子，而两名枪手都是右手拿着武器。

"那么，"特雷维尼奥说，"下一步呢？"

博斯没有说话，而是让卢尔德带头说，但是她犹豫了。

"搜查证。"博斯说。

"目的是什么？"特雷维尼奥问。

博斯指了指录像画面上的黑衣男子。"我的想法是，他威胁要杀掉埃斯基韦尔，之后这两个人就被真正用来去做这件事。"他指着第二个屏幕说，"我们听说的是，这个组织在南边，用飞机将人运来运去。我们用搜查证来调阅怀特曼机场的录像，回看枪击发生前二十四小时的内容。看看他们是不是有把枪手运过来。"

警察局长点了点头，特雷维尼奥也只能跟着同意。

"我来开搜查证。"卢尔德说。

"好的，"博斯说，"同时，我会试着联系埃德加在药品管理局的联系人。或许他们对我们的枪手早就有线索了。"

"在这件事上，我们能够信赖药品管理局吗？"瓦尔德斯问。

"医疗委员会那人碰巧是我以前的搭档，"博斯说，"他能为这人做担保，所以我想应该没问题。"

"好的，"局长说，"那就行动吧。"

会议结束后，在去旧监狱的办公室前，博斯先去了趟停车场。他从自己的车里拿出斯凯勒的卷宗，穿过了马路。是时候回去处理这件事了。

13

如他所料，药品管理局探员查利·霍文没有接听博斯的电话。博斯多年来的经验是药品管理局探员有别于其他的联邦执法人员。由于工作性质，执法队伍中的其他人往往对他们有所怀疑——正如瓦尔德斯局长此前表现出来的一样。这很奇怪，也没必要，所有执法人员都是对付罪犯的。但是药品管理局探员被贴上了污名，好像他们所对抗的这种犯罪行为也能影响他们。正所谓近朱者赤，近墨者黑。这种现象可能主要源于诸多缉毒调查中所需要的渗透战术和卧底行动。这种污名使得探员们谨慎多疑、自我孤立、不愿意和陌生人通话，即使他们同样是执法队伍的人，即使可以说他们都是负责保护社会安定的同一团队成员。

博斯猜测，如果不是霍文那边有紧急需要的话，这位探员是不会给他回电话的。他给这位探员的语音信箱留了句话，好让他不得不和自己联系。

"我是圣费尔南多警察局的博斯警探，正在寻找一些情报，关于一个自称为桑托斯、驾驶飞机来往附近跑道的人，我们这里一家给他开具阿片类药物的药店里发生了双重谋杀案。"

博斯在挂断前留下了自己的号码。他还是认为自己可能得在这一两天给杰里·埃德加打个电话，让他帮忙向霍文探员引荐自己，促成一次简单的谈话。

博斯知道，卢尔德起草搜查令调阅怀特曼的录像档案，再致电高等法院的法官寻求批准可能需要几个小时。如果找不到法官的话，时间可能会更久——法院这会儿都要关门了，大多数法官很快就会开车回家。博斯的计划是利用自己手头的一切时间去进一步挖掘斯凯勒案的调查情况。尽管双重谋杀案是当前的首要任务，博斯却没有办法不去思考斯凯勒案，以及该案将对自己的名誉和自我价值造成的威胁。在自己的职业生涯中，他追查了数百名杀人犯，并将他们送进了监狱。如果他栽在这个案子上，那么其他的一切都将被人质疑。

那将使得他茫然无措。

他不得不先把埃斯梅拉达·塔瓦雷斯的案卷箱推到一边。当他搬起一个箱子，将它落到另一个箱子上时，一张照片掉到了他临时拼凑的桌子上。照片是从箱子底部缝隙的缺口漏出来，掉到桌子上的。博斯捡起照片，仔细看了看。他意识到自己之前没有看到过这张照片。照片上是母亲失踪时被留在婴儿床上的女婴。博斯知道她现在应该有十五六岁了。他会找到她具体的出生日期，然后再算一算。

在她母亲失踪一年后，她父亲决定不再抚养她。他将她送到了县里的寄养机构，随后她被收养她的家庭抚养长大，最终从洛杉矶搬到了北边的莫罗贝。照片让他想起很久以前他就计划去找她，和她聊聊她的母亲。他不知道她对自己的亲生父母是否有丝毫的记忆，而且这样做并不一定会有什么效果，也就一直没有去。他将照片放到了箱内文件的最上面，以便下次再查看箱子的时候能够提醒自己。

博斯将斯凯勒案的卷宗分成两半，把原始调查的复印材料放到一边，然后就开始查看索托和塔普斯科特被安排重新调查以来所做的序时记录表。

很快他就发现对斯凯勒的重新调查源自几个月前寄到定罪证据真实性调查组的一封信。寄件人正是将两名性侵犯联系到一起的那个人：兰斯·克罗宁律师。博斯将记录表放到一旁，开始翻找材料，最终找到了那封信。信上有克罗宁的抬头，上面显示其办公室位于凡奈斯的胜利大道。信直接寄给肯尼迪的上司，也就是定罪证据真实性调查组的主管、地方助理检察官埃布尔·科恩布卢姆。

科恩布卢姆先生：

我今天写信给您是希望您能够履行自己就职时的誓言，对一个贻害我们城市和我们州三十年的严重错误及司法不当加以纠正。这一错误在一定程度上是我助推和拖延的结果。我现在需要您的帮助，以便解决这一问题。

我的当事人普雷斯顿·博德斯自一九八八年起被关押在圣昆廷州立监狱的死囚牢房。我最近才成为他的代理人，坦白说，是我主动请求他成为我的当事人。另一起案件中的律师－当事人保密协议使得我到现在才站出来。要知道，二〇一五年卢卡斯·约翰·奥尔默去世前，我都是他的代理律师。他在二〇〇六年被判定犯有多起性侵和绑架罪，并被判处超过一百年的刑期。死于癌症前，他一直在科克伦州立监狱服刑。

二〇一三年七月十二日，我在科克伦与奥尔默先生讨论了就其定罪进行最后一次上诉的可能性。在这次保密对话中，奥尔默先生向我透露，他还对一九八七年一起年轻女子的谋杀案负有责任，而另一名男子则被错误地定罪并判处了死刑。他并没有指出被害人的名字，但是提到过被害女子的家住在托卢卡湖。

您要明白，这是律师与当事人间的保密谈话。我不能透露这一信息，以免让我的当事人再冒被判处死刑的风险。

律师－当事人保密协议在当事人死亡后仍然有效，不过这种特权规则有几项例外：如果透露受保护的谈话能够纠正错误或者阻止无辜之人受到严重伤害或死亡。而这正是我现在努力要去做的。查尔斯·加斯顿是我手下的一名调查员，按照奥尔默向我透露的事实对事情进行了调查。他确定一位名为丹妮尔·斯凯勒的年轻女子于一九八七年十月二十二日在其位于托卢卡湖的家中被性侵并杀害，而普雷斯顿·博德斯随后在洛杉矶高等法院的一场庭审中被判定有罪，处以死刑。

我随后去圣昆廷询问了博德斯，并被他聘请为他的律师。以此身份，我诚挚地请求定罪证据真实性调查组对丹妮尔·斯凯勒的谋杀案进行复查，请求地方检察官办公室纠正这一错误。普雷斯顿·博德斯事实上是清白的，本州判处的死刑已经让他在监狱中度过了大半生。这一司法误判必须得到纠正。

这一请求是博德斯先生诸多可选项中的第一个。我准备调查研究所有有助于改善其处境的选项。不过，我还是先写信给您。盼您迅速做出回复。

此致

敬礼

兰斯·克罗宁先生

博斯将信又读了一遍，然后迅速找到了科恩布卢姆给克罗宁的回信，信里他告诉克罗宁，他的请求已经被列为最优先事项，并恳请他在定罪证据真实性调查组重新回顾和调查此案件前不要采取其他任何行动。显然，科恩布卢姆并不希望这个案子被捅给媒体或是提交给清白专案组织——一家私人出资成立的法律团体，在全国范围内都有推翻错误判决的记录。如果被外部机构抢先发现无辜之人身陷冤狱，而地方检察官办公室大肆宣传司法正义的机构却后知后觉，那就是犯了政治性错误。

博斯回到序时记录表上。显然，克罗宁的信推动了整件事的发展。索托和塔普斯科特找出卷宗，查看了证物档案馆，在那里找到了证物箱，并在镜头前拆开。在法医团队研究证物、寻找新的或是被忽视的证据时，两名警探则再次调查了这一案件，只是这一次是将另一名犯罪嫌疑人视为最大嫌疑人。

博斯知道这并不是处理谋杀案的正确方法。他们以手头已有的嫌犯作为切入点，而非去寻找嫌犯。这使得可能性被大大缩减。在这次调查中，他们从卢卡斯·约翰·奥尔默这个名字入手，一直紧盯着这个名字。他们要证明斯凯勒被谋杀时他正在洛杉矶，这种努力并不具有足够的说服力。他们在一家广告招牌公司找到了他的工作证明，他在这家公司做过安装工，这似乎证明他当时正在洛杉矶，但没有找到住房记录或者任何可以证明他行踪的证人。这远不足以推动案件向前发展，但是之后实验室报告显示他们在被害人的衣物上找到了微量的精液。这一物证并没有被现在的 DNA 证据计划存储，可这片衣物一直封存在纸袋里，状况非常好，所以可以用来和奥尔默及博德斯的样本进行比对。

奥尔默的 DNA 样本已经在该州的罪犯数据库里，曾被用在审判中，将他和另外七起女性强奸案联系在一起。但是博德斯的基因材料从来没有收集过，因为直到他被定罪并判处死刑一年后，DNA 才被允许在加利福尼亚的法庭上使用，并允许执法队伍使用。塔普斯科特飞往旧金山，然后去圣昆廷采集到了博德斯的样本。该样本之后由独立实验室负责分析，该实验室还将从丹妮尔·斯凯勒睡衣上获取的证据和奥尔默及博德斯的样本进行了比对。

三周后，实验室最终称被害人衣物上的 DNA 来源于奥尔默，而非博德斯。

仅仅是在序时记录表中读到这些就已经让博斯冒了一身冷汗。从前，博斯一直坚信那些被自己送上法庭或者送进监狱的人都是确确实实的作奸犯科之辈，博德斯自然也不冤枉。但现在，科学说他错了。

他记起了那个海马吊坠，它的存在是对克罗宁最有力的回击。丹妮尔·斯凯勒最喜欢的首饰被发现藏在博德斯公寓里一个隐秘的地方，这是 DNA 无法解释的。有可能博德斯和奥尔默两人认识，共同实施了犯罪，但即便如此，藏匿被害人海马吊坠的博德斯肯定难辞其咎。庭审时，博德斯辩称吊坠是自己在圣莫尼卡码头买的，和斯凯勒的一模一样也是他有意为之。陪审团当时并没有采信他的说法，索托和塔普斯科特现在应该也不会相信。

博斯翻回到记录表，很快就找出了为什么他们会这么做。在 DNA 比对结果出来后，这两位调查员一同前往圣昆廷提审了博德斯。提审的完整文字记录就在这些文件中，不过记录表已经标明了关于海马吊坠的谈话所在的具体位置。

塔普斯科特：跟我们说说那个海马吊坠。

博德斯：那他妈就是个巨大的错误。我被关在这儿就是因为那个该死的吊坠。

塔普斯科特：为什么你说是"错误"？

博德斯：我的律师并不是最伟大的律师，明白吗？他对我关于海马吊坠的解释并不喜欢。他说这无法让陪审团相信。所以我们到了法庭之后，就试着去讲述一个没有陪审员会相信的故事。

塔普斯科特：你因为喜欢，所以在圣莫尼卡码头买了个一样的海马吊坠，这个故事是你对陪审团撒的一个谎？

博德斯：没错，我对陪审团撒谎了。这是我犯的罪。你能拿我怎么办？把我列为死刑犯吗？（大笑）

塔普斯科特：你的律师说陪审团不会相信的故事是什么？

博德斯：是事实。警察在搜查我的住处时栽赃的。

塔普斯科特：你是说针对你的关键证据是被栽赃的？

博德斯：没错。那家伙的名字叫博斯。那个警探。他既想当法官，又想当陪审团成员，所以就栽赃了证据。他和他的搭档都是黑警。证据是他放的，另一个人则听之任之。

索托：打断一下。你是说在博斯还没有把你当作嫌犯前的几周，他从尸体上或者谋杀现场拿走了海马吊坠，然后一直带着，直到找到合适的时间、合适的嫌疑人，栽赃给他作为证据？你以为我们会相信这种说法？

博德斯：那家伙对这个案子真的非常着迷。你可以查一查。我后来发现他的母亲在他还是个孩子时被谋杀了，你懂的。这对他的心理影响很大，他一直都迷恋于复仇。但是当时已经太晚了，我已经被关在了这里。

索托：你上诉过，也有律师，为什么三十年里都不曾提到过博斯栽赃的事情？

博德斯：我不知道是否有人关心，是否有人会相信我。这是事实，但我到现在也还是不知道。克罗宁先生说服了我，让我把自己知道的说出来，我现在也是这么做的。

索托：为什么你的律师在审判时会说你不应该揭穿警察栽赃？

博德斯：要知道，这事发生在上个世纪八十年代。当时警察们无法无天，他们做任何事都能洗脱干净。而我有什么证据吗？博斯就像是解决好几个大案的英雄警察，和他对抗我没有胜算。我知道的就是，据说他们在我的房子里找到了被藏起来的海马吊坠，还有其他一些首饰，而只有我知道那个海马吊坠不是我放的。这就是为什么我知道它是用来栽赃陷害我的。

博斯又读了一遍这段简短的文字记录，然后翻到了后面附着的两处修订。一处是《加州律师杂志》关于博德斯原来的律师大卫·西格尔的讣告。在博德斯的审判十年之后，大卫·西格尔就从律师行业退休了，之后很快就过世了。第二处修订实际上是索托勾勒出的时间线，显示了在调查过程中博斯是什么时候在最初报告上陈述丹妮尔·斯凯勒所珍视的海马吊坠失踪的。时间线也显示了自博斯拿到海马吊坠到他把吊坠藏在博德斯公寓之间的案情进展情况。很显然，索托希望这份报告可以证明博斯在案件中栽赃证据的说法是不可靠的。

博斯非常感谢露西娅为自己做的努力，相信也可能正是因为这一事实，她才会私下提供那份案卷复印件。她希望他能够知道，发生的这一切并不是她的背叛，她已经努力保护过自己此前的导师，但该来的总是会来的，证据总是躲不掉的。

除此之外，博斯在三十年前的案子里栽赃证据的指控如今已经成了案件记录的一部分，随时可能被泄露给公众。显然，作为检察官，肯尼迪打算利用这一点迫使博斯对撤销指控的举动保持沉默。如果博斯反对，他的名声就会受损。

肯尼迪、索托和塔普斯科特无法知道的是博斯心底最深处、最黑暗的地方所隐藏的想法：他并没有栽赃陷害博德斯，他一生中也从未栽赃陷害任何嫌犯或对手。正是这一份笃定给予了博斯坚定的信念和动力。他知道，在这个世界上有两种"真相"。一种是一个人的人生使命所拥有的无法改变的原则。另一种则是政客、骗子、腐败律师和他们的当事人为了达到自身目的而随意扭曲和编造的说辞。

不论他的律师是否知晓，博德斯在圣昆廷都对索托和塔普斯科特撒了谎。在这种情况下，检方的调查从一开始便走上了歧途。博斯确信，这是一个骗局，而他必须去把那些密谋诬陷他的人一个一个挖出来，无论他们藏得有多深。那份多年前可能犯下弥天大错的沉重和内疚如今已经烟消云散，他可以轻装上阵了。

博斯觉得自己才是那个沉冤终得昭雪之人。

14

从药店的录像来看，杀害若泽·埃斯基韦尔和他儿子的凶手非常自信，以前应该做过类似的事。他们用左轮手枪避免武器出现故障，避免留下关键证据。他们没有表现出丝毫犹豫或是怜悯。博斯知道，每个大型犯罪组织都需要这样的执行者，他们愿意做必须做的事情，从而确保整个组织的生存和成功。现实中，这种人并不多见。正是因为这个，他怀疑杀手并非来自圣费尔南多附近，而是从其他地方过来的，他们专门为了对付理想却又无知的小若泽·埃斯基韦尔所造成的问题。

当天晚上，博斯、卢尔德和西斯托带着搜查令返回怀特曼机场，调阅跑道摄像头的录像时，这一猜测似乎得到了确认。他们从周一午夜时分的录像开始回看，不断快进，只在偶尔有飞机着陆或者起飞，又或者有车辆靠近机场边缘成排的飞机库时，才放慢到正常速度。他们是在管制塔下面拥挤的设备间里回看的录像，这里同时还被用作保安办公室。空间如此狭窄，博斯甚至都闻得到西斯托嚼的尼古丁口香糖的味道。

录像放到早上九点十分时，他们彻夜加班的努力终于得到了回报。

录像上，他们之前看到在诊所接送整队药物傀儡的面包车开到了机库前，使用遥控器打开了两侧的门，然后等待着。司机下车后去了一趟机库，很快就返了回来。

十四分钟后，跳伞飞机着陆，滑行，然后进了飞机库。只有两个人下了飞机——都是身穿深色衣服的白人，着装看起来和药店的枪手非常相似。他们直接朝面包车走去，从侧门上了车。面包车不等飞机的螺旋桨停止旋转就开走了。

"是他们，"西斯托说，"这两个狗杂种现在是去商业区，杀害我们的被害人。"

西斯托说话时的怒意让博斯很喜欢，只是他明白感性观点和证据是两码事。"你怎么知道？"他问。

"哦，得了吧，"西斯托说，"肯定是这样，时间非常准确。他们坐飞机来，干了这票，你等着看，他们会在干完后再坐飞机走。"

博斯点了点头。

"我同意你的看法，但是我们知道什么和我们可以证明什么是两码事，"他说，"药店里的那两人戴了面罩。"

他指了指视频监视器。"我们能证明是他们吗？"他问。

"我们可以让治安官办公室的实验室处理一下试试，"卢尔德说，"让录像更清楚些。"

"或许吧，"博斯说，"快进些。"

西斯托拿着遥控器。他将快进速度加快到了四倍速，然后他们一起等着。博斯盯着录像计时器上的分钟数不断闪过。在十点十五分处，他让西斯托放慢到正常回放速度。药店录像捕捉到谋杀发生的时间是十点十分，而药店距离怀特曼大约两英里。

十点二十一分，面包车返回机场。汽车行驶没有超速，经过大门，靠近机库时也没有匆忙的感觉。一到那里，车两侧的门就立刻打开，两个人从车上下来，直接登上了跳伞飞机。此时飞机螺旋桨已经启动，随后滑行回跑道，然后起飞。

"来了又走，就像这样，然后两个人被杀掉了。"卢尔德说。

"我们得抓住这些家伙。"西斯托说。

"我们会的，"博斯说，"不过我希望能够抓住那个发号施令的人。那个让这两名枪手登上飞机的人。"

"桑托斯。"卢尔德说。

博斯点了点头。此时三名警探下定了决心。

西斯托最终打破了沉默。

"那么我们下一步怎么做，哈里？"他问。

"那辆面包车，"博斯说，"明天我们去把司机带来，看看他会怎么说。"

"顺藤摸瓜，"西斯托说，"我喜欢这主意。"

"说起来容易做起来难，"博斯说，"我们必须假定为桑托斯工作的所有人之所以为他工作是因为他们都是忠诚的下属。他们不害怕蹲监狱，这会让他们难以击破。"

"那我们该怎么办？"

"我们就将恐怖之神放到他面前。如果他不害怕我们的话，我们就让他害怕桑托斯。"

离开机场前，博斯让卢尔德到管制塔上去告诉奥康纳他们要正式征用记录那架跳伞飞机出入的写字夹日志，特别是周一早上在药店枪击案发生前的着陆记录。这一记录将和录像一起成为证据。警探们决定暂时结束工作，并约定第二天早上八点到作战室集合，共同制订拿下面包车司机的计划。西斯托和卢尔德从怀特曼前往玛嘉丽去补上晚饭，博斯则决定回家。他希望能够在困意来袭并把他击倒之前找点时间，再看看博德斯案的卷宗。

博斯曾经可以两天两夜、不眠不休地处理案子，还不觉疲惫。那种时光早已一去不复返了。

时间已经很晚，高速公路顺畅了许多，他轻松地混入了车流。他给女儿打了个电话。除了晚上习惯性地发句晚安短信，过去几天他一直没有和女儿通过话。女儿竟然接了，这让他有些吃惊。通常一到晚上她就忙得没有时间接电话。

"嘿，爸爸。"

"怎么样啊，小麦？"

"压力重重，这周期中考试。我正要去图书馆。"

这是个让博斯感到不安的话题。他女儿喜欢到学校图书馆学习，在那里可以更好地集中精力。可她经常待到半夜，甚至凌晨，这样她就必须自己一个人走到地下车库去开车。他们已经一次又一次地讨论过这个问题，博斯试图要求她晚上十点必须回去，但是她坚持自己的想法，不愿意接受这一宵禁安排。

见他没有回应，他女儿便开了口。

"求求你别再拿图书馆的事说我了，那样我压力会更大的。那里非常安全，我会和很多其他年轻人在一起。"

"我担心的不是图书馆，是车库。"

"爸，我们都谈过这个问题了。校园里很安全，不会有事的。"

在警察这个行当里，有这么一句话：所有地方都是安全的，直到它们不再安全。只需要片刻工夫、一个坏人、一次捕猎者和猎物相遇的机会，一切就都改变了。他早就已经和女儿说过这些，并不想把通话变成争吵。

"如果是要期中考试了，是不是说你之后就会到洛杉矶来？"

"不是啊，抱歉，爸爸。我和室友们打算考试一结束就向南去因皮里尔比奇。下一次有时间的时候我再到北边来。"

博斯知道，她的三个室友中有一个家住在南部边境附近的因皮里尔比奇。

"千万别穿过边境，好吗？"

"爸——爸。"

她把这个词拖长，像是被判了死刑一样。

"好吧，好吧。春季假期呢？我以为我们会一起去夏威夷或是什么地方。"

"这就是春季假期。我要去因皮里尔比奇待四天，然后回学校，因为春季假期实际上算不上是个假期。我有两个心理学项目要参加。"

博斯感觉不妙。他之前笨嘴拙舌地提到过夏威夷这个主意，几个月前还提到过，之后却没有去做安排，结果现在她已经有自己的计划了。他知道自己能和她在一起、能在她生命中陪伴她的日子不多了。这件事又让他想到这一点。

"好吧，留一个晚上给我，怎么样？你说哪天，我到你那儿去，我们可以在周围找地方吃点东西。我就想去看看你。"

"好的，我会的。不过，说实在的，这边的纽波特有家莫扎。我们可以去那儿吗？"

那是她在洛杉矶最喜欢的比萨店。

"只要你喜欢，哪儿都行。"

"太棒了，爸爸。不过我得挂了。"

"好的，爱你。注意安全。"

"你也是。"

然后她便挂断了电话。

博斯感到一阵愧疚。女儿的世界在不断变大。她在去各种地方，这也是很自然的事。他乐见其成，又不愿为此承受煎熬。她也只是在去外地上学之前的那几年才成为他日常生活的一部分。博斯非常后悔此前失去了那么多年的时光。

当他到达自己的住所时，有辆汽车停在门前，车里的人正瘫坐在前排座椅上。此时已是晚上九点，博斯并没有约任何人。他把车停进车棚，走上街，从堵住自己家门前走道的汽车后面走了过去。当他走近时，他打开手机上的闪光灯，从驾驶员开着的窗户那儿照了进去。

杰里·埃德加在方向盘前睡着了。

博斯轻轻地拍了拍他的肩膀，埃德加吓了一跳，抬起头来朝他看去。因为旁边有一盏路灯照在博斯头顶，埃德加只看到了博斯的黑色轮廓。

"哈里？"

"嘿，搭档。"

"该死，我竟然睡着了。现在几点了？"

"差不多九点。"

"该死，伙计。我真是晕了。"

"什么事？"

"我来找你聊聊。我查看了下信箱里的信，发现你还住在这栋房子里。"

"那就先到屋里去。"

博斯替他开了车门。博斯把埃德加查看过的信收了起来，和他一起从前门进了房子。

"亲爱的，我回来了。"博斯大声说。

埃德加看了他一眼，满脸都是"你在开玩笑"的表情。他一直都知道博斯是个独行侠。博斯微笑着摇了摇头。

"开个玩笑，"他说，"要喝点什么吗？我这儿没啤酒了，还有一瓶波旁威士忌，差不多就这些。"

"波旁威士忌挺好，"埃德加说，"或许能放一两块冰块。"

博斯示意他先去客厅，自己则直接去了厨房。他从橱柜里拿了两个玻璃杯，每个里面放了点冰块。他听到埃德加把顶着推拉门的扫帚拿到一旁，打开了门。博斯从冰箱顶上拿了那瓶波旁威士忌，朝露台走去。
埃德加正站在栏杆旁看着卡汉加山口。

"看起来还是老样子啊。"埃德加说。

"你是说这房子，还是峡谷？"

"我想两个都是。"

"干杯。"

博斯将两个杯子都递给了他，自己好打开酒瓶封倒酒。

"等一下，"埃德加一看到标签就说，"你在跟我开玩笑吗？"

"什么玩笑？"博斯问。

"哈里，你知道这东西是什么吗？"

"这个？"

现在博斯看到了标签。埃德加转身将杯子里的冰块从栏杆上倒了出
去，然后把空杯子伸向博斯。

"派比·范温克可不能放冰块。"

"真不放？"

"放的话就像是在热狗上涂了番茄酱。"

博斯摇了摇头。他没能理解埃德加做的这个比喻。

他说："人们总是会往热狗上涂番茄酱。"

埃德加拿着杯子，博斯开始给他倒酒。

"悠着点，"埃德加说，"你从哪儿弄来的这瓶酒？"

"之前我给人干了些活，这是礼物。"博斯说。

"那这哥们肯定干得不错。到易贝上看看这东西，你肯定会后悔自己
把它给开了。你能用它给你女儿换辆车。"

"是姐们。那个我帮忙干活的人。"

博斯又看了看瓶子上的标签。他将瓶口放到鼻子前，闻到一股浓厚
而独特的烟熏味。

"一辆车，嗯？"

"好吧，至少能付个首付。"埃德加说。

"我差点转手送人，当时打算送给圣费尔南多的局长。我猜那得让他开心得跟过年似的。"

"他得一整年都跟过年似的。"

博斯刚把瓶子放到四英尺长、二英尺宽的栏杆上，埃德加就慌了。他一把抓住酒瓶，以免地震或是圣安娜风把它吹到下面漆黑的峡谷中去。他小心地将瓶子放到了躺椅旁的桌子上。

他走回来，两人并肩靠在栏杆上，品着酒，望着山口。山口底部，101高速公路仍然像一条红白色的丝带，白色的车灯朝北开往好莱坞，红色的车灯则是朝南开去。

博斯等着埃德加开口说明来意，但是埃德加一直没有开口。他这位老搭档品着少有的波旁威士忌，看着灯光，似乎很满足。

"说吧，什么事让你今天晚上一路开车过来？"博斯最后问道。

"哦，我不知道，"埃德加说，"是今天见到你的缘故吧。看到你还在这个圈子里，我很难不去想点什么。我讨厌我的工作，哈里。我们什么事都干不成。有时候，我觉得州里是想保护那些恶棍医生，而不是除掉他们。"

"算了吧，你还在领工资呢。我可没有——除非你把他们每个月给我的那点装备费用算作工资。"

埃德加笑了起来。"就那点，嗯？你可真的是不差钱啊。"

他抬起酒杯，博斯和他碰了个杯。

"哦，是啊，"他说，"开银行的嘛。"

"该死的好莱坞怎么样了？"埃德加说，"连个命案组都没了。"

"是啊，世事无常。"

"世事无常。"

他们又碰了碰酒杯，安静地品了会儿酒，埃德加这才说出他今天到山上来的目的。

"查利·霍文今天给我打电话了，想知道关于你的情况。"

"你怎么说？"

埃德加转过身，盯着博斯。露台上太暗，博斯只能看到他眼里闪出的光亮。

"我说你是个好人，说该信任你，好好待你。"

"我很感激，埃德加。"

"哈里，不管这是什么事，我都想加入。我已经袖手旁观太久了，一直看着这情况越来越差。我是要你带上我。"

博斯喝了一口满是烟味的波旁威士忌之后才回答。

"我们来者不拒。今天我还以为你巴不得把我们从你办公室里赶出去呢。"

"是啊，因为是你让我想起来，我他妈的到底该做点什么。"

博斯点了点头。二十五年前，当他和埃德加在好莱坞还是搭档的时候，他一直觉得埃德加没有全身心投入。但是他也知道，救赎可能在任何时候、以任何方式出现。

"你知道圣费尔南多在哪儿吗？"博斯问。

"当然，"埃德加说，"因为案子，我到圣费尔南多的法院去过几次。"

"那好，如果你要加入，明天早上八点到圣费尔南多警察局，我们要开个策略会。我们打算拿下一名假买客，开始钓鱼。我们还可能在必要时把埃雷拉医生给带进来。在这方面，我们也许需要你帮忙。"

"我会去的，哈里。"埃德加说。

他一口将剩下的波旁威士忌喝到嘴里，品味了一番才咽下。他把空杯子放在栏杆上，边后退边指着杯子。

"真是醇和。谢谢啦，哈里。"

"要再来一杯吗？"

"我倒是想，可明天得早起啊。我得回家了。"

"有人在家里等你，杰里？"

"实话实说，没错。在拉斯维加斯工作的时候，我又结婚了。是个不错的姑娘。"

"我也在拉斯维加斯结过婚。"

这是很久以来，博斯第一次想起埃利诺·威什。

"明天见。"埃德加说。

他拍了拍博斯的上臂，回到屋里朝前门走去。博斯仍然站在露台上，品着他昂贵的波旁威士忌，回忆着过往。他听到埃德加发动了汽车，在夜色中离去。

15

早上，博斯在无马马车餐厅的吧台上吃了饭。这家餐厅位于凡奈斯区庞大的福特经销商的中心位置，距圣费尔南多只有几英里，刚好他也厌倦了每天在作战室拿免费的卷饼当早餐。无马马车有种五十年代的感觉，一直提醒着人们"二战"后席卷峡谷的人口激增和城市发展。汽车成了王者，经销商鳞次栉比，还用咖啡店和餐馆吸引他们的顾客，这使得凡奈斯成了汽车买家心中的圣地。

博斯点了法式吐司，用他买来和露西娅·索托联系的一次性手机看着前一天晚上收到的视频。视频是一个陌生号码发来的，他猜这应该是索托自己在用的一次性手机。

视频是塔普斯科特在打开丹妮尔·斯凯勒案的证物箱时拍摄的。前一天晚上，博斯反复看了很多次，直到最后困得睁不开眼。但不论看多少遍，他都想不明白证物箱是怎么被动了手脚的。箱子放到镜头前时，老旧发黄的证物标签明显完好无损，随后才被索托划开了。

博斯一直为此感到不安，因为斯凯勒衣服上沾有的卢卡斯·约翰·奥尔默的 DNA 是在实验室里发现的，而他知道在证物档案馆和实验室之间的某个地方有个关键节点。如果他要从奥尔默的 DNA 是被栽赃进去的这一最基本的认识入手，那么他就得搞明白两件事。一件是这个死于两年前的人，他的 DNA 是从哪儿搞来的，另一件就是它是如何被放进密封证物箱里的那片衣料上的。

第一个问题已经搞明白了，至少博斯是这么想的。前一天晚上，埃德加离开后，博斯总算有机会再次回顾博德斯案的调查卷宗。这一次他特别关注了卷宗里的卷宗，也就是一九八八年奥尔默被指控，并被判犯有多重强奸罪的记录。第一次快速翻阅记录时，博斯更为关注案件的调查层面，这是作为警探产生的偏见。他认为案情会在调查过程中被整理出来，而起诉仅仅是策略性地向陪审团展示业已积累的事实和证据。因此，他才会认为起诉材料中的一切内容都能够在调查卷宗中找到。

当他翻阅到一页列有检方和辩方提起的动议和否决的动议后，博斯才明白自己的定式思维到底错到了什么程度。大多数内容都是标准的法律论据：请求检方或辩方的证据或证词无效的动议。之后博斯看到了一份辩方动议，上面说奥尔默有意在审判中挑战案件的 DNA 证据。这份动议请求法官命令州政府向辩方提供一份调查过程中收集到的基因证据，用来进行独立分析。州政府并没有反对这一动议，理查德·皮特曼法官命令地方检察官办公室将遗传物质分一半给辩方。

辩方的动议是由奥尔默的辩护律师兰斯·克罗宁写的。这是庭审前的例行举动，让博斯在意的却是辩方在庭审开始时提交的证人名单。名单上有五名证人，每个名字后都有对这个人的概括，以及他们将为哪一点做证。这五个人中既没有药剂师，也没有法医专家。在博斯看来，这说明克罗宁在庭审过程中并没有像此前提交的动议所说对 DNA 另行鉴定。他选择了另一个方向，也就是可以宣称性行为是双方自愿的某种说法，频繁攻击州政府自己制定的 DNA 收集程序和分析结果。不管是哪种说法，最终都没有效果。对奥尔默的指控全部成立，奥尔默被关进了监狱。对法官判给他律师的那部分遗传物质，卷宗里并没有任何记录。

博斯知道地方检察官办公室应该在庭审后要求返还相关材料，但是记录里并没有任何地方可以证明地方检察官办公室这样做过。奥尔默被认定有罪，判处的刑期是他难以活着服完的。博斯也知道，事实很可能是机构里出现了混乱。检察官和调查员都转到了其他案子和庭审上，没人对失踪的 DNA 做出解释，这有可能就是丹妮尔·斯凯勒睡衣上遗传物质的来源。要证明这一点却是另一回事，特别是在博斯对那点 DNA 如何进入证物箱百思不得其解的情况下。

不管怎么说，对这个看起来无懈可击的冤假错案，至少眼下博斯已经在其表面找到了缺口。有没做出解释的 DNA，而参与这两起案件的辩方律师很可能拿到了这份 DNA。

他把盘子推到一边，看了看手表。已经七点四十了，该去作战室了。他站起身，在柜台上放了一张二十美元的钞票，出门朝自己的车走去。他驾车行驶在路面上，从罗斯科大道开到月桂谷再向北开。路上他接到了米基·哈勒的电话。

"巧了，我正想打给你。"博斯说。

"是吗？"哈勒说，"什么事？"

"我决定了，我需要你的帮助。下周的听证会，我想作为第三方介入，反对释放普雷斯顿·博德斯。不管法律上需要什么，我都愿意做。"

"好的，没问题。你想要媒体报道吗？退休警探大战地方检察官，这可是一场非同寻常的听证会。绝佳的题材。"

"还不是时候。到时候局面不会太好看，博德斯指控我栽赃陷害，地方检察官办公室显然赞同他的说法。"

"什么鬼？"

"嗯，我已经看过整个案卷。博德斯声称是我把关键证物——海马吊坠——放在他家的。只有这么说才能有人信，才能指控我。"

"他给出任何证据了吗？"

"没有，他也不需要。如果 DNA 测试表明凶手是另外一个已经定罪的强奸犯，那么那个吊坠出现在博德斯家，唯一可能的解释就是有人栽赃。"

"好吧，了解了。你说得对，听证会上估计会是一片血雨腥风，我能明白你为什么不想让媒体知道。但是现在最关键的问题来了：你有什么东西能戳穿对方的谎言呢？"

"我还没完全准备好。我知道他们可能从哪儿、用怎样的方式拿到奥尔默的 DNA，只是需要弄清楚他们是怎么把奥尔默的 DNA 混进本案证物里的。"

"听起来你任重道远啊。"

"我已经在努力了。你给我打电话就是为了鼓励我？"

"当然不是。我有个小礼物给你。"

"什么礼物？"

博斯已经出了月桂谷，沿布兰德大道行驶，刚好经过"圣费尔南多欢迎你"的标牌。

"嗯，你第一次跟我说起这件事的时候，我就觉得普雷斯顿·博德斯这个名字有点耳熟。我记得这个名字，但是忘记在哪儿听过了。我在西南大学上的法学院，当然，那个时候我还不认识你。总之，那时候我课间经常去刑事法庭大楼，坐在旁听席里观看辩护律师辩护。"

"对检方不感兴趣？"

"不感兴趣，毕竟我爸——咱爸是辩护律师。我想说的是我非常确定我看过几场博德斯案的庭审，也就是说，三十年前的那个时候，我们俩都在那间法庭里，只不过我们谁也不认识谁。我觉得这一点挺有意思。"

"是啊，有意思。你打电话就是为了这个？这就是你的礼物？"

"不是，接下来的才是我的礼物。咱爸英年早逝——实际上我从来没有见过他在法庭上辩护的样子——但是他有一个年轻的合伙人一直坚持了下来，我当初去法庭大楼就是看他去的。"

"你说的是大卫·西格尔？他是咱爸的合伙人？"

"没错。一九八八年庭审时，就是他为普雷斯顿·博德斯辩护的。我从小到大一直叫他大卫叔叔。他是个好律师，他们都管他叫'西律'。就是他送我去读法学院的。"

"他后来怎么样了？你觉得那个案子的庭审记录还有保留下来的吗？可能会有帮助。"

"你瞧，这就是我的礼物啊，兄弟。你用不着什么庭审记录，你有西律本尊。"

"你胡说什么啊？他死了。卷宗里有他的讣告——我昨天晚上刚读过。"

博斯行至离警局一个街区的路口时，一辆地铁呼啸而过，他只能停车等待。哈勒听到电话另一边的呼啸声，也等了片刻。

"我告诉你这是怎么回事吧，"他说，"西律干律师这么多年，保不准有几个难缠的当事人对他的辩护结果心怀不满，所以他退隐江湖的时候就想避免被这些人找上。"

"他怕有人出狱后找他算账，"博斯说，"老天爷，难怪。"

"我自己也遇到过这样的事，可不是闹着玩的，所以西律卖了律所之后就玩起了失踪。他甚至让他女儿把他给自己写的讣告发给加州律师协会的时事通讯。那篇讣告我记得我还读过，里面把他称为'法律界的天才'。"

"我也读过。索托和塔普斯科特把讣告放进卷宗是因为大家说西格尔已经死了，你现在告诉我他其实还活着？"

"他已经快八十六岁了，我隔几周就会抽时间去看他。"

博斯在圣费尔南多警察局的停车场找了一个位子把车停下。他看了一眼仪表盘上的时钟，发现今天迟到了。其他警探的私家车都已经入位。

"我得跟他聊聊，"他说，"新的案卷里，博德斯也把他当成了替罪羊。他看了肯定会不高兴的。"

"当然，"哈勒说，"但这对你绝对是好消息。如果你质疑一个律师的声誉，那他就可以合理合法地予以回击。我会安排一场访谈并录音。你什么时候有时间？"

"越快越好。你说他已经快八十六岁了，他老人家神志还清楚吗？"

"绝对清楚，他的头脑就像匕首一样犀利。身体嘛，就差一些。他一直卧床，平时活动靠轮椅。给他带去一个兰格或者菲利普家的三明治，他就会打开话匣子跟你聊过去的案子。我经常这么做。我特别喜欢听他讲他办过的案子。"

"很好，你安排吧，安排好告诉我。"

"我这就去办。"

博斯关掉汽车引擎，打开吉普的车门。他努力回忆着是不是还有什么事情要对哈勒说。

"对了，还有一件事，"他说，"你还记不记得圣诞节时水果盒基金会的维比安娜送给咱俩的波旁？"

维比安娜·贝拉克鲁斯是哈勒和博斯一年前在一起私人委托案中遇到的一位艺术家。

"快乐老爹，我记得。"哈勒说。

"我记得你当时出一百美元买我那瓶，"博斯说，"我差点就同意了。"

"现在想卖还来得及。只要你没都喝了。"

"没有，我昨天晚上才开的瓶。而且我昨天晚上才知道，市面上这瓶酒可以卖到你出价的二十倍。"

"是吗？"

"当然，千真万确。你就是个骗子，哈勒。我算是看透你了。"

博斯听到电话另一头传来哈勒的笑声。

"随你怎么笑,"博斯说,"反正这瓶酒我自己留下了。"

"嘿,一瓶上等的肯塔基波旁酒可扯不上什么道德问题,"哈勒说,"毕竟这可是派比·范温克。"

"我记住了。"

"嗯,别忘了。回头聊。"

博斯挂断电话,从侧门走进警局。他穿过空荡荡的警探办公室,一打开作战室的门就闻到一股墨西哥卷饼的味道。

作战室里人头攒动。卢尔德、西斯托、卢松、特雷维尼奥警监和瓦尔德斯局长围坐在桌边吃着早餐。在座的还有杰里·埃德加,以及一个博斯从未见过的男人。他看起来快四十岁的年纪,深色头发,皮肤黝黑,穿着一件高尔夫球衫,袖子紧紧包裹着健壮的二头肌。

"抱歉,我迟到了,"博斯说,"我没想到是全体会议。"

"我们边等你边吃,"卢尔德说,"哈里,这位是药品管理局的霍文探员。"

16

袖子紧绷在胳膊上的男子站了起来，把手伸到桌子对面和博斯握手。握手时，他观察博斯的样子就像是艺术评论家第一次看到一件雕像，又或者像是大学橄榄球教练在看一名高中生角卫。

和霍文握手之后，博斯从会议桌一端抽出一把椅子坐下。卢尔德拿起放卷饼早餐的托盘要递给博斯，博斯举起手，摇了摇头。

"那么，"他说，"霍文探员，是什么事让你一大早就跑到这里来了？"

"你给我打过电话，我想做出回应。"霍文说，"鉴于是杰里向你提起的我，我昨天和他聊了聊你和这个案子，我觉得我们最好能够见一面。"

"来给我们介绍桑托斯的情况吗？"博斯问。

霍文还没回答，局长先开了口。

"霍文探员今天一早就来见了我，"他说，"他是要给我们做个介绍，同时对我们的调查也有些想法。"

"我们的调查！"博斯说。

"哈里，先别激动，"瓦尔德斯说，"不是你想的那样。先听听他怎么说。"

"我觉得哈里是对的，"西斯托说，"联邦调查局的人介入就是要把事情接管过去。这是我们的案子。"

"我们能不能先给他个机会说话？"局长坚持道。

博斯示意霍文开始讲，不过他还是很钦佩西斯托能够站出来。

"好的，我想我从你们局长和杰里那里已经了解了个大概。"霍文说，"你们已经上了二垒，瞄准了柏高的诊所。今天你们很可能要在这儿碰个头，集思广益，然后做出以小搏大的决定。我说的对吗？"

"这是什么意思？"卢尔德问。

"你们打算抓一个药物傀儡或是假买客，然后顺藤摸瓜，对吗？"霍文说，"通常都是这么做的。"

"这有什么问题吗？"卢尔德问，"通常都是这么做是因为这么做有效。"

她看了一眼博斯，向他寻求支持。

"没错，这就是我们的计划，"博斯说，"不过我猜药品管理局另有妙招。"

"没错，"霍文说，"如果你想抓到下令袭击药店的那个人，也就是桑托斯，这世上没人比我对他和他的组织更加了解。我可以明确地告诉你，抓小鱼、钓大鱼这招没用。"

"为什么？"卢尔德问。

"因为大鱼太隐蔽了。"霍文说，"基于我对这个案子的了解，我可以说你们调查得没错。那两名杀手是桑托斯派来的，但是你们永远没办法把他们联系起来。据我所知，那两人应该已经死了，埋在了沙漠里。桑托斯不会让你们有机可乘。"

"那你觉得我们怎么才能接近他呢？"卢尔德问。

她的语气表明联邦调查局搅进来，还在他们自己的案子上说钓大鱼的做法不切实际的行为让她很不喜欢。

"你们需要有人混进去。"霍文说。

"这就是你的主意？"卢尔德问。

"是的，"他说，"你们现在就有个机会。混进去的机会。"

"我来，"西斯托说，"我去做卧底。"

所有人都扭头看向西斯托。他过于想要在这个案子里扮演关键性角色，没有考虑到自己经验不足，以及卧底工作的危险性。

"不，你不行。"霍文说。

他伸手指向桌子对面的博斯。

"他。"他说。

"你在说什么？"卢尔德问。

"你今年多大了，博斯警探？"霍文问，"六十五岁多了，我猜对了吗？"

"没错。"博斯说。

霍文挥了下手，像是在给大家介绍博斯。

"我们让博斯警探去，让他看起来年龄更大些，更加疲惫些，也更加饥肠辘辘些。我们给他新的身份证件和医保卡，给他换套衣服，几天内都不让他用剃须刀和香皂。我们要做的就是跟踪诊所的面包车，在药店逮捕几名傀儡，让行动看起来就像是随机的执法行动。杰里和我负责搞定这个。当假买客回到诊所时，就会发现人手不够，到月底得少上千个药片。之后就是完美的招募了。"

霍文再次伸手让大家看向博斯。

"完美的招募？"卢松说。

"他年纪刚好，正是他们要找的人。"霍文说，"警探，你之前做过卧底吗？"

所有人都看向博斯。

"没真去做过,"他说,"在一些案子上时不时地做过几次,但没认真做过。如果我整天在州里各家药店转,又能接近桑托斯多少呢?"

"这么说吧,肯定比执法队伍里的任何人都更加接近。"霍文说,"桑托斯是个幽灵,他就是乡村海洛因的霍华德·休斯。过去近一年内,没人见过他。我们拥有的他的情报照片时间则更早,就在这儿。"

霍文打开一个薄薄的马尼拉文件袋,里面有一份钉在一起的两页文件。他把文件举起来给大家看。

"这是一份针对桑托斯的无名氏逮捕令,是一个《反勒索及受贿组织法》案件,内容非常翔实。这份逮捕令是一年多前发布的。我们一直没有执行,因为我们没法发现或是找到这个家伙。但是你也许能做到。你被招募进去,靠他足够近之后就给我们发冲进去的信号。我们会为你准备好可以发送信号的手段。你见到桑托斯,示意我们进去,我们就去拿下他。这样你就能拿下下令袭击药店的人,我们甚至还能抓住那俩枪手。"

霍文描述计划时语气里带着急迫。他讲完后大家都在考虑,沉默了很长时间。随后,卢尔德打破了沉默。

"我们听说你们的上一个线人被带上了飞机,之后再也没回来。"她说。

"是的,不过他并不是警察,"霍文说,"他是个业余的,犯了个业余的错误。这不会发生在博斯身上的。我们会为他做好准备,装扮好——这才是我们说的完全就绪,准备卧底。我是说,这是个难得的机会。"

霍文直盯着博斯,做出最后一搏。

"我得承认,当我向杰里核实你的情况时,一听说你年龄很大了,我的脑子就一直在加班加点地工作。我们没有让你这个年纪的人去做过卧底工作。我是说,一个都没有。你是最适合潜进去的。"

博斯开始感觉愤怒了。

"好，别再说'年龄很大'这个问题了，"他说，"我明白你要说什么。"

瓦尔德斯局长清了清嗓子，在谁都还没做出反应前打断了他们的谈话。

"如果哈里上了飞机，他可能被带到任何地方，"他说，"我不喜欢这一点。"

"他很可能会被带到板坯城。"霍文说。

"板坯城到底是个什么地方？"

"索尔顿湖湖底附近的一座废弃军事基地。当年他们关闭基地时撤走了所有东西，除了坚硬的地面，也就是飞机跑道和他们搭建活动房屋时下方的厚石板。未经允许者到了那里，据为己有，建造了他们自己的地盘。之后桑托斯的组织到了那里，使用那里的飞机跑道，还给自己建了座帐篷城。"

"你们为什么不直接冲过去把那地方给关了呢？"卢尔德问。

"因为我们想要桑托斯，"霍文说，"我们不在乎他手底下作为傀儡的那些瘾君子。他们一文不值。我们要的是蛇头，这就是为什么我们需要他在那儿的时候有人能够在里面给我们发信号。"

"好的，我们需要考虑一下，"瓦尔德斯说，"博斯警探也需要决定他是不是愿意去做这件事。他是局里的后备警官，我不会命令他去做任何你说的那种带有危险因素的事。所以给我们一两天时间，我们到时给你答复。"

霍文举起双手，做出不予干涉的样子。

"嘿，收到，"霍文说，"我只是想到这里来，打好我自己这一垒。你们都继续自己的工作吧，等做好决定后给我打电话。"

他站起身刚准备离开，博斯说的三个字让他停了下来。

他说："我去做。"

霍文盯着他，笑逐颜开。

"哈里，等一下，"瓦尔德斯说，"我认为我们不该急着做出决定，可以考虑考虑其他选项。"

"哈里，你确定吗？"卢尔德补充说，"这是个危险的——"

"给我两天时间做准备，"博斯说，"我来试试。"

"好的，好的，"霍文说，"别刮胡子、别洗澡。身上的臭味是个标志。如果你身上不臭的话，你就不是个用药上瘾的人。"

"很高兴知道这一点。"博斯说。

探员主动说："如果你想做些调查的话，我可以帮你联系个用药上瘾的人。"

"不用了，"博斯说，"我知道可以去找谁问问。我们什么时候开始？"

博斯环顾了下会议桌前围着的人，他们关切的表情远远超出了霍文脸上的兴奋劲。

"我们周五开始怎么样？"霍文说，"这样就有时间做好后勤准备，请求组织一个影子团队。或许还有时间让你跟我们的卧底训练员做些训练。"

"我希望能够全程保护好他，"瓦尔德斯说，"我没有人手来做这件事，但我也不希望哈里出去后没个照应。"

"他不会的，"霍文说，"我们会保护好他的。"

"当他在飞机上的时候呢？"卢尔德问。

"我们会有空中支援，"霍文说，"不会弄丢他的。我们会很高，他们不会发现我们在那儿。"

"那他着陆之后呢？"埃德加问。

"我不会去虚假地美化这一点。一旦到了板坯城，他就只能靠他自己。不过我们会在那附近，随时等待信号。"

卢尔德没有再提问题。霍文看向局长。

"您有博斯的照片吗？我们可以用来制作假证件。"

瓦尔德斯点了点头。

"我们有给他做警察证的照片，"他说，"特雷维尼奥警监可以带你去运营中心取照片。"

特雷维尼奥起身带着霍文走了出去。这位药品管理局探员说他会保持联系，等周五早上过来，卧底行动的准备工作就会全部就绪。

他一走，所有人的眼睛都转向博斯。

"怎么了？"他说。

"我还是希望你能再想想这件事，"瓦尔德斯说，"如果你改变主意，我们就立刻拉你出来。"

博斯想到了小若泽和他的天真无畏。

"不了，"他说，"我们就这么干吧。"

"为什么，哈里？"卢尔德问，"这么多年你该做的都已经做了，为什么还要做这个？"

博斯耸了耸肩。他不喜欢大家都关注他。

"我想到了那个孩子，他去上大学，学习他父亲是怎么做的，"他说，"然后毕业，进入这个行当，结果发现了里面的腐朽堕落。他经历了那么多，但让人吃惊的是，他做了正确的事，却因此惨遭杀害。人们可以说他傻，或是天真，我会说他是个英雄，这就是为什么我要这么做。我比霍文探员更想抓住桑托斯。"

现在，他们都在全神贯注地看着他。

"他们对若泽·埃斯基韦尔的所作所为不能就这么算了，"博斯补充说，"如果这就是我们抓住桑托斯的最好机会，那我希望自己能够抓住这个机会。"

瓦尔德斯点点头。

"好的，哈里，我们明白了，"他说，"我们百分百地支持你。"

博斯点头致谢，然后看向会议桌另一端的老搭档埃德加，他也点了点头。他已经参与进来了。

17

哈勒将西律的访谈定在了这天下午。这位前辩护律师如今住在费尔法克斯地区的一所护理机构里,但无论是兰斯·克罗宁,还是他以前的当事人普雷斯顿·博德斯,都不知道他仍健在。下午两点,博斯和哈勒在停车场碰头,然后一起往里走。哈勒提着一只公文包。他告诉博斯这里面装着摄像机,以及从城区的科尔餐厅买来的法式蘸汁三明治。

"这个地方是犹太教认证的,"哈勒解释说,"外食不允许带进来。"

"他们抓到你怎么办?"博斯问。

"不知道,大概终生禁入吧。"

"所以他同意做这次访谈?"

"他说他没意见。只要吃上了三明治,他自己就想说了。"

二人在大堂以大卫·西格尔的律师和调查员的身份进行了登记,他们坐升降梯上到三层。以哈勒的调查员的身份登记让博斯想起一件事。

"西斯科还好吗?"他问道。

丹尼斯·沃伊切霍夫斯基,绰号"西斯科",是哈勒长期聘用的调查员。两年前，西斯科骑着他的哈雷摩托车在文图拉大道上被人故意撞翻，肇事者随后逃逸。西斯科左膝接受了三次手术，出院后染上了维柯丁成瘾的毛病，花了六个月时间才发现并最终戒除。

"他很好，"哈勒说，"非常好。他已经回来了，忙得很。"

"我需要跟他聊聊。"

"没问题。你找他什么事，我转告他？"

"有个朋友可能是乡村海洛因上瘾，我想问问他有哪些症状可以判断，该怎么办。"

"那你算是问对人了，一会儿完事我就给他打电话。"

到了三层，两人出了升降梯。哈勒对护士站的值班护士说明来意，并告诉她不要让任何人进来打扰。他们沿着走廊一直走到西格尔的单间。哈勒从正装外套的内袋里掏出一个门把手挂牌，上面写着"法律会议：请勿打扰"。他冲博斯挤了一下眼，把挂牌挂在门把手上，然后关上了门。

壁挂电视正播放着 CNN 关于国会针对俄罗斯干涉一年前大选的情况进行调查的报道。一位老人半躺半坐在病床上，正看着电视。他看上去不过九十多斤，头上一圈稀疏的白发，像顶着一个光环。他胳膊瘦得皮包骨头，皮肤上皱纹堆积，长了很多老年斑。他的双臂似乎毫无生气，只是无力地搭在拉到胸口的毛毯上。

哈勒走到床边，向那个卧床的老人招了招手，以引起他的注意。

"大卫叔叔，"哈勒大声说，"您好啊。我把电视声音关小点。"

哈勒从床头柜上拿起遥控器，把电视调成了静音。

"该死的毛子，"西格尔嘟囔着，"我希望有生之年能看到那个家伙被弹劾。"

"您说话真像个左派，"哈勒说，"不过我估计您说的这个不太可能发生。"

哈勒转向卧床的老人。

"您一向可好？"哈勒说，"这位是哈里·博斯，我的异母兄弟。我跟您说过他。"

西格尔用他那双水汪汪的眼睛打量了一下博斯。

"就是你呀，"他说，"米基跟我提过你。他说你曾经来过家里。"

博斯知道西格尔说的是他的父亲老米凯尔·哈勒。博斯只见过老哈勒一次，是在他贝弗利山庄的别墅里。那时的老哈勒已经病入膏肓，而博斯刚刚从东南亚的战场返回。一个月之后，博斯站在山坡上见证了父亲的下葬。棺材旁边，一个六岁男孩笔直地站在未亡人身旁。那一刻，博斯知道了自己还有一个异母的弟弟。不过他们二人见面相认，则是很多年之后的事情了。

"是的，"博斯说，"很久之前了。"

"嗯，"西格尔说，"对我来说，所有事情都发生在很久之前。你活得越久，就越难相信这个世界变化得有这么快。"

说着，他有气无力地指了指已经静音的电视屏幕。

"我给您带来了一件百年不变的东西，"哈勒说，"我来时路过科尔餐厅，给您带了一个法式蘸汁三明治。"

"科尔是家好馆子，"西格尔说，"快扶我起来。"

哈勒从桌上拿起另外一个遥控器扔给了博斯。这边哈勒打开公文包拿出三明治，那边博斯调起病床的上半部分，让西格尔几乎能在床上坐直。

"我们之前见过，"博斯说，"算是见过吧。就是我们今天要聊的那个案子，我在证人席接受过您的盘问。"

"当然，"西格尔说，"我还记得呢。你讲得滴水不漏。检方就喜欢你这样的证人。"

博斯点了点头，表达谢意。哈勒在老人睡衣的领口处塞了一块餐巾，然后将桌子移到他的大腿上方，拆开了三明治的包装。他又打开了一小盒酱汁，也放在桌子上。西格尔立马拿起半个三明治，把边缘在酱汁里蘸了一下就开始吃起来。他一小口一小口地吃，每一口都细细品味。

趁着西格尔品美食、忆往昔的工夫，哈勒从公文包里拿出了迷你摄像机，放在桌面上的一个迷你三脚架上。他眼睛盯着取景框，调整着桌子的角度，直到准备就绪。

一个法式蘸汁三明治，西律整整吃了三十五分钟。

博斯耐着性子等着，看着哈勒跟老人聊过去的事情，让他为访谈做好准备。终于，西格尔把三明治包装纸揉成一团，表明自己吃完了。他想把纸团扔进墙角的一个垃圾箱里，但用力太小，纸团落在了地上。哈勒捡起纸团放到自己的公文包里。

"准备好了吗，戴夫叔叔？"他问。

"早就准备好了。"西格尔说。

哈勒把餐巾从西格尔的睡衣领口里拿出来，再次调整了一下摄像机，然后按下了录像按钮。

"好啦，我们开始吧，"他说，"看着我，不要看镜头。"

"不用担心，我办案子的时候已经有摄像机了，"西格尔说，"我可不是老古董。"

"我只是觉得您久疏战阵，可能不习惯。"

"不可能。"

"那就好，那我们就开始了。三，二，一，开拍。"

哈勒首先介绍了西格尔，并说明了访谈的日期、时间和地点。尽管摄像机镜头完全对着西格尔，哈勒还是介绍了自己和博斯。接着访谈正式开始。

"西格尔先生，您在洛杉矶县做执业律师有多长时间了？"

"四十三年。"

"您专攻刑事辩护，对吧？"

"专攻？我只做刑事辩护。"

"您是否曾经为一个名叫普雷斯顿·博德斯的男人辩护？"

"普雷斯顿·博德斯一九八七年聘请我为他的谋杀指控做辩护，该案于次年开庭。"

哈勒引导着西格尔把案情回顾了一遍，首先是确定指控是否属实的预审，然后是陪审团庭审。哈勒谨慎地回避任何涉及辩方内部对案情进行讨论的内容，因为律师和当事人的沟通属于受法律保护的隐私。回顾到博德斯被判有罪并处以死刑时，哈勒把话题拉回到现在。

"西格尔先生，您是否知道在近三十年后的今天，有人正努力为您原来的当事人平反？"

"我听说了，你告诉我的。"

"您是否知道在上诉文件中，普雷斯顿先生声称，当初庭审期间，是您唆使他做伪证，让他在法庭上说谎？"

"我听说了。用今天的话来说，他把锅甩给我了。"

西格尔的声音发紧，显然是在努力压抑心中的怒火。

"具体地说，博德斯称他在宣誓后所做的有关他在圣莫尼卡码头购买海马吊坠的证词是您给他的。您有没有提供该证词给博德斯先生？"

"当然没有。如果他当时说的不是实情，那完全是他的自主行为。实际上，我希望他不要在庭审期间做证，可他不听劝告，一意孤行。没有办法，我只能允许他出庭做证，但他的表现反而把他送进了死囚牢房。他说的话，陪审团一个字也不相信。判决后，我与多位陪审员沟通过，他们都证实了这一点。"

"您是否考虑过采取其他的辩护策略，比如指控该案主办探员把海马吊坠放到您当事人家中，以达到栽赃陷害的目的？"

"没有。我们对两位办案的警探都进行了调查，质疑他们的品行没有任何帮助。我们没有尝试朝那个方向努力。"

"您今天是自愿接受我的访问，还是受到了外界的压力而为之？"

"我是自愿的。我年纪是大了，但任何人也不能凭空诋毁我的名声，玷污我这四十三年的执业清誉。去他妈的。"

哈勒没想到西格尔竟然爆了粗口。他赶忙扭身，远离摄像机，避免自己的笑声被录下来。

"最后一个问题，"哈勒忍住笑继续说，"您是否明白今天的访谈可能导致加州律师协会对您进行调查和处罚？"

"如果他们想整，尽管来。这种事我从来不害怕。他们相信了我给他们发的讣告，还印了出来，这已经够蠢的了。让他们冲我来。"

哈勒伸手关掉了摄像机。

"您表现得太棒了，大卫叔叔，"他说，"您这段应该能派上用场。"

"谢谢您，"博斯说，"我可以肯定，您的访谈一定会给我们带来很大帮助。"

"就像我说的，去他妈的，"西格尔说，"他们想挑事，那就给他们点颜色瞧瞧。"

哈勒起身把摄像机装进公文包。

西格尔微微转头看了看博斯。

"我还记得你在庭审上的表现，"他说，"我知道你们说的是真的，博德斯死定了。你知道，他是我执业四十三年来唯一一个被判死刑的当事人。但我从来没为此难过。他罪有应得。"

"嗯，"博斯说，"但愿这一次不要放虎归山。"

二十分钟后，博斯和哈勒回到了停车场。

"你觉得怎么样？"博斯问。

"我觉得他们惹错人了，"哈勒说，"那句'去他妈的'我真是太喜欢了。"

"是啊，毕竟他们以为他已经不在人世了。"

"毫无疑问，下周三够他们喝一壶的。不过我们得先做好保密工作。"

"有什么问题吗？"

"这完全是一个身份的问题。我代表你作为介入方向法院提起动议，地方检察官办公室很可能会说你是这个案子的主办探员，他们才是你的代理人。万一我争不过地方检察官，我就只能以西律代理律师的名义入局。这就够了，反正我们只是想插一脚。"

"你觉得法官会不会采纳访谈录像作为证据？"

"他至少会采纳一部分。我从基本案情切入不是没有原因的，是故意让克罗宁和肯尼迪以为这视频里没什么内容。然后——咣当——我直接提出伪证的问题。这个问题确实涉及律师与当事人之间的隐私保护，这一点我们且看法官如何判断。我希望法官看到这里时已经渐入佳境，要求把整段视频看完。我调查过审理本案的法官，这一次我们走运了。霍顿当法官已经二十年，之前还有二十年的执业经历。也就是说，西律鼎盛的时候，他已经在这行里干了。我希望他能给老人家一次机会，听他把话说完。"

"明白了。博德斯呢？他这次会出庭做证吗？"

"恐怕不会，他们不应该犯这样的错误。但他肯定会在现场，我想看看播放西律访谈视频的时候他是什么表情。"

博斯点点头。他想到时隔多年，自己竟然又要与博德斯正面交锋。他突然发现自己已经不记得博德斯到底长什么样了。在他的记忆中，博德斯只是一团阴影，有双无比锐利的眼睛。对博斯来说，博德斯就像一头想象中的怪物。

"你得抓紧时间了。"哈勒说。

"怎么说？"博斯问道。

"我们手里的牌不错，但是还不够好。现在我们有你，有西律，我们还知道涉案的 DNA 可能在克罗宁手里。不过我们需要更多筹码。我们还需要知道博德斯的整个诡计。这才是本案的关键。他们可是在诬陷你栽赃陷害一个无辜之人啊。"

"我已经开始调查了。"

"那就再加把劲，我的兄弟。"

哈勒打开车门，准备离开。

"我让西斯科给你回电话。"他说。

"感谢，"博斯说，"对了，呃，接下来几天你可能联系不上我。圣费尔南多警局那边的案子我得处理一下，可能没空。"

"什么案子，哥们？你自己这个案子还不够你忙活啊。这应该是你的天字一号工作。"

"我知道，但是另外那件事等不了。我应该很快就能完事，同时我会查清楚他们的诡计，然后咱们就大功告成啦。"

"又是这句'大功告成'。你可别耽误太久。"

哈勒坐进车里，关上车门。博斯目送着他倒出车位，驶离停车场。

18

博斯和贝拉·卢尔德在圣费尔南多的案子上达成了协议。他会离开去处理些私人事务，同时为自己的卧底任务做准备，而她和警探队的其他成员则继续跟进所有调查线索，为周五的行动做准备。这使得博斯有整整一天半的时间去调查博德斯的"诡计"——哈勒是这么称呼的。同时，博斯还可以与霍文安排的药品管理局卧底训练队见个面。

和哈勒谈话后，博斯意识到自己对博德斯的关注可能一开始就错了。因为知道博德斯被判处死刑是罪有应得，博斯就将他放在了诡计中心。他是作恶之人，是没有人性之人，所以这一切都是他狡猾的精心编排，是他最后一次操纵体制，并试图通过合法手段逃出监狱。

但现在，他知道这个想法是错误的，在诡计中心的是兰斯·克罗宁。在这个案子的各个阶段，这位律师都是核心。尽管他将自己塑造成有良心的律师，只是让当权者注意到司法错误，可现在却可以清晰地看出他才是幕后操纵者，操纵着地方检察官办公室、洛杉矶警察局，甚至很可能还包括博德斯自己。

博斯仍旧坐在西律所在养老院外自己的车里。他把手腕搁在方向盘上，边用手指敲击着仪表盘，边思考下一步的举动。他必须小心。如果克罗宁知道博斯针对他开展的任何调查，他就会跑去找法官和地方检察官，指控博斯恐吓。博斯还不确定第一步是什么，但一直以来，每当他发现自己卡在了案件的逻辑上时，他就会运用攻城槌哲学。他会先退后行，希望自己已经掌握的情况能够帮助自己冲破阻碍。

他回到克罗宁策划并实施这一诡计的起点。他认为一定是从卢卡斯·约翰·奥尔默的死亡开始的。博斯从这里开始自由联想，用案件中的已知情况作为连接未知情况的坐标点。

这一切开始于克罗宁得知自己的当事人奥尔默死于狱中。律师会做什么？清出卷宗空间，把过去这些年里在奥尔默案上收集的一切送去存档？他是否会为了往昔再最后看上一眼？不管是出于什么原因，克罗宁复查了卷宗，注意到了那个没有实施的策略：从强奸案件的证据中提取到的奥尔默的精液。法官命令警察实验室和克罗宁挑选的私人实验室分享遗传物质。材料被送了过去，不管是否测试过，这是有关这一材料去处的最后记录。

当事人死后，克罗宁联系实验室索要材料。嫌疑人已死，案件终了，律师要将所有尚存的零星问题都处理掉。他最终拿到了材料，现在他需要为这材料找出一个用途。目的是什么？钱吗？

博斯认为是的。总是和钱有关。在这个案子里，博德斯可以因为误判从市里获得数百万补偿款，而促成这一安排的律师可以得到其中的三分之一。

回到他的案件发展理论，博斯知道克罗宁长期担任奥尔默的律师，因此对这个强奸犯和他的活动比谁都了解。克罗宁及时回到洛杉矶，在报纸存档里搜寻符合这一用途的案子。在 DNA 证据出现之前的案子。可以使用 DNA 作为突破口的案子。

他找到了普雷斯顿·博德斯。一起主要依据间接证据判定谋杀罪成立的案子，针对他的唯一可靠证据就只有海马吊坠。克罗宁知道将一名连环强奸犯的 DNA 放进这个案子里，就如同引爆一颗炸弹。除掉海马吊坠，DNA 就如同是打开死刑之门的金钥匙。

博斯喜欢这一推论。到目前为止，这是行得通的。但在没有先将博德斯招募为计划中的主动部分之前，克罗宁是不会再往前走下一步的。当然，要推销这一计划并不困难。博德斯已经上了死囚名单，而整个州最近都在投票支持加快死刑案件执行的举措。不仅如此，博德斯已经用光了上诉机会，没有办法再进行上诉。这时，克罗宁出现了，主动提供了一张潜在的出狱卡片，以及七位数，甚至是八位数的索赔金额。逃离监狱和死刑，并且还能让洛杉矶市为你的不幸做出赔偿。博德斯会说什么？"我不参与？"

博斯意识到有方法可以部分地确认自己的理论。他伸手拿起了放在座位上的博德斯案卷宗，将卷宗堆用橡皮筋捆绑的上半部分拿起来，迅速翻到克罗宁给定罪证据真实性调查组写的信。这是此诡计的官方起点。博斯关注的仅仅是上面的日期。这封信是克罗宁去年八月份寄出的，他意识到自己一直有这一诡计的一小块证据。杰里科警官曾说过，克罗宁自去年一月开始，每个月的第一个周四都会去探访博德斯。

克罗宁前往圣昆廷与博德斯进行数次会面之后才给地方检察官办公室寄了信。如果这都不能证明他们是在结党营私、密谋诡计，那他真不知道还有什么可以拿来证明了。

找到了可以在下周听证会上作为引证的逻辑关系，博斯很是兴奋，提高了攻城槌的撞击频率。障碍仍在于这一计划的实施。他已经将克罗宁和博德斯联系在一起。他知道奥尔默的 DNA 在克罗宁手里。他只需要第三步，也就是计划的执行。

博斯决定将可能性分为两种，以塔普斯科特拍摄露西娅·索托打开证物箱的视频为界，也许此前多年，证物箱就一直在洛杉矶警察局的证物档案柜上，没被动过。

如果在索托打开箱子的时候栽赃证据就已经在里面了，那么这一见不得人的举动很可能发生于克罗宁一月份前往圣昆廷与博德斯会面到八月份他向地方检察官办公室寄出那封信之间。当时克罗宁应该已经和博德斯就计划达成了某种形式的协议。这中间的时间很长，博斯知道就现实而言，他需要索托帮助自己调查谁能够接触到证物箱。

档案保管的地方有橄榄球球场大小，受到严密监控，接触档案需要多个层级的登记手续。其员工是一群受法律协议约束的平民雇员，在一名驻场警督的监督下工作。证据仅限执法人员接触，对所有请求，他们都需要提供合适的身份证明和拇指指纹，此外，证据浏览区域还设有摄像头，7×24 小时进行实时监控。

如果遗传证据是在塔普斯科特和索托从档案馆里收回证物箱之后栽赃的，那么在监管的链条上就有多个地方可以下手。警探们会亲手将证物箱里的东西交给加州大学洛杉矶分校的实验室，让他们对血清组进行检测和分析。这就牵涉利用几名可以接触到被检衣料的实验室技术人员。但是这就会有很多的"本应该"和"也许"。博斯知道这些案件都是随机指派技术人员，在 DNA 检测单位的各程序和人员上也设有多个完整性检查，以防止腐败、交叉污染和证据篡改，不论是否有意为之。早些年，将 DNA 用于法律诉讼的科学性和程序性被从各个角度挑战过。在被频繁挑战后，完整性的防火墙得以建立，由此实验室近乎无懈可击。博斯知道这方面的可能性不大。

博斯越是思考这两种可能性，越是觉得在实验室实施这一诡计的可能性不大。光是给每个案子随机分配技术人员这一安排就从根本上削弱了这种可能性。即使出现克罗宁手头有一名腐败技术人员这种小概率事件，他似乎也没有办法确保他的技术人员能够接手这个案子，更别说往丹妮尔·斯凯勒的睡衣上栽赃 DNA。

博斯不断回到证物箱上，回到索托在塔普斯科特的镜头前切开他的封条，并打开证物箱之前证据被篡改的可能性上。他掏出存有录像的一次性手机，又看了一次箱子被打开的过程。索托划开证物封签、打开证物箱盖的时候，证物封签完好无损。博斯没有看出任何异样，这让他困惑不解。

他考虑给索托发个信息，问问她是否可以接触到档案馆房顶的摄像头，是否有要求看过上面的录像。但是他知道这一问题很可能会让她怀疑博斯的举动，也会让她生气。毕竟，塔普斯科特拍摄索托的开箱过程就是因为两名警探希望有录像证明箱子封签完好无损。他们自己拍摄这一过程则是为了避免提交查看房顶摄像头的请求，现在不太会有兴趣为了博斯再去申请。对证物箱没有被篡改，而且奥尔默的 DNA 从入箱第一天开始就在箱子里的睡衣上这点，他们很是满意。

博斯又看了一遍视频，这一次他屏蔽了塔普斯科特的解说，以便能够将注意力集中在索托用美工刀划开封签的画面上。播放到一半时，他的手机在口袋里振动起来，他暂停回放，将一次性手机放到中控台的杯架里。他掏出手机，发现是个陌生号码，但还是接了起来。

"您好。"

"哈里·博斯？"

"是的。"

"西斯科，米基说你想跟我聊聊。"

"是的，你怎么样？"

"还不错，什么事？"

"我想和你见一面，聊点事。需要保密，还是当面谈比较好。"

"你现在在做什么？"

"呃，正在费尔法克斯附近的一个停车场里坐着。"

"我离你不太远。现在这会儿，格林布拉特的楼上应该很安静。在那儿见面？"

"好的，我能去那儿。"

"关于这事，你一点暗示都不想给？"

在过去少有的几次相处中，博斯一直感觉西斯科对自己有着些许敌意。博斯将这归咎于辩方和检方工作人员间的正常敌意。这也是因为在哈勒雇用西斯科之前，西斯科一直与路圣有关联。在警方看来，路圣是个摩托车帮派；在其成员自己看来，路圣则是个俱乐部。而且这也总是有点嫉妒的意味。博斯和西斯科的老板有着血缘关系，这使得他们之间有种独特的亲近感，这是西斯科所没有的。博斯觉得西斯科可能担心博斯会在某一天取代他成为哈勒的辩方调查员。但在哈里看来，这是不可能的。

博斯觉得不仅仅是要给他点暗示。

"我希望你能帮助我当卧底，我需要装扮成氧可酮上瘾的人。"

西斯科顿了顿才回答。

"好的，"他说道，"这个我做得到。"

19

十五分钟后，博斯坐在位于森塞特的格林布拉特餐厅二楼的卡座里，慢慢地喝着咖啡，再次用一次性手机静音播放着那个视频。餐厅里空荡荡的，只有房间另一头的桌子那儿有人。

博斯听到木质楼梯上传来缓慢、规律又沉重的脚步声。他暂停了视频，很快西斯科就走了进来。他块头很大，锻炼得如同恶魔一般，常常穿着黑色的哈雷T恤，衣服紧紧包裹着他健硕的胸部和肱二头肌。他灰色的头发在后面绑成一个马尾，戴着深色的徒步旅行者太阳镜。他拿着一个画有火焰的手杖和一个看起来像是环绕型护膝的东西。

他徐徐步入卡座的时候说道："嘿，博斯。"

他们隔着桌子碰了碰拳头。

"西斯科，"博斯说，"我们可以在楼下见面的，这样你就不用爬楼梯了。"

"不，这里安静，爬楼梯对膝盖也有好处。"

"膝盖怎么样了？"

"都好了。又骑上摩托车，又开始工作了。我唯一想抱怨的就是早上起床的时候。每到那个时候，膝盖疼得要命。"

博斯点点头，伸手指了下西斯科带来的东西。

"这都是干什么的？"

"这是你的道具。你需要的就是这些东西。"

"给我说说。"

"你想去药店，对吧？囤积处方？上瘾的人都这么干。"

"嗯，是的。"

"我这么干了一年，一次都没被拒绝过。你去这些地方，他们和其他人一样想要挣钱。他们并不想赶你走，只是希望被你说服。你戴上护膝——记住一定要戴在裤子外面——然后拿上手杖，这样你就不会有任何问题了。"

"就这样？"

西斯科耸了耸肩。

"在我身上没问题。我从拉哈布拉一个不老实的医生那儿花了五千美元买了一整个处方本，让他在每一页上都签了字，剩下的我自己填。填好后我就去东洛杉矶所有的家庭药房。六周里，我积攒了一千多片。这时候我就跟自己做了个约定。等这些药片吃完，我就得站起来，战胜它。然后我就做到了。"

"真高兴你做到了，西斯科。"

"他妈的，我也很高兴。"

"没找退伍军人管理局帮忙？"

"妈的，退伍军人管理局的那些医生就是让我在手术后吃药上瘾的那些人。然后他们就把我放了出来，我在街上虚弱得要命，想着要保住工作，留住我媳妇。去他娘的退伍军人管理局，我再也不会去找他们了。"

对这个故事，博斯并不感到惊讶。这就是流行病的故事。人们一开始受了伤，只想止住疼痛好起来。然后他们就对药物成瘾，处方也无法满足他们。桑托斯这种人就钻了空子，没有回头路可走。

"药片没了以后，你怎么做的？"

"我买了个开瓶器。"

"什么？"

"一个开瓶器和三十天的食物补给，然后我让一个朋友把我关在了一间有厕所，但没窗户的屋子里，把门钉死。等他三十天后回来，我已经戒了。我一片药都不会再吃了。我就是他娘的把牙咬碎了也不会再吃一片药。"

听到故事最后，博斯只能点点头。一名女服务员走了过来，西斯科要了杯冰茶和一份一切四半的腌大蒜。

"要多点吗？"博斯说，"午饭我请客。"

"不了，我够了。我喜欢他们这儿的腌菜。腌大蒜的汁水。还有一点就是别有眼神交流。在药店。一直低着头，把那张纸和你的身份证件递给他们，别和他们进行眼神交流。"

"明白。和我打交道的人还会给我张医保卡。"

"那当然，给你省了一大笔钱，还是政府买单。"

博斯点点头。

"你介意我问问你为什么这么做吗？"西斯科问。

"我在调查一个案子，"博斯说，"两名药剂师在圣费尔南多被谋杀了。是一对父子。"

"对，我读到过，看起来像是些危险的人物。你有支援吗？我这会儿不忙。"

"有支援，不过还是谢谢啦。"

"我掉进过那个黑洞，伙计。我知道那是什么样子。有什么我能帮的，尽管开口。"

博斯点点头。他知道西斯科的摩托车"俱乐部"路圣曾经被怀疑是冰毒的主要生产者和运送者，这种毒品对成瘾的人有着类似的破坏性后果。女服务员端来了冰茶和腌大蒜，博斯这才没有提及西斯科悔改的讽刺所在。

西斯科用手指从盘子里捏起一块大蒜放到嘴里，两口便吞了下去。女服务员端来餐盘时，博斯将手机挪开，不经意间点亮了屏幕。西斯科用湿漉漉的手指指着手机。

"那是什么？"他问。

屏幕上暂停的画面里，索托正拿着美工刀对着证物箱。博斯拿起手机。

"没什么，"他说，"另一个案子，等你的时候我正在想怎么把事情理出来。"

"是你和米基正在处理的案子吗？"西斯科问。

"嗯，是的，但在上庭前我得把事情理出来。"

"能让我看看吗？或许我能——"

"不，这有点隐私，我不能给你——算了，你懂的，为什么不呢？这是一个警探拆开旧证物箱的视频，他们录像是为了证明箱子没有被动过手脚，证明没人往里面乱放过东西。"

博斯从头开始播放视频，然后把手机放到桌子上，转到西斯科面前。他还取消了静音，希望餐厅对面正在用餐的两个人不会反感。

西斯科俯下身，边吃着另一块大蒜，边盯着屏幕。视频放完后，他挺起了身。

"在我看来没什么问题。"他说。

"看起来像是没被动过手脚？"博斯问。

"没错。"

"是啊，我也是这么想的。"

博斯从桌上拿起手机，塞进口袋。

"那人是谁？"西斯科问。

"她搭档，"博斯说，"他用自己的手机拍的视频，还做了旁白。他话太多了。"

"不是，我是说另一个人。那个在看着的人。"

"什么看着的人？"

"把手机给我。"

博斯又把手机拿了出来，点开视频准备好回放，然后把手机递到桌子对面。这一次西斯科自己拿着手机，用沾了腌汁的手指点了下播放键。博斯等待着。西斯科接连点了屏幕好几次。

"快点，停下。该死，我得往后退点。"

他操弄着手机，屏幕再次开始播放，然后他又一次点了播放/暂停键。

"这个人。"

他将手机递给博斯，后者迅速扫了一眼屏幕，画面几乎就停在西斯科进来时他暂停播放的地方。索托正沿着箱子上纵向的缝划开封签。博斯正要问问西斯科说的到底是什么，他就看到了背景中的那张脸。有人正在观察室外看着索托。隔壁房间的某个人正俯身趴在储物柜台上朝里面看。

之前几次观看视频的时候，博斯一直全神贯注于证物箱上的封签是否完好，眼睛一点也没有扫视到画面的周边位置。现在他看到了。一个柜台服务人员对索托和塔普斯科特的行为非常感兴趣，一直在探着身子看他们。

博斯认出了这个人，但是没能立刻回想起他的名字。在洛杉矶警察局的最后几年，博斯一直在调查陈年悬案，他经常会去档案馆，希望能从以前的证据里找到些新的线索。屏幕上的这个人曾多次替他取过证物箱，但是两人之间属于那种短时的工作关系，仅限于互问一句"你好吗"。他觉得他的名字应该是巴里、加里或是什么里。

博斯的目光从手机转到西斯科身上。

"西斯科，你眼下正在替哈勒调查什么吗？"

"呃，没有，只是待命，等他找我。就像我刚刚说的，我这会儿不忙。"

"很好，我有点活要交给你。是我和哈勒正在处理的事，所以不会有什么问题。"

"要我做什么？"

博斯拿起手机好让西斯科能够看到屏幕。

"看到这个人了？我想知道关于他的所有信息。"

"他是警察吗？"

"不是，平民雇员。他在市区的派珀科技工作，证物档案馆就在那儿。他五点下班，会经过维涅的警卫室。如果在高速路地下通道等着，他在出口处降下车窗、刷卡出来时，你应该能够看到他。从那里开始跟踪他。"

"你付费还是米克？"

"这没关系，我们这边一结束，我就给他打电话。"

"你想让我什么时候开始？"

"现在。我也想自己去查，但是这家伙认识我。如果他看到我跟踪他，整件事就搞砸了。"

"好的，他叫什么名字？"

"我记不清了。我是说他看到我会眼熟——之前我在洛杉矶警察局时和他打过交道。如果他参与了这件事，还看到了我，那就露馅了。"

"明白。我来搞定。"

"等你看到他回家以后就给我打电话。不过你得走了。你会赶上去市区的晚高峰。"

"钻车缝——这就是我骑哈雷的原因。"

"哦，也对。"

西斯科吃完最后一块大蒜后离开了卡座。

熟食店后面的停车场上，西斯科骑着他的哈雷走了，博斯则开车回家等他的消息。他一回到家就赶紧将一次性手机上的视频转发到自己真正的手机上，然后把视频发送到自己的邮箱，第一次在笔记本电脑十三英寸的屏幕上看这个视频。

他又一次仔细研究了箱子打开的过程，这次那个短暂被拍到看着索托划开封签的人吸引了他的眼球。在更大的屏幕上，博斯更加清楚地看到了那个男人的表情，但无法看出他是出于好奇，还是别的什么才去看的。他对西斯科的发现由兴奋转为失望。他们在追寻一条死胡同。博斯又回到了最初的问题：克罗宁是怎么把 DNA 放进证物箱的？

他离开电脑，拿上西斯科给他的手杖和护膝穿过门厅，来到女儿的卧室。屋子里看起来一切如旧。她已经有好几周没回洛杉矶了。他坐在床上，将护膝缠在裤子外的左膝上，用搭扣和带条绑紧。然后他站起身，僵直着腿走到屋子中间。在这个位置，他可以从门后的穿衣镜里看到自己的样子。

他右手拿着手杖朝镜子走去，护膝限制住了膝盖的灵活性。他顶着护膝的束缚练习走路，不希望自己看起来是真的受了伤，而希望自己看起来是用道具假装受伤的人。这是有区别的，而这一区别正是成为完美药物傀儡的诀窍。

很快，他就开始在屋里到处走动，用护膝和手杖让自己步伐缓慢且蹒跚，他认为这样能够更加有效地提升自己的卧底能力。走到后面的露台时，他无意间将手杖的橡胶梢卡在了推拉门的轨道上。手杖一时也卡在了那里，他扭动着手腕要把手杖拔出来。他感到手杖杆弯曲的手柄有所松动。觉得自己可能会毁掉手柄，他先检查了一番，发现弯曲处下面有一条缝。他抓住手杖杆，用力往外拔，将两个部分拉了开来。手柄上连着四英寸长的刀身，还带着锋利的刀尖。

博斯微笑起来。这是每个药物傀儡卧底都需要的东西。

对自己身体上的准备工作感到满意之后，博斯来到厨房，准备早点做晚饭。当他正往一片全麦面包上抹花生酱时，他的手机嗡嗡地响了起来。是西斯科打来的电话。他一接起电话就问了个问题。

"嘿，你怎么没跟我说手杖是件致命武器啊。"

西斯科沉默了会儿才回答。

"真该死，我把它给忘了。那柄剑。抱歉，伙计，我希望它没给你添什么麻烦。别想带着那东西通过安全检查。"

"我要去搭乘的那种飞机不会有任何安全检查。事实上，非常好。如果陷入困境的话，我喜欢自己手边能有点东西。我们盯的那个人怎么样了？"

"我看到他已经回家了，不确定晚上是否还会出去。"

"他住哪儿？"

"阿尔塔迪纳。有套房子。"

"你已经搞清楚他名字了吗？"

"我已经查到他的整套资料了，伙计，我就是干这个的。他叫特伦斯·斯潘塞。"

"特里[1]，没错，我知道就是类似的名字。特里·斯潘塞。"

博斯在自己的记忆里把这个名字搜了一遍，想看看除了在档案馆的例行交流，是否还有其他交集。他想不出还有其他关系。

"整套材料里包括什么？"他问。

"没有犯罪记录，我想要是有的话，他也就没法在那儿工作了。"西斯科说，"我查了下他的信用记录。我在这儿盯着的这套房子是他自己的，已经十八年了，有五十六万五千的抵押贷款。我觉得在这片社区里

++++++

[1] 特伦斯的简称。

有点高。他很可能是做了最高额抵押。过去几年里他还款有点不太稳定，时不时地就会逾期几个月才还款，不过大约七年前，他是真的经历了一段不稳定的日子。房子的赎回权被取消了。他显然用什么方式夺了回来，代价是他现在背负的再贷款。不过，这一点再加上多次逾期还款，他的信用得分已经大打折扣。"

博斯并不在意斯潘塞的信用得分。

"好的，还有什么？"

"他开了辆六年前买的尼桑，已婚，他老婆开了辆新点的捷豹。两辆车都是贷款买的，但是已经还清了。不知道有没有孩子。这家伙已经五十四岁了，所以有孩子的话很可能也不在家里住了。如果你想让我再深入调查，我可以找周围的住户聊聊。"

"不，不需要这么做。我不想让他注意到。"

博斯思考了一会儿西斯科的报告。没什么特别出奇的地方。抵押贷款问题值得注意，但是自从十多年前的金融危机以来，中产阶级都被榨干了，逾期不还和避免丧失抵押品赎回权都很常见。不过斯潘塞本质上只是一名办事员，如果不是因为他已经拥有这房子十八年的话，这一大笔抵押贷款肯定会很显眼。在那么长的时间里，这一房地产的价值很可能不只是翻了番。如果他从中赎回了抵押权，那或许就能够解释他为什么会被高达六位数的单子给难住了。

"知道他老婆是干什么的吗？"博斯问。

"洛娜还在查。"西斯科说。

博斯知道洛娜·泰勒是米基·哈勒的前妻和办公室经理，虽然他根本就没有办公室。她如今又嫁给了西斯科，形成了一个乱糟糟的小圈子。然而不知怎么，所有人都很开心，还能够一起工作。

"要我继续盯着他吗？"西斯科问。

博斯思考着要采取点行动，以便明白斯潘塞的处境，这样自己能够决定是继续前进，还是聚焦重点。他看了下手表，现在是六点十五分。

"听我说，"他最后说，"在那儿等几分钟。我打个简短的电话，之后我就立刻给你打回去。"

"我会在这儿的。"西斯科说。

博斯挂断电话，来到餐厅的笔记本电脑前。他关掉电脑上塔普斯科特的视频，用谷歌查了下兰斯·克罗宁这个名字。他找到一个网站，以及一家名为"克罗宁与克罗宁"的律师事务所的总机号码。

之后他从兜里掏出一次性手机打了过去。大多数律师事务所都是朝九晚五，但是辩方律师随时可能收到电话，而且大多数时候都是在晚上。大部分专业从事刑事辩护的律师都有应答服务或是号码转接服务，这样可以快速联系到他们——特别是那些付费客户。

如其所料，博斯的电话最终有人接了起来。

"我想立刻和兰斯·克罗宁通话，"博斯说，"紧急状况。"

"克罗宁先生今天已经走了，"那声音说，"但是他很快就会查看信息。能告诉我您的名字吗？"

"特里·斯潘塞。我今天晚上需要和他谈谈。"

"我明白，一旦他查看，我就会把信息发给他。需要他回复哪个号码？"

博斯留了一次性手机的号码，再次说情况紧急，然后挂断了电话。他知道对方说克罗宁会查看信息只是一种借口，这样的话，律师不想回电话时就有了理由。博斯确定这个中间人会立刻转达他的信息。

博斯站起身，回到厨房继续制作自己的花生酱和果酱三明治。还不等他做好，他就听到另一个房间里响起了一次性手机常用的手机铃声。他把三明治留在厨房柜台上，去拿手机。他没有认出显示屏上的号码，但猜测应该是克罗宁的手机号码或者家里的电话号码。接通后，他用手掌捂着嘴，掩盖自己的声音，回了一个字。

"喂。"

"你为什么给我打电话？我不是你的联系人。"

博斯愣住了。抓到了。克罗宁显然知道斯潘塞是谁。毫无疑问，恼怒的语气和亲密的话语表明这位律师知道自己在跟谁说话。

"喂？"

博斯什么也没有说，只是听着。听起来克罗宁似乎正开着车。

"喂？"

对博斯来说，此刻安静地听着克罗宁困惑的声音显然让他备受鼓舞。多亏西斯科看了一眼那段视频。博斯现在已经跃上新的台阶。他离解开这一阴谋诡计又近了一步。

克罗宁那边挂断了电话，手机没了声音。

20

博斯开车离开山区，当接到西斯科打回来的电话时，他正在巴勒姆高架桥上等红灯，堵在一长串汽车后面。

"嘿，他开始动了，而且这次，我敢说他在找是不是有人跟踪他。"

博斯立刻猜到克罗宁用其他方式和斯潘塞联系过，得知了并不是斯潘塞留下的紧急信息。现在的问题是他们是否决定要找地方见面，还是说斯潘塞只是在试图判断自己有没有被监视。

"你能盯住他吗？我现在动不了。堵车。"

"我可以试试，但对你来说哪个更重要——查出来他要去哪儿，还是确保我不被认出来？目标人物高度警觉的话，骑着哈雷盯梢是有缺点的。它的声音太大。"

背景里的声音已经确认了这一点。博斯可以听到风呼啸着吹过西斯科耳机的声音，还有他摩托车上非法安装的消声器所发出的嗡嗡声。

"该死。"

"是啊，如果知道要这么做的话，我就做些准备了，我本可以盯上他的车，你知道吗？紧随其后。但是为了不跟丢他，我直接就从格林布拉特来了市区。没装备啊。"

"好的，好的，我不是在责怪你，只是就事论事。我想让你放他走。我认为我刚刚打的电话吓到他们了。已经可以确定这家伙参与了这件事，所以他可能只是在看看是否有被盯梢。让他继续猜吧。"

"他把车停到路边好几次，还开了好几趟矩形路线。"

博斯知道矩形路线就是围着一个街区连续四次右转，回到一开始所在的地方。这通常能够把跟踪的人给暴露出来。

"那你或许已经暴露了。"

"不，我可没上他那点当。他太业余了。现在我已经在他前面四个街区，到马伦戈了。要我放他走吗？"

博斯思考了片刻，审视了自己的第一直觉。他很是苦恼。他有可能会放过一次看到斯潘塞和克罗宁在一起的机会。这种会面的照片只要有一张，就能给整个案子打开缺口。如果他把照片发给索托，她就会重新思考一切，很可能也就不会有撤销博德斯刑罚的听证会了。但是在收到博斯的欺骗电话后，克罗宁真会傻到要求会面吗？

哈里并不这么认为。斯潘塞还有什么其他的事。

"盯住他，"他最后说，"尽可能悠着点。跟丢了就跟丢了，但千万别被发现。"

"明白。你有收到米克的电话吗？"

"没有，什么事？"

"他查到了这家伙抵押贷款的更多信息。有些好东西，或许可以利用一下。至少他是这么说的。"

"我给他打电话，斯潘塞的情况随时告诉我。多谢你突然提到这事，西斯科。"

"我就是干这活的。"

"搞明白他要做什么之后给我打电话。"

博斯挂掉电话，然后打给了哈勒。

"我刚才跟西斯科通了电话，他说你有好消息。"

"是啊，我们洛娜这次立大功了。她找到了那份法拍房[1]记录，我觉得这次有门。"

"说说。"

"我得先在电脑里找一下，然后就万事俱备了。一会儿你想不想一起吃个晚饭聊聊？"

"可以，去哪儿？"

"我想吃炖牛肉了。罐子餐厅你去过吗？"

"去过，我喜欢在吧台吃。"

"那就对了，你就是那种在吧台吃饭的人。你活脱脱就是霍珀那幅画里的那个独坐男子。"

"罐子餐厅见吧。几点？"

"半个小时之后。"

博斯挂断电话。他怀疑自己和异母兄弟之间有某种心灵感应。他也一直觉得自己像霍珀《夜游者》中那个独自坐在吧台的人。

他意识到自己堵了近十分钟却还是没能上高架桥。前面巴勒姆肯定出了什么事。通往伯班克和沃纳停车场的弯道上排满了汽车，他打开自己的杂物箱翻找移动警灯。因为他只是圣费尔南多警察局的后备警官，就没有给他配公务车，但局里给了他一个蓝色的闪光灯，可以放到私人汽车的车顶。不过这是有条件的：博斯只能在圣费尔南多辖区内使用。

"去他妈的。"他说。

++++++

[1] 法院拍卖房产的简称，由法院强制执行拍卖的房屋。

他一把抓过闪光灯，伸出窗外，放到车顶，闪光灯底部的磁石将它固定住了。他把闪光灯的电源线插头插进点烟器，前面车辆的后窗上立即反射出蓝色的闪光。堵在前面的车辆朝前挪动出足够的空间，让博斯掉头，回到卡汉加大道。车辆都在十字路口停住，他轻易就穿了过去，开始向南驶去。

博斯驶过好莱坞露天剧场，进入富兰克林大道，路上车流渐稀，博斯拔掉了点烟器上的电源线。即便是经过这么一番折腾，博斯还是赶在哈勒之前早早到了位于贝弗利大道的罐子餐厅，在吧台找了一只高脚凳坐了下来。十五分钟后，博斯都已经点了一杯马天尼开始喝上了，哈勒才来。他要了餐厅角落里一个安静的桌子，博斯端着马天尼跟了过去。

哈勒也点了一杯马天尼。服务员一走，二人立刻说起了正事。

"你一声招呼都不打就给我的调查员派活，真是让我开心。"哈勒说。

"嘿，我是你的当事人嘛，"博斯反驳道，"你在为我工作，这意味着他也在为我工作啊。"

"你这逻辑我不敢苟同，不过这事我也不计较了。我们的新发现你绝对会喜欢的。"

"西斯科跟我说了个大概。"

"真正激动人心的他没跟你说。"

"那告诉我吧。"

哈勒静静地看着那杯马天尼放在自己面前。服务员刚要递过菜单，就被哈勒挥手制止了。

"两份炖牛肉配鸭丝炒饭。"哈勒说。

"好的。"服务员应道。

说完服务员就离开了。

"你一声招呼都不打就给我点餐，真是让我开心。"博斯说。

"肯定是随咱爸，"哈勒说，"言归正传，我不知道你是否还记得，次

贷危机时我办了好多法拍房的案子，而且生意还不错。记不记得我雇了
詹妮弗·阿伦森做助手？那几年赚了不少钱。"

"我记得有这么个事。"

"嗯，我说这个是为了告诉你，我可是我国金融史上辉煌一页的亲历
者。当时不只我赚了钱，其他人也赚得盆满钵满。"

"好吧，这跟斯潘塞有什么关系呢？"

"斯潘塞法拍房案的材料都是公开的，只要你知道到哪儿去找就可
以。好在洛娜在这方面是行家。刚才我整整看了一个小时，就像我说的，
你听了绝对高兴。信不信由你。"

"快进入正题吧，你们找到的是什么？"

"斯潘塞一时冲动了。他二〇〇〇年买了房子，眼见着房价上涨，于
是借了一笔六年期的住房抵押贷款，免得错过这波行情。我不知道这笔
贷款他花到哪儿去了，反正他后来发现自己背了两份按揭，开始还不上
了。于是他迈出了作死的第一步。他把两份按揭合二为一，做了一笔利
率可调的再贷款。"

"然而并没有什么用。"

"不但没用，反而更糟了。他还是不能按时还贷，危机爆发之后更是
被彻底榨干了。贷款折腾得他一无所有，已经要喝西北风了。他索性停
止还款，于是银行启动程序，要没收他的房子。这时他终于做出了一个
明智的选择，请了一个律师。但问题是，他没找对人。"

"他当时应该请你，你是这个意思吗？"

"嗯，请我至少没什么坏处。他请的那个律师根本什么都不懂，那个
女的跟其他律师一样，都是硬着头皮接法拍房案子赚钱的。"

"那不是跟你一样嘛。"

"这话倒是没错，毕竟付费的刑事辩护案少得可怜，谁都没钱打官
司。当时我连公共辩护人介绍的案子都接，就为了赚那两个子儿。我甚

至连孩子的抚养费都不能按时付。这才开始接法拍房的案子。可是我他妈的也是用心做了功课的，我还专门从法学院雇了一个天资聪颖、干劲十足的年轻助手，而不是给当事人施加压力，让他去证明什么。”

“好了好了，我知道了，你做得对，斯潘塞的律师做错了。然后怎么着了？”

“她认定只要是正经银行就一定会绕着斯潘塞走——这是她唯一做对的事情。所以她就让他去借‘硬钱’。”

“什么叫‘硬钱’？”

“硬钱不是银行的钱，而是一帮投资人集资形成的资金池。它不是银行的钱，所以上来就先规定一个高于市场水平的利率——有时接近黑帮放贷的利率。”

“所以斯潘塞的麻烦更大了。”

“是啊。这个可怜的哥们一边想竭尽全力保住房子、继续还贷，一边又背着一份七年期的气球型贷款。可想而知，这个气球快要炸了。”

“前面那段麻烦用人话再解释一下。我二十年前就还清了住房贷款，所以根本听不懂你在说什么。什么叫气球型贷款？”

“把钱借给斯潘塞的是一个叫‘薇蕾金融’的资金池。我之前就听说他们有钱帮人垫付保释金。据说这个资金池的投资者都来自好莱坞，负责打理这笔钱的是一个叫罗恩·罗杰斯的人，这家伙是个地地道道的骗子。他只管以这种方式把钱借出去，从不问借钱的人能不能还得起。只要债务人的房产足够值钱他就干，因为他知道他有两次丧失抵押品赎回权的机会：一次是笨蛋房主付不起月供的时候，一次是债务人在到期日要一次性付清余额的时候。”

“所以气球型贷款就是每月支付高额利息，最后再一次性付清本金？”

“完全正确。这种硬钱的交易大多是短期的，比如两年，或者五年。斯潘塞借的这笔钱期限是七年，已经很长了。但问题是到今年七月份就满七年，所有的钱都该还了。"

"他不能找个正经银行再贷款吗？现在金融市场还是很不错的。"

"他根本办不到，因为对方就是要这样搞他。他的信用等级现在已经惨不忍睹了，薇蕾金融还要趁火打劫。每次斯潘塞拖欠月供达到一周，他的信用等级就降一点。你明白了吗？他们就是要把他逼入绝境。他们知道他没钱还本金，这样的信用记录也根本拿不到再贷款。七月一到，他们就拿走他的房子。这才是他们真正想要的甜头。你知道 Zillow 吗？"

"Zillow？没听说过。"

"是一个线上房地产数据库。你可以输入房子地址，然后系统会根据房子所在街区的情况等因素给出大致的估价。刚才我要确认的就是这个。斯潘塞房子的价值高达六位数，将近一百万美元。"

"那他为什么不干脆把房子卖了呢？这样一来，不仅把气球贷款的本金还完了，自己还能剩点钱。"

"因为他卖不了，他跟薇蕾金融签的协议规定，要卖房子必须经过薇蕾的同意。这就是为什么我说他没找对律师。这种合同上的小字，她要么就是没看到，要么就是不懂，要么就是不在乎。斯潘塞签了贷款协议对她来说就是大功告成了，没准她在里面还拿了回扣呢。"

"所以薇蕾不让他卖？"

"没错。"

"也就是说，他们不让他卖房子，他就还不起气球，薇蕾就要把房子没收，卖掉房子后再把钱分给好莱坞投资者。"

"你有点开窍了，博斯。"

博斯喝下了最后一口马天尼，陷入了思考。除非斯潘塞能搞到五十多万美元把贷款本金还上，否则他就要失去他的房子。如果这都不能逼斯潘塞走上邪路，那他简直可以说是圣人再世了。

哈勒抿了一口马天尼，看着沉思中的博斯点点头，脸上浮现出微笑。

"别着急，重点还在后头。"他说。

"是什么？"博斯问道。

"还记得斯潘塞的律师吗？冒傻气的那个？她叫凯茜·泽尔登。我就是在做法拍房案子时认识她的。那时她是一家小律所的初级律师，她老板每个月的第一个周一上午都会派她去法庭，因为那天是法院公布法拍房清单的日子。我在，她在，还有罗杰·米尔斯，我们一帮人——每个月的第一个周一。每次我们都会买一份清单的复印件，过不了多久，房主就会在信箱里看到我们的广告传单。'还不上贷款，房子要丢？林肯律师为您解忧'，类似这样的。我会跟清单上的每个人联系，信箱、电话、电子邮件、单位。我大多数客户都是这样拉来的。"

"这就是你说的重点？"

"不是，重点是七八年前我就认识她，那时候她还叫凯茜·泽尔登。她非常漂亮，一两年后，她的老板被抓到跟她有一腿。这件事在当时也算是一件小型丑闻。凯茜的老板最后跟结婚二十五年的妻子一拍两散，跟她结了婚。于是五年前，凯茜·泽尔登正式改名为凯茜·克罗宁。"

哈勒举起酒杯，想同博斯干杯。博斯的酒已经喝完，但他举起杯子，重重地蹾在桌子上，引得邻座食客纷纷侧目。

"要命，"他说，"我们抓住他们的要害了。"

"太他妈的对了，"哈勒说，"下周听证会上我就要把这件事爆出来。"

他将剩下的酒一饮而尽，这时服务员端来了他们点的炖牛肉和鸭丝炒饭。

"二位先生，"服务员说，"看起来你们需要补充一些必需维生素。"

哈勒举起酒杯递给服务员。

"当然，"他说，"当然。"

21

吃完炖牛肉和炒饭，博斯和哈勒试图还原整个事件经过。他们都认为这一切很可能始于没钱还债，也没法卖房的斯潘塞，前去求助那位曾经撮合他与薇蕾金融交易的律师——凯茜·克罗宁，旧姓泽尔登。

"她说：'十分抱歉，朋友，不过明年气球就要爆炸了，那样你就彻底完了。'"哈勒说，"'这样吧，我把你介绍给我的老公，也是我的合伙人。他也许有办法能在七月份之前搞定你需要的钱。'她给二人做了引见，兰斯告诉斯潘塞，在他上班的那个大仓库里有这样一个密封的箱子，他只需要想办法把一些东西塞进那个箱子里就能高枕无忧。斯潘塞这样的人十有八九会在工作不忙的时候聚在一起讨论怎么钻制度的空子。如今，同事之间的闲聊付诸实践，成了斯潘塞脱离困境的救命稻草。"

"他究竟是怎么办到的，我们还得查实。"博斯说。

"我估计，斯潘塞一旦发现这一切都已经败露，就会跟我们达成交易，一五一十地交代清楚。如果他这次选对了律师，没准还能以被害者的身份逃过这一劫。给坏蛋辩护的律师，大家都喜欢。地方检察官二话不说就会为了掌握克罗宁夫妇的违法证据而放了斯潘塞。"

"斯潘塞才不是什么被害者。他也参与了这次陷害我的计划，往我身上泼脏水。"

"我知道，我只是向你说明事实以及接下来事态的发展方向。斯潘塞不过是鬼迷心窍，受人利用。"

"那我们就应该主攻他，跟他当面对质，给他看那段录像。在下周听证会之前把他拉到我们这边来。"

"可以一试，但是万一他执迷不悟，我们就等于把优势拱手让给兰斯·克罗宁。与其那样，我更倾向于在听证会上突然袭击。"

博斯点点头，这个方案确实可能更好一些。但是提到与斯潘塞对质，博斯突然想起斯潘塞正处于他的监控之下。他赶忙掏出了手机。

"我把西斯科给忘了，"他说，"他现在盯着斯潘塞呢。"

博斯拨通了电话，西斯科低声回答。

"情况怎么样？"博斯问。

"他开车乱转了一个小时才确信没有尾巴跟着，"西斯科说，"然后他去了帕萨迪纳，在弗罗曼的停车场见了个人——一个女的。"

"弗罗曼？"

"老城边上的一家大型书店，停车场挺大的。他们俩车窗挨车窗地停在一起，跟警察一样。"

"那个女的是谁？"

"不认识。经销商栏一片空白，她的车牌我查不出来。"

"看着像新车吗？"

"不是，是一辆有刮痕的普锐斯。"

"你能悄悄拍一张那个女人的照片吗？我跟哈勒在一起，他可能认识那个女的。"

"我试试。我可以装作打着电话经过，偷拍一段视频。一会儿发给你们。"

"去吧。"

博斯挂断了电话。西斯科说的那个办法他知道：先打开手机应用开始录像，然后把手机举到耳朵边上装作打电话，从目标人物的车前经过。他的手机摄像头最好可以对准那个开车的女人。

"斯潘塞正跟一个女人说话，"博斯对哈勒说，"西斯科正想办法拍视频。"

哈勒点点头，两人等待着。

"我得找个时候把这事跟索托说一下。"博斯自言自语道。

"什么意思？"哈勒问道。

"她是我原来的搭档。突然袭击克罗宁就等于突然袭击了她。"

"那个要夺走你一切的体制，她也是其中一分子，这不用我提醒你吧？"

"她只是正常办案。"

"没错，但是她办案的方向有点问题，不是吗？"

"这种事在所难免。"

"算我拜托你，不要告诉她。至少现在还不行。等我们准备得差不多了，所有的推理都得到证实了再说。别让洛杉矶警察局有机会倒打一耙。"

"好吧，我可以等，但她不是那种人。如果把情况跟她讲清楚，我们都不用自己去调查克罗宁、斯潘塞或者博德斯，她就替我们查清楚了。"

"唉，希望你说的是对的。"

这时，二人的手机同时振动起来，是西斯科发来的视频。二人各自拿起自己的手机查看。视频画面有些摇晃，摄像头扫过书店停车场里的一排车辆。画外音是西斯科假装打电话的声音，这样是为了标记录像的时间和地点。

"嘿，我在弗罗曼，就是帕萨迪纳的那家书店。现在是周三晚上八点，我要在这儿待一会儿。给我打回来……"

伴随着西斯科说话的声音，画面经过一排停着的车辆，最终对准了其中一辆。透过挡风玻璃可以看到，驾驶员位子上坐着一个女人。她侧脸对着镜头，扭头转向打开的车窗，对停在旁边车里的人说话。西斯科走过这辆车时明智地停止了"打电话"的表演，视频因此记录下车中二人对话的只言片语——另外一辆车里的人虽然在视频上看不到，但根据西斯科的介绍，应该就是斯潘塞。

"你反应过激了，"女人说，"不会有事的。"

"我可告诉你，最好像你说的那样没事。"另外一辆车里的男人说。

走出两辆车几步远时，西斯科的脸出现在镜头中。

"我是丹尼斯·沃伊切霍夫斯基，加州私人调查员，证件号 02602。录像到此结束。拜拜。"

视频看完了，博斯满怀期待地看着哈勒。

"视频角度不太好，而且我上一次看见凯茜的时候她还没结婚。"哈勒说。

他重放了一遍视频，在某个时刻暂停后放大图像，仔仔细细地看了好一会儿。

"如何？"博斯忍不住问道。

"没错，"哈勒说，"我非常确定就是她。凯瑟琳·克罗宁。"

博斯马上拨通了西斯科的电话。

"是她吗？"西斯科问道。

"就是她，凯瑟琳·克罗宁。你干得非常好，西斯科。今天的工作到此结束。"

"就这样让他走了？"

"嗯，我们已经得到了我们需要的，不能打草惊蛇。"

"明白。你告诉米克我明天早上去找他。"

"好的。"

博斯挂断电话，看着哈勒。哈勒满脸笑容。

"这件事接下来就拜托你了，可以吗？"博斯问，"就像我说的，接下来我要忙一阵子，少则几天，所以暂时顾不上。"

"我没问题，但是警局那边的事你非去不可吗？"哈勒说，"你在那边就是个兼职的，担子不能交给别人吗？"

博斯想了想。他满脑子都是小若泽·埃斯基韦尔倒在后门过道上的场景。

"不行，"他回答道，"这件事非我莫属。"

第二部分

———————— 茫茫蛮荒之南 ————————

22

博斯站在柜台前，两眼低垂。一个男人坐在柜台里，正在看一份外语报纸。那人并不是留着山羊胡子的面包车司机。他年龄更大些，头发灰白。在博斯看来，他应该是个上了些年纪的小头头，脏活累活都由手下的年轻人替他干。

他头也不抬，操着浓重的俄罗斯口音问博斯。

"谁派你来的？"他说。

"没人。"博斯说。

那人终于抬起头，盯着博斯的脸端详了半天。

"你自己走来的？"

"是的。"

"从哪儿来？"

"我只是想看医生。"

"从哪儿来？"

"法院旁边的庇护所。"

"那得走了很长时间啊。你想要什么？"

"我来看医生。"

"你怎么知道这里有医生？"

"在庇护所。有人跟我说的。行了吗？"

"你看医生干什么？"

"我需要止疼药。"

"哪里疼？"

博斯往后退了退，拿起手杖，抬起了腿。那人俯身向前，好看到柜台外面。然后他又靠了回去，眼睛盯着博斯。

"医生正忙着呢。"他说。

博斯看了看身后，又环视了一下房间。等候区有八张塑料椅子，都空着。屋里只有他和这个俄罗斯人。

"我可以等。"

"身份证件。"

博斯从牛仔裤后面的兜里掏出破旧的皮钱夹。钱夹是用链子拴在皮带上的。他翻开钱夹，从里面拿出驾驶证和医保卡，放到柜台上。俄罗斯人伸出手，把两个证件都拿了过去，仰靠在椅子上查看证件。博斯希望那人向后靠在椅子上是因为自己身上的气味。事实上，他真是从庇护所一路走过来的，作为自己代入角色的一部分。他穿了三件衬衫，一路走来，第一层已经满是汗水，另外两层也都湿了。

"多米尼克·H. 赖利？"

"没错。"

"欧申赛德这地方在哪儿？"

"南边，靠近圣迭戈。"

"把眼镜摘下来。"

博斯将太阳镜推到眉毛上面，眼睛看着俄罗斯人。这是第一个重大测试。他需要露出药物上瘾者才有的那种眼睛。在庇护所附近下车前，他把药品管理局训练员提供的薄荷精油抹在了眼睛下面的皮肤上。现在每只眼睛的角膜都受了刺激而发红。

俄罗斯人看了好一会儿，然后将塑料证件扔回到柜台上。博斯又戴好太阳镜。

"你等着吧，"俄罗斯人说，"或许医生会有时间。"

博斯通过了测试。他努力让自己不要露出放松的迹象。

"好的，"他说，"我等。"

博斯从地上捡起自己的背包，一瘸一拐地走到等候区。他挑了把最靠近诊所前门的椅子坐下，把背包当脚凳，用来放自己戴着护膝的那条腿。他将手杖放到地上，滑到椅子下面，然后双臂抱在胸前，头靠在后面的墙上，闭上了眼。在一片黑暗中，他回顾了一下刚刚发生的事，不知道自己是否有向俄罗斯人露出任何马脚。他觉得自己作为卧底，在初次接触上处理得不错，他也知道药品管理局准备的钱夹和身份证件都很完美。

前一天，他花了好几个小时跟着药品管理局训练员学习做卧底的技巧。当天前半段培训行动的基本要点是：哪些人会在什么地方暗中观察并保护他，他的伪装身份是什么，在他的钱夹和背包里有什么是可以利用的，如何以及在什么时候呼叫撤离。后半段基本上是角色扮演，训练员教他怎么做出氧可酮上瘾者的样子，还设置卧底期间可能出现的不同情景让他练习。

此前设置的情景就包括他刚刚和柜台后俄罗斯人的接触。前一天，博斯已经像刚才一样反复练习了多次。一天的卧底学习，其关键在于帮助博斯隐藏恐惧和不安，并将其引导到他将要扮演的角色上。

称自己为乔·史密斯的训练员还训练了博斯出庭时的可信度——能够出庭做证或是私下在法官面前证明自己在卧底期间没有犯罪或是逾越

道德。如果卧底行动引发起诉的话，这对争取陪审团的支持非常关键。对在法庭上的可信度而言，其基础在于避免真的使用他假装上瘾的药物。除此之外，他的一条裤腿中还藏有两片盐酸纳洛酮。如果他被迫吞咽或是迫于情势吞咽的话，每一片黄色药片都可以快速解除药物中毒。

几分钟后，博斯听到俄罗斯人站起身来。他睁开眼睛，发现俄罗斯人进了柜台后面的走道，然后就消失了。很快，他听到了他说话的声音。只有他的声音，而且用的是俄语。博斯猜测他在打电话。他说俄语时语气紧迫。博斯觉得应该是他们的几个药物傀儡被药品管理局和州医疗委员会给带走的消息。

博斯查看了下墙壁和屋顶。他没有发现摄像头。他知道犯罪组织的成员不太可能会安装摄像头拍下自己的不法行为。他把护膝往下推了推，以便能够正常走路，快速移动到柜台。俄罗斯人继续在诊所后面说话，博斯则探过头去看柜台后面有什么。里面杂乱地放着几份俄语和英语报纸，包括《洛杉矶时报》和《圣费尔南多太阳报》，大多数都展开在此前的选举和与俄罗斯人有关的调查报道上。柜台后的这位老兄看来跟西律一样关注这件事的报道。

博斯挪开一堆食品外卖服务的菜单，找到一本活页记事本。他迅速翻开，看到几页用俄语做的笔记。上面有带日期的表格和数字，但是他一点也看不懂。

俄罗斯人突然停了下来，博斯迅速合上记事本，把它放回原处，回到自己的座位上。他将护膝恢复了原位，刚靠到墙上，俄罗斯人就回到了自己柜台后的位置上。博斯眯着眼睛盯着他。俄罗斯人丝毫没有发现柜台上的东西有任何不对的地方。

后来的四十分钟没有任何动静，直到博斯听到有车停在了诊所前门外。很快，门打开了，几个邋遢的男男女女进了诊所。博斯认出一些他在这周早些时候监视面包车时见过的人。他们跟着俄罗斯人进了走道，消失在视野中。博斯此前见过的面包车司机站在柜台后，可能是因为看到了博斯，又立即双手放在胯上，朝博斯的方向走了过来。

"你到这儿来干什么？"他问。他的口音和那名柜台服务员一样浓厚。

"我想看医生。"博斯说。

他将左腿从背包上抬起来，以免那人没有注意到他的护膝。司机开始问博斯一些柜台服务员已经问过的问题。他一直把手放在胯上，没有放下来，问完最后一个问题之后，司机沉默了很长时间，似乎在做什么决定。

"好的，你过来。"他最后说。

他开始朝走道走去。博斯站起身，拿起手杖和背包，蹒跚地跟在他后面。走道很宽，通往一处未使用的护理站，然后分出左右两条路。司机带着博斯往左走去，那边的走道有四个门。博斯猜这里是合法诊所还开着的时候使用的检查室。

"进去。"司机说。

他推开门，用胳膊撑住，示意博斯进去。博斯跨过门框时看到房间里只有一把椅子。还不等他转身，他就被猛地推到了房间里。他扔掉背包和手杖，举起双手，以免自己的脸撞到对面的墙上。

他立刻转过身来。

"这他妈的是怎么回事，老兄？"

"你是谁？你想干什么？"

"我跟你说过，跟另外那家伙也说过。你知道什么？算了吧，我要离开这儿。我会再找个医生。"

博斯伸手去拿地上的背包。

"把它放在那儿，"司机命令道，"想要药的话，你就把它放在那儿。"

博斯站起身，那人走上前，双手放在他的胸口上，又将他推到了墙边。

"想要药片的话，就把你的衣服脱了。"

"医生在哪儿？"

"医生会来的。把衣服脱了做检查。"

"不，去他妈的。我知道其他可以去的地方。"

他弯下身体，把护膝滑到膝盖下面，让自己能够屈膝。他伸手去拿手杖，因为他知道手杖作为武器远比背包要有用。但是司机快速上前一步，用脚踩住了手杖。然后他伸出手，抓住了博斯牛仔上衣的衣领。他把博斯拉起来，又往墙上推去，将他的头狠狠地撞在了粗糙的石膏墙上。

他靠了过来，呼吸时气都喘到了博斯脸上。

"把衣服脱了，老头。现在就脱。"

博斯举起双手，关节都贴到了墙上。

"好的，好的，没问题。"

司机往后退了退，博斯开始脱自己的上衣。

"然后我就能看医生了，是吗？"

司机没有回答他的问题。

"把衣服放到地上。"他说。

"没问题，"博斯说，"然后就是看医生，是吗？"

"医生会来的。"

博斯坐在椅子上，将护膝解开，脱了下来，然后脱掉靴子和脏袜子，接着他开始脱身上穿的三层衬衫。药品管理局给他的卧底角色和整个行动取的代号叫"肮脏的牛仔"，真是恰如其分。他的药品管理局训练员一开始反对护膝和手杖，但最终还是同意按照博斯的意愿给这个角色增加点他自己的特色。当然，他们并不知道手杖里藏着武器。

很快，博斯脱掉了三层衬衫，只剩下平角内裤和一件被汗水湿透的脏T恤。他从裤袋链子上拆下钱夹用手拿着，然后把牛仔裤放到衣服堆上。

"不行，"司机说，"所有东西。"

"等我见到医生。"博斯说。

他坚持自己的立场，司机又靠上前。博斯以为他会再多说几句，结果那人直接出了右拳，博斯的下腹狠狠吃了一记。他立刻弯下腰，用胳膊护住自己，以抵挡更多的拳头。他的钱夹掉到地上，链子落到脏兮兮的油毯上咯咯作响。司机没有继续攻击，而是一把抓住博斯的头发，直接靠上去，对着他右边的耳朵说了起来。

"不，现在就把衣服都脱了。要不然我们就杀了你。"

"好的，好的。我懂了。我脱。"

博斯试着站起身来，但还是需要用一只手扶着墙才能站稳。他脱下T恤，扔到衣服堆上，然后脱下平角内裤，也一脚踢到那堆衣服上。他张开双臂，袒露自己。

"行了吗？"他说。

司机看着博斯上臂的文身。将近五十年过去了，文身已经很难辨认。上面刺的是一只拿着手枪的坑道鼠。

"上过战场？"他问。

"打过一仗。"博斯回答说。

"哪一场？你去过越南？"

"是的，越南那场。"

刚才那一拳让博斯感到喉咙里涌出了一些胆汁。

"他们打中你了，那些共产党？"司机问。

他指着博斯肩膀上一处枪伤留下的疤痕，博斯决定按照给这个角色设定的台词来解释。

"不是的，"他说，"警察打的。回到这儿以后。"

"坐下。"司机说。

他指着椅子。博斯一只手扶着墙保持平衡，走过去坐了下来。冰凉的塑料椅面直接贴在他的皮肤上。

司机蹲下身，抓起背包甩到肩膀一侧，然后开始收拾博斯的衣服。

他把手杖留在了地上。

"你等着。"他说。

"你这是干什么？"博斯说，"别拿走我的——"

司机不等他说完，径直朝门走去。

"你等着。"他又说了一遍。

他开门走了出去。博斯赤裸着身子坐在椅子上。他俯下身，抱紧胳膊。这倒不是为了显得稳重或是取暖，而是因为这一姿势可以缓解肚子的疼痛。他怀疑司机这一拳会撕裂肌肉组织或是损坏内脏器官。他已经很久没有在毫无防备的情况下被人击中了。他暗自责怪自己怎么一点防备都没有。

不过，他心里清楚，除了那意料之外的一拳，其他一切都和计划一致。博斯猜测司机和另一个俄罗斯人可能正在翻看他穿的衣服，还有钱夹和背包里的东西。

除了看上去非常正当的驾驶证，钱夹里还有好几张不同名字的证件——这是流浪瘾君子到处骗处方药的必备道具。里面还有一张多米尼克·赖利旧爱的老照片，以及散布在南加州各地其他诊所的卡片和笔记。

最让博斯担心的是隐藏在钱夹夹层里的 GPS 信号发送器。钱夹上附着的安全链既是天线，又是求救开关。如果被从钱夹上扯下来，它就会向 GPS 脉冲发送紧急电码，药品管理局的幽灵小队就会立即破门而入。

相比之下，背包一开始就是为了让翻看里面东西的人相信多米尼克·赖利确实是一名流浪瘾君子。他们会找到阿片成瘾的随身用品——非处方通便剂和大便软化剂，还有一支用 T 恤包起来的、藏在其中一个隔袋底部的枪。他们还会找到一部一次性手机，里面的通话记录和短信文件都是药品管理局事先编辑好的。

所有这一切都经过了精心设计。赖利的随身之物都是流浪瘾君子的必备品。枪是一把老式的左轮手枪，握把缺失了一块。枪已上膛，但是撞针被拆掉了，所以无法作为火器使用。他们预测博斯很可能会进入桑托斯的组织，而这把枪则会被没收，但是药品管理局并不想承担把功能良好的武器送给敌人这一可能的风险。毕竟，很难说在这之后手枪会返回到局里。因为烟酒枪支及爆炸物管理局就是前车之鉴，他们在之前一次的卧底行动中，把武器拱手送给了墨西哥毒贩集团，遭到各方的口诛笔伐，该机构的声誉目前仍在恢复中。

最重要的是背包里有个塑料药瓶，处方标签上写着多米尼克·赖利的名字。药是在西峡谷的一家药店买的，开处方的医生则是伍德兰希尔斯的肯尼思·文森特。如果检查的话，他们会发现这些都是有据可依的。瓶子里只有两片药，也是赖利最后两片八十毫克计量的通用氧可酮。这也可以说明为什么他会来柏高这家诊所。

背包里还有一个用旧钢笔做成的碾药器，对鼻吸者来说，可以发挥两种功用：把药片放进去，转动笔杆将药片碾成粉末；摘掉笔帽，直接用鼻子吸食。粉末状的氧可酮劲最大，而碾碎药片的药效完胜生产商制造的缓释剂。

博斯的整个人设都在这个背包里装着了，他此刻唯一要担心的就是钱夹和链子。他不希望自己的任务在真正开始之前，就因幽灵小队突降诊所而结束。

博斯光着身子，耐心地坐在椅子上等待结果。

23

按照博斯的估算，得有一个多小时不曾有人到这个房间里来。有几次他听到走道里有说话或走动的声音，但是没人过来开门。他伸手抓起地上的手杖，放在自己的大腿上，弯曲的手柄靠在左手边。

每一分钟似乎都有几小时那么长，然而博斯的头脑还在快速运转。他满脑子都是自己的女儿。他临行前并未打电话告诉女儿自己会失联一段时间，因为他不想让她担心或者问东问西。此时，博斯意识到自己可能因此失去了与至亲至爱对话的最后一次机会。意识到自己的错误后，他暗自发誓，不会有问题的。他一定会竭尽全力，逃出生天，然后第一通电话就打给她。

门突然开了，吓了博斯一跳。他差点转动手杖的手柄将刀拔出来，不过还是控制住了。柜台服务员把司机留下的东西都拿了进来。他把衣服扔到博斯膝盖上，砰的一声把背包从肩膀上扔到地上。

"穿上衣服，"他说，"没有枪，没有电话。"

"你在说什么？"博斯说，"那都是我花钱买的，那是我的东西。你们不能就这么拿走。"

博斯站起身，衣服掉到了地板上。他握着手杖的中间位置，似乎是随时准备用它敲打别人的脑袋，丝毫不在意自己正一丝不挂。

"穿上衣服，"柜台服务员说，"没有枪，没有手机。"

"去他娘的，"博斯说，"把我的枪和手机给我，我要离开这儿。"

柜台服务员得意地笑起来。

"老板回来，会和你谈谈。"他说。

"行，那再好不过了，"博斯说，"我也想和他谈谈。这都什么事啊。"

俄罗斯人又从门口出去，随手关上了门。博斯穿上衣服，从背包里拿出另外一件"脏"T恤穿在最里面。他在背包里找到了钱夹，检查了一遍，发现链子还在。他可以确定GPS追踪器所在夹层的缝合处没有被动过手脚，不过他发现自己的驾驶证和医保卡都不见了。

不等他穿完，门又开了。这次，两名俄罗斯人都走了进来。博斯正坐在椅子上系工作靴的鞋带，柜台服务员走到远处的墙边靠墙站着，双手抱在胸前，司机则站在博斯前面。

"我们有活给你。"司机说。

"你是说工作？"博斯问，"我能跟你说什么——我不需要工作。"

司机向前走了一步，博斯这次赶紧做好防备，但司机只是伸手给了他一张叠起来的纸。博斯犹豫了一下，接了过来。打开后，他发现是一张处方单。处方单顶端印着埃弗拉姆·埃雷拉医生的名字以及州和联邦药品许可证编号，下面手写着"80毫克一片的氧可酮，60片"。对药物傀儡或是用药上瘾的人来说，这张小纸条就是他们梦寐以求的圣杯。对博斯来说，这无疑是吉兆。这说明他不仅仅掌握了诊所经营者的犯罪证据，还成功地打入了对方内部。

"这是什么？"他问，"你们让我受了这么多罪，打我肚子，然后就给我这张处方？"

司机从博斯手里一把夺回处方。

"你不想要的话，没问题，我们可以给别人。"他说。

"等等，我想要，好吗？"博斯说，"我只是想知道这里到底他妈的在干什么。"

"我们有生意，"司机说，"想要药品你就得工作。我们可以分享。"

"分享什么？"

"分享药片。你一片，我两片，像这样。"

"听起来这买卖对我没多少好处，我想我还是……"

"无限量供应。我们负责处方，你负责拿药。很简单。我们按照每个药片一美元的价格付你钱。所以你既能得到药，也能拿到钱，这还不愿意吗？"

"一美元？我知道有一个地方可以卖到二十美元。"

"我们这儿给得多。我们提供保护，还有住的地方。"

"住哪儿？"

"你加入的话，就能看到。"

博斯看了看后面靠在墙上的人。信息很明确。加入，或是被打趴下。他脸上摆出了认命的表情。

"我得工作多长时间？"他问。

司机耸了耸肩。

"没人会选择退出，"他说，"钱和药都太棒了。"

"是的，但是如果我想退出呢？"

"你想退出的时候，就可以退出。就这样。"

博斯点点头。

"好的。"他说。

司机走出了房间。柜台服务员走过来，把博斯的身份证件和医保卡递给了他。

"你现在就出发。"他说。

"去哪儿？"博斯问。

"面包车，就在外面。"

"好的。"

柜台服务员指了指门。博斯从地上抓起自己的背包和手杖，向门口走去。这次他恢复了正常的走路姿势，并且把护膝挪到了膝盖下面。

博斯从后面走回诊所，出了前门，柜台服务员跟在他后面。面包车停在前门外，傀儡们正从一侧的车门上车。博斯可以看到司机坐在方向盘后面，转过身来正透过车门盯着他。他和博斯都知道如果要逃走的话，现在就是最佳时机。博斯四处看了看，然后朝圣费尔南多路另一边的怀特曼管制塔望了望。他知道那里有人在关注着他，幽灵小队也隐藏在附近，举起拳头在空中快速晃一晃便是信号。如果博斯那么做，他们就会冲过来解救他。那样的话，整个行动也就结束了。

他回过头来看了看司机。最后一名傀儡已经上了车，轮到博斯了。他摇了摇头，像是别无选择，然后上了车。他挤到司机后面的座位上，旁边坐着一个剃了光头的女人。他把自己的背包放在驾驶座和副驾驶座中间的空当里，副驾驶座位上没有人。

柜台服务员砰的一声关上了门，拍了两次车顶。面包车离开了路边。所有人都没有说话，包括司机。博斯俯身向前，尽可能地看清司机的脸。

"我们去哪儿？"他问。

"下一个地点。"司机说。

"那是哪儿？"

"别说话。让你做什么就做什么，老头。"

"我的手机呢？我有个女儿，我得给她打电话。"

"不行。之后也不行。"

光头女人用胳膊肘顶了顶博斯的肋骨，他转过来看她。她只是摇摇头。她深色的眼睛告诉他，如果他继续说话的话，所有人都会遭殃。

博斯靠在座位上，不再说话。他扫了一眼面包车。在司机后面，除了他，还坐了十一个人。很多人他在周二监视时都有见过。这群男男女女都是一把年纪、形容枯槁、颓废无神。博斯低下头，开始思考自己的任务。他看到坐在他旁边的女人双手紧握，放在膝上。在她左手拇指和食指之间，他看到一个由三颗星星组成的小小文身，看起来像是个外行作品。墨迹很深，星星的角很尖，应该刚文不久，不像他自己的文身那样有了一些年头。

和本周早些时候博斯和卢尔德看到的一样，面包车走的还是同一条路线。汽车穿过怀特曼机场大门，来到跳伞飞机所在的机库。车上的人都下了车，一群人开始通过跳伞门，登上飞机。博斯往后靠了靠，让旁边的女人先下车。

"嘿，等一下，"他冲司机喊道，"这他妈的怎么回事？"

"这是要坐的飞机，"司机说，"你上飞机。"

"我们到底要去哪儿？我可没答应这个。把我的处方给我，我要退出。"

"不行，你上飞机。现在。"

他把手伸到自己座位底下，博斯看到他手臂的肌肉动了动，应该是抓住了什么东西。他转过头来看着博斯，并没有让博斯看到他拿的什么。不过，信息很明确。

"好的，好的，"博斯说，"我上飞机。"

他是最后一个登上飞机的人。在机舱内部，两侧都有纵向长凳，挂着安全带。里面的人正在系安全带。博斯看到手上有星星文身的女人旁边有个空位，就坐了过去。这一次，他坐在她的左边。

在飞机引擎声的遮掩下，她靠到他旁边，对着他的耳朵说了句话。

"欢迎来到地狱。"

博斯往后挪了一点，看着她。看得出她曾经是个美人，但是现在，她的眼神已经死了。他猜测她至少有五十岁了，可能再年轻几岁，也有可能年轻得多。这取决于她沉溺于药物的时间长短。他从她身上感受到了一股纯朴的气息。她颧骨的样子让他想起了一个人。她有印度血统。他不知道她剃光头发是不是为了骗取信任，就像他的手杖和护膝一样。她让人以为她是个病人，或许正在接受放射性治疗。

谁知道呢？或许这些都是真的。他没有回应。他不知道自己能跟她说些什么。

博斯环顾四周，注意到在上飞机时，自己有从一个坐在前面的男人身边经过，那人明显是组织成员。他很年轻，肌肉发达，在博斯看来像是东欧人。他背后是临时搭建的铝制隔离板，将驾驶舱和客舱分隔开来。隔离板上面有一扇小小的推拉窗，但窗户是关着的，博斯看不到飞行员。

前面的男人敲了敲身后的隔离板，飞机立即开始朝机场移动。来到跑道后，飞机开始加速，毫不费力就飞了起来，向高空飞去。在飞机攀升和重力的作用下，旁边的女人滑向博斯，他把一只手放在她的肩膀上稳住她。就像被干冰碰到一样，她猛地推开他。他连忙举起胳膊，做出停手的姿势。

还在攀升时，飞机开始右转，向南飞去。博斯朝那女人靠过去，但没有碰到她，他尽量放低声音，但又确保能被听到。

"我们这是去哪儿？"

"去我们一直去的地方。别跟我说话。"

"你先跟我说话的呀。"

"那是个错误。请别再说了。"

飞机碰上了气涡，猛颠了一下。她又向他滑了过来，但是这次她抓住了头顶的把手来稳住身子。那些把手原本是让跳伞的人靠近跳伞台时用的。

"你没事吧？"他试着问。

"没事，"她说，"滚开。"

博斯用手势表明自己说完了。他原本想问问她的文身，但看得出她眼里满是恐惧。他往飞机前面看去，明白了原因。他试图和她交流的行为被前面的肌肉男看到了。博斯两手交叉成十字，保证自己不会再试图去交流。

他转头看向身后的窗户，想要打开遮光板，但是遮光板似乎被永久地关上了。只有跳伞飞机门上的窗户没有被挡上，可那离博斯太远了，他没有办法查看下面的地理情况。从他的角度，只能看到万里无云的蓝天。

他想知道霍文和药品管理局是否有像此前承诺的那样追踪这架飞机。他们已经检查过了，发现这架赛斯纳飞机的异频雷达收发机已经无法使用。在空中，他们需要依赖视觉追踪，而博斯钱夹里隐藏的设备只能用于短距离的地面追踪。

他看了看飞机两侧所有人的脸。十一名男女看起来都是一副憔悴而又不幸的样子，就跟一个世纪前，人们身处尘暴区时拍摄到的照片一样，眼里全无希望，无处为家，深陷毒瘾。此前无法融入的人，现在也无法融入，在这场国家危机的底层边缘，他们就像牲口一样被赶到了一起。

他靠在后面，算了起来。飞机上一共有十二个傀儡，每人每天可以给桑托斯的组织提供一百片药的话，也就是共有一千两百片药会以最低三十美元一片的价格卖到街上。仅仅是这一支队伍，每天的收入加起来就有三万六千美元，一年则会超过一千三百万美元。博斯知道还有其他队伍和其他组织存在。

不论是钱的金额，还是药的数量都让人震惊。这是一家巨大的企业，满足了各州、各城市和各乡镇的需求。他开始明白为什么手上有星星文身的女人会说欢迎来到地狱了。

24

在空中，博斯可以感觉到飞机在做一系列飞行动作，包括绕圈、改变飞行高度、拉升和俯冲等。他猜这么做是为了确定是否存在任何空中监视。他所不能确定的是这只是例行动作，还是因为他。他想到了杰里·埃德加提到的那个人，那个被药品管理局策反、上了飞机，却在降落后再也没有出现的人。

最终，飞机开始逐渐降低飞行高度，在起飞近两个小时后猛地着陆。飞行时间只是博斯的估算。为了让自己更接近离群索居的流浪汉形象，博斯这次没戴手表。

所有人安静而有序地下了飞机。博斯看到他们面前是一条沙漠跑道，被太阳炙烤的平地环绕着一条棕黄色的山脉。就他所知，他们可能是在墨西哥，不过，在跟随其他人朝一辆等候着的面包车走去时，他往四处看了看。浓烈的气味和地面上的白色盐碱块都在告诉他，他们很可能是在索尔顿湖附近。杰里·埃德加提供的情报帮上了忙。

博斯在面包车上找了个靠窗的位子，以便进一步观察他所处的环境。

他看到另外两架跳伞飞机正停在远处的跑道上，在它们后面，太阳低低地挂在空中。这为他提供了方向，很快他就知道，面包车正朝着跑道的南方开去。

博斯四处找了找手上有星星文身的那个女人，看到她坐在自己前面两排的座位上。他看她时，发现她俯身向前，双臂紧紧抱在自己胸前，肩膀紧绷。这又让他想起自己只是个假装上瘾的人。车上其他人才是真的药物上瘾。

三十分钟后，面包车停在了一处看起来像是棚户区的地方。博斯在追查案件的时候曾经到过墨西加利的郊区和边境附近的其他地方。这里有房车、公交车、帐篷、用铝板搭建的棚房、防水帆布和其他建筑残骸。

不等面包车停下，人们就从座位上起身，挤到车门旁边，似乎是迫不及待地想要开始下一段旅程。此前还安静平和地坐在座位上的傀儡现在都在推搡着争抢位置，博斯仍旧坐着观察。他看到那个手上带星星文身的女人抓住一名男子的胳膊把他扯到一旁，好在人群中占据更好的位置。

车门打开了，人们差点摔下车。透过一旁的车窗，博斯看到了原因。从营地过来打开车门的男子正在给每一个坐面包车来的人分发他们晚上的药剂。傀儡从面包车出来时，他把药片放到他们张开的手里。

意识到自己需要支撑住他的假身份，博斯站起身，将背包甩到肩膀一侧，从座位上站了起来。他来到人群中最后一个人身边，将另一只空闲的手放到那人肩膀上向后拽，以便自己能够挤到前面去。

"嘿，狗娘养的！"那人叫道。

博斯感到那人要争回自己的位置。他转身举起手杖，斜着拿在手中。那人比他年轻很多，但由于药物成瘾，很是虚弱。博斯轻而易举地用手杖击退了那个人。那人落到后面座椅间的空走道里。博斯在朝门口挪动的时候，他一直盯着那个人。

博斯是倒数第二个从面包车里出来的，等在门口的男人将一个淡绿色的药片放到了他张开的手掌中。博斯边看着药片，边从面包车旁走开，他看到上面刻着"80"的字样。和他争执的人随后下车，也分到了一个药片。

"不，不，不，等一下，"他说，"我还要。我需要两片。再给我一片。"

"不，只有一片，"分发的人说，"你打斗了，只能分到一片，就这样。现在继续往前走。"

他的口音和在柏高诊所里的两个人有些许不同，不过，博斯认为他也来自东方阵营的国家。

与博斯争执的那个瘾君子看着手里的药片，脸上满是痛苦，这种表情他几十年前在越南那些难民绝望的脸上见到过，在好莱坞非法占用房屋的那些药物成瘾者的脸上也见到过。这种表情总是在表达着同一个意思：我该怎么办？

"求你了。"他说。

"继续往前走，布罗迪，要么你就准备好消失。"发药的人说。

"好的，好的。"这个瘾君子说。

他们跟着其他人，排成一列朝营地走去。博斯走在队伍最后面，以防备那个叫布罗迪的人。在走的过程中，他注意到那个有星星文身的女人在他前面几个位置，从兜里掏了什么东西出来，然后把双手放在身前。从她肩膀的动作可以看出，她正在用博斯看不到的双手转着什么东西。他知道这是碾药器。她或许是急需服用药物而迫不及待，或许是害怕这些人中有人，可能就是布罗迪，会抢走她的药。

他看到她把双手举到面前，捧着嘴和鼻子，似乎是要打喷嚏。她边走边用鼻子吸食药粉。

布罗迪边走边扭头用恶毒的眼神看博斯。博斯伸手用手杖的橡胶尖顶着布罗迪后背的中间位置，使劲推了一把。

"继续走。"博斯说。

"你欠我八十毫克，老头。"布罗迪说。

"好啊，你来抢啊。随时奉陪。"

"好啊，我们等着瞧，等着瞧。"

布罗迪把风衣的袖子系在腰间，黄色的 T 恤紧贴在他瘦骨嶙峋的肩膀上。从后面的有利位置，博斯可以看到他两臂的肱三头肌上都有文身，但已经模糊到看不出来了，文身应该是在监狱里用牢房混合的墨汁刺出来的。

飞机上的人、领路和分药的人带着他们来到一处开阔的区域，似乎是营地的中间位置。三角形的帆布棚子挂在头顶，白天可以提供阴凉，但是这会儿，太阳已经落到了山后面的地平线处，天已经有些凉了。地面是坚硬的，博斯猜测这就是赋予这地方非官方名称的板坯。

有人坐在其中一个三角凉棚下的桌子旁。人群在面包车司机的带领下来到这片区域。他们看着桌子旁的男人，这个男人冲他们点了下头。博斯看到这人的红色衬衫上别着一枚徽章，看起来像是锡做的私人安保徽章。不管怎么说，这显然表明他是板坯城的警长。桌子上放着两个纸板箱。

在卧底行动开始之前的情报会上，博斯看了几张药品管理局提供的有关桑托斯的照片。这些照片最新的也是三年前拍到的。他可以确定坐在桌子旁的人并不是桑托斯。警长站起身，看着站在他面前这些深陷的眼睛。

"吃的在这儿，"他说，"每人一个，拿了就走。"

他开始打开桌子上的箱子，此时，人群并没有像分发药片时那样争抢。食物在他们的生活中显然不是最重要的。博斯向前走去，没有推搡，等来到桌子前，他看到其中一个箱子里装的是能量棒，另一个则是用锡纸包裹的卷饼。他拿了一条能量棒，转身走开。

人群分散开，朝不同方向走去。显然，所有人都有要去的地方，只有博斯例外。布罗迪又瞪了他一眼，然后往一个敞开的黄黑色帐篷走去。那个帐篷看起来像是用以前用于清除白蚁的防水布做成的。

在人们朝不同方向走去的掩护下，博斯单膝跪地，把手杖放下，能量棒放在手杖旁边，然后开始重新系自己工作靴上的鞋带。牛仔裤右腿的褶边藏着以备不时之需的盐酸纳洛酮，左腿褶边里则有一个开口，是用来藏匿他们发给他的药片的，可以保存起来，并在最终起诉时当作证据。在前一天的训练中，他多次练习了系鞋带这个动作。在把裤腿底部卷到鞋带顶上的时候，他将药片滑到了里面褶边的洞里。

他站起来时，带星星文身的女人从他身边擦过，小声对他说："准备好，今天晚上布罗迪会来找你的。"

之后她便走了，朝着布罗迪去的同一个帐篷走去。博斯看着她走过去，什么都没有说。

"你。"

博斯扭头看着桌子旁边的人，那人正在后面指着博斯。

"你去那边，"他说，"找张空床，把你的脏东西扔床底下。明天你就不用带着那些东西了。"

博斯系完另一侧的鞋带后，转过身向后看去。警长指的是后面一辆老旧的校车，看起来应该是在完成接送学生的使命后，又被用来接送野外工作人员继续用了一二十年。当时它被喷成了绿色，现在看起来破旧不堪。车上的涂料早已褪色、氧化。窗户要么是被喷成了黑色，要么就是被人用铝箔从里面封住了。

"我得带着我的东西，"博斯说，"我需要带着。"

"没地方放，"警长说，"你把它留在这儿。没人会动它。你要是带着它，它就会被扔下那该死的飞机。明白了吗？"

"好的，我明白了。"

博斯站起来，朝校车走去。登上后门的两级台阶，他就到了车里。里面很黑，空气不流通，散发着酸臭味，而且热得让人发昏。警长所说的床是军队剩下的行军床，一个接一个地摆放在两边，中间留了条狭窄的过道。他慢慢沿着过道往里走，很快就意识到空气好点的位置就在他刚刚进来时经过的门旁边，而那个地方的行军床早已被其他人占据。他们或者是已经睡着了，或者是用呆滞的目光盯着博斯。右侧最里面的行军床空着，似乎没被占用。博斯将自己的背包扔到地上，用脚推到床底。之后他坐到床上，四下看了看。空气有些发臭，混合着体味、口臭和索尔顿湖的味道。博斯想起多年前他和杰里·埃德加参加了一次尸检后，埃德加对自己说过的话：所有气味都是微粒。博斯坐在那里，意识到自己正呼吸着校车上那些药物成瘾的人身上散发出的微粒。

他伸手从自己的行军床下面拖出背包，拉开拉链，在衣服里面翻找，最终找到了药品管理局的一名卧底训练员塞进来的印花丝巾。他将丝巾叠成三角形，蒙住自己的口鼻，系在头上，看起来就像当年西部的火车劫匪一样。

"没用的。"

博斯四处看了看。因为校车的车顶都是圆形的，声音可能来自各个地方。所有人似乎都已经睡了，或是对博斯不感兴趣。

"这里。"

博斯转过头朝另一边看去。有人正坐在校车的驾驶座上，透过满是尘土的仪表盘上的镜子看着博斯。博斯此前没有注意到他。

"为什么没用？"他问。

"因为这地方就像癌症，"那人说，"没什么可以阻挡它。"

博斯点点头。那人或许是对的。尽管如此，他还是继续戴着面罩。

"你就在那儿睡吗？"他问。

"是的，"那人说，"躺不下，头晕。"

"你在这儿多久了？"

"很长时间了。"

"他们这儿有多少人？"

"你问题太多了。"

"抱歉，只是想聊聊天。"

"他们在这儿不聊天。"

"我也听说是这样。"

博斯又把手伸进背包。他掏出一件 T 恤，卷起来当枕头。他躺下后脚冲着车尾，这样能够盯着门口。他看了看能量棒。这是一个他没见过的牌子。他并不饿，但他在想自己是不是要把它吃掉来保持体力。

"那你叫什么名字？"他小声说。

"这有什么关系？"坐在司机座位上的人说，"我叫特德。"

"我叫尼克。这里是干什么的？"

"你又在提问题了。"

"只是想知道我掉进哪儿了。感觉像是劳动营什么的。"

"这里就是。"

"而且还没办法离开？"

"你可以离开，只要他们不知道。有人逃跑过，但是四周荒无人烟。你得有个计划。"

"我就知道我该拒绝的。"

"也没那么糟。他们可以给你提供食物和药。你只需要遵守他们的规矩。"

"也是。"

博斯的目光从校车中间的走道移到开着的后门。他将丝巾拉到下巴下面，打开能量棒。他希望这东西能让他保持清醒和警觉。

天色基本已经暗了下来。博斯第一次感受到了胸口的恐惧和紧张。他知道这里非常危险，而且危险来自四面八方。他知道自己连冒险睡五分钟都不行，更别说是睡上一整夜。

25

　　布罗迪在午夜时分过来攻击他，但是博斯已经做好了对付他的准备。月光在校车后门口照出了他的黑影，只见他偷偷摸摸地沿着走道向前走去，其他人都已经在走道两侧的行军床上睡着了。博斯可以看到他一只手拿着东西，大小像是一把匕首。博斯朝右侧躺着，右臂弯曲，看似在支撑着自己的头。但在行军床的床头上，他正紧紧抓着手杖。

　　博斯并没有等着搞明白布罗迪是要过来抢劫，还是袭击自己。不等那身影做出任何前进的举动，他就猛地挥出手杖，正好打在布罗迪的下巴和耳朵上。声音很大，他还以为自己打断了手杖。布罗迪立刻退倒在后面的行军床上，被惊醒的人咕哝着将他推开。被他当作武器的螺丝刀掉到了地上。博斯立刻从行军床上站了起来，来到床间走道里，站在布罗迪前面俯视着他。他骑在布罗迪身上，将手杖横压在他脖子上。布罗迪双手抓住手杖，试图推开，免得手杖压碎自己的喉咙。

　　博斯稳稳地压着手杖。他的力道刚好可以阻断布罗迪的呼吸，但又没有完全让他喘不过气来。他俯下身，厉声悄悄说道："你再敢来找我，我就杀了你。我以前杀过人，不介意再杀一个。你听明白了吗？"

布罗迪没办法说话，但是他尽可能地点了点头。

"现在我放你走，滚回你的窝里去，别再来烦我。明白了吗？"

布罗迪又点了点头。

"很好。"

博斯松开手，但还是犹豫片刻才起身放开他。他想做好准备，应对被欺骗的把戏。结果布罗迪松开了手杖，双手手掌向上，手指张开。

博斯站了起来。

"好了，滚出去。"

布罗迪一句话没说，自己站了起来，沿着走道匆忙地从校车后门出去。博斯从不认为布罗迪会犹豫是否要再袭击他一次。

他捡起螺丝刀，将背包从行军床下面拉了出来。在把螺丝刀藏到背包主袋最底下的时候，他听到校车前面的司机座位上传来了低低的说话声。

"棍子用得不错。"特德说。

"这是手杖。"博斯说。

他等待着，听着布罗迪在校车外面是不是会碰到警长或是其他可能听到他们搏斗的人。但是外面只有寂静。博斯蹲下身，拿出背包，迅速换了身带有洛杉矶湖人队图标的黑色T恤。然后他将通便剂放进一个口袋里，站起身向校车后门走去。

"你去哪儿？"特德小声说，"别出去。"

"要上厕所的话到哪儿去？"博斯说。

"用鼻子闻啊，老兄。在营地的南边。"

"收到。"

博斯沿着走道往前走，小心谨慎地不让自己撞到行军床上伸出来的手臂。来到车门前时，他站在黑暗里朝空荡荡的外面看了看他到这里时警长所坐的地方。那里已经空无一物，连桌子都不见了。

博斯下了校车，静静地站着。空气里依旧弥漫着索尔顿湖的气味，但是和在校车里的气味相比，却凉爽、清新许多。博斯将丝巾拉到下巴下面，就让它那么耷拉在脖子上。他听了听。夜晚凉爽而安静，黑色的天空群星闪耀。他觉得自己可以听到营地里或是附近引擎低沉的嗡嗡声。只是他无法确定声音来自哪个方向。

向特德询问自己可以去哪里上厕所只是个托词。他并非真想去上厕所，而是要勘察营地，以便掌握此处的地标和特征，好在之后起草搜捕令时有所帮助，如果这次代号为"肮脏的牛仔"行动的后续调查需要的话。

他离开校车，随机选了条位于布罗迪所住帐篷和一排简陋建筑之间的小路，迅速而安静地向前走去，很快就意识到自己离引擎的声音越来越远。他沿着小路来到营地南侧边缘。这里的空气满是厕所的气味。一辆平板拖车上排着四个移动厕所，闻起来没有几个月，也至少有几个周没有用清洗泵清洗过了。

博斯沿着营地边缘以顺时针方向继续向前走。过去几年，洛杉矶成了全国的流浪之都，几乎所有空地和公园都出现了流浪营地。从外面看，这里和那些流浪营地并无二致。

在他往营地北边走的时候，引擎低沉的嗡嗡声越来越大，很快他就来到一辆宽度加倍的拖车附近。里面亮着灯，还有发电机驱动的空调。发电机被放在了拖车后面五十码[1]外的灌木丛中。

博斯猜测自己眼前的是员工区域。警长和分药的人，甚至是他看到的那几架飞机的飞行员都在这间装有空调的舒适屋子里。

++++++

[1] 1 码约合 0.91 米。

在他小心翼翼地靠近时，他的猜测得到了证实。他很快就看到两辆面包车并排停在拖车后面，同时还看到在一扇亮着灯、拉着窗帘的窗户里有人影闪过。有人正在里面走动。

博斯迅速朝面包车移动，利用它们作为掩护。一到面包车旁边，他就紧贴在其中一辆的车尾一角，盯着拖车上边，寻找摄像头。

他没有看到摄像头，但是天太黑了，也没有办法确定。同时，他也知道用来防止侵入的电子措施还有很多。虽说如此，他还是决定冒下险，去看一下拖车的内部。

他朝亮着灯的窗户移动。窗户旁边的门上贴着巨大的"禁止进入"标识，此外还有一句威胁的话：违者枪决。

博斯不为所动，继续向前走去。窗帘并没有完全拉上，旁边有一条两英寸宽的缝隙使得博斯能够在外面左右移动，看清屋里的全部情况。

屋里有两个人。他们都是白人，深色头发，穿着背心，露出满是文身的手臂和肩膀。他们正在桌子上打牌，喝着从一个没有标签的瓶子里倒出来的清澈液体。桌子中间是一堆白色药片。博斯意识到他们是在用氧可酮药片的剂量作为游戏赌注。

其中一人显然是输了，他的对手高兴地把盆子往自己这边拉过来，他则生气地把一些牌猛扔到了桌子和地面上。博斯紧盯着他的举动，这时才注意到屋里还有第三个人。

左边破旧的长沙发上躺着一个赤身裸体的女人。她的脸和身体朝着后面的靠垫，看起来像是睡着了或是失去了意识。博斯看不到她的脸，但任谁也想得出到底是发生了什么。他把头低下了一会儿，因为他心中满是厌恶。这些年在执法过程中，因为这一原因，他避免参与卧底行动。作为一名谋杀案调查员，他见过人类对其他人可以做出的最恶劣的事。但是当博斯看到时，罪行早已犯下，痛苦也早已结束。每一起案子都会留下自己的心理痕迹，但是在正义得到伸张后又都会被平衡掉。博斯并没能解决所有案子，但是竭尽全力处理每一起案子也能让他有满足感。

可一旦成为卧底，你就会从正义得以伸张的安全范围来到堕落的世界。你会看到人类如何猎杀彼此，而在不暴露卧底身份的前提下，你什么也做不了。你必须接受这一点，承受着，直到案件结束。博斯想要冲进拖车将那女人解救出来，免得她再受一分钟的虐待，但是他不能这么做。现在还不能。他还在找寻更大的正义。

博斯将目光从那女人身上移开，看着那两名男子。在博斯看来，一切都很清楚，他们说着俄语，手臂上的文身看起来也是俄语的。两人都有着警察所说的罪犯身材：监狱里的多年锻炼——俯卧撑、仰卧起坐、引体向上——练就出的肌肉强健的上半身，而下半身则在这一过程中被忽视了。其中一人年龄明显更大一些。他三十五岁左右，留着士兵一样的短发。博斯认为另一个染着金色头发的人应该三十岁左右。

博斯仔细观察他们的身材和动作，将他们和自己在药店枪击录像上以及怀特曼机场里看到的人进行对比。这两个人会是那两个枪手吗？这一点无法确认，但博斯认为他们在屋里虐待完女人后所表现出的漫不经心也是线索。他们给她灌了药，强奸了她，然后将她一丝不挂地留在沙发上。博斯认为任何做得出这种事的男人在犯下谋杀案的时候也能表现出同样的淡漠。他的内心告诉自己，这两个男人就是枪杀若泽·埃斯基韦尔和他儿子的人。

而且他们会领着他找到桑托斯。

博斯看到拖车铝制外壳上的灯光闪了一下，他转身看到有人正拿着手电筒靠近。他迅速弯下腰，朝面包车移动，准备躲进两车间的走道里。

"嘿！"

他被发现了。他移到车的后面，必须得做出决定了。

他快速躲到面包车的窗户下面，移到面包车外离活动房屋最远的一侧。拿着手电筒的人跑过来，冲到两辆面包车之间，也就是他最后看到闯入者的地方。

博斯等了一秒钟，然后朝活动房屋的一角跑去。他知道如果他能够到达那里，他就可以利用这一建筑做遮掩，以免被手电筒发现。当他跑动时，他听到那人兴奋地说着话，意识到那人肯定带了无线电。在营地里，至少还有一个人在做安全巡逻。

博斯跑到拖车一角，没有再次引来呼喊声。他紧贴着墙，环顾四周。他看到手电筒在发电机附近，在他前面不到五十码的距离。正准备朝营区跑时，他看到在一条通往他这边的路上出现了另一只手电筒。博斯没的选择。他往自己的左侧冲去，希望能够在第二个搜查的人注意到自己前躲到一辆老房车的后面。

肺都烧了起来，他刚跑过房车的车尾，就被灯光照到了。他听到更多人的说话声和呼喊声，意识到喧闹声惊动了俄罗斯人，他们从活动房屋里出来查看情况。

博斯继续向前移动，即使刚刚的发力已经开始让他疲惫不堪。他沿着营地边缘一直来到了移动厕所。他回到了自己出发的地方。他想了想是不是要躲到厕所里，但最终还是否定了这一想法，转身进入营地，开始沿着道路返回校车。在用 T 恤擦完脸上的汗水之后，他若无其事地向前走去。

他没能成功。他们正在校车后面的空地上等着。先是有灯光照到博斯，然后有人从后面把他推倒在地。

"你他妈的在干什么？"有声音说。

博斯双手从沙土中举了起来，张开手指。

"我只是去上了趟厕所，"他大喊道，"我以为这没问题的。没人跟我说不能离开——"

"让他站起来。"一个俄罗斯人说。

博斯被粗暴地从地上拉了起来，两只胳膊分别被警长和另一个人抓着。博斯猜另一个人应该是警长的副手。

博斯看到玩牌的两个人正站在他面前，年长的那个靠博斯很近。博斯闻到了他呼吸中的伏特加味。

"你想当偷窥狂？"他问。

"什么？"博斯惊呼，"没有，我就是去用马桶。"

"不，你这个偷窥狂，鬼鬼祟祟。"

"那不是我。"

"那还有谁？你看到还有偷窥狂？没有，只有你。"

"我不知道，但不是我。"

"好，那我们来做个测试。搜身。这家伙是谁？"

警长和他的副手开始翻查博斯的口袋。

"他是新来的，"警长说，"他就是那个有枪的人。"

他将博斯的钱夹从口袋里掏出来，正要把它从链子上扯下来。

"等一下，等一下。"博斯说。

他解开系在腰带上的环，取下钱夹和链子。警长把它扔给了俄罗斯人。

"给我照着。"

副手举着灯照着，俄罗斯人翻看着钱夹。

"赖利。"他说。

他把名字读成了瑞利。

警长找到了那瓶通便剂，拿起来给俄罗斯人看了看。金发俄罗斯人用俄语说了些什么，但是拿着博斯钱夹的俄罗斯人似乎不为所动。

他反而问道："你为什么流汗，赖利？"

"因为我需要来一剂，"博斯说，"他们只给了我一片药。"

"他在面包车上打架。"警长说。

"没有打架，"博斯说，"就是些推搡。这不公平。我需要再来一剂。"

俄罗斯人思考着眼前的情况，将钱夹从一只手颠到另一只手，随后把钱夹给博斯递了回去。

博斯以为自己过关了。返还钱夹意味着俄罗斯人打算放过他擅自闯入这件事。

但是他错了。

"让他跪下。"俄罗斯人说。

几只强有力的手同时抓住博斯的肩膀，他被压着跪到地上。俄罗斯人从背后掏出一把枪。博斯立刻认出这正是自己背包里被拿走的那把。

"这是你那把该死的枪，赖利？"

"是的，在诊所的时候，他们从我这里拿走的。"

"嗯，现在是我的了。"

"好，随便吧。"

"你知道我是俄罗斯人，是吗？"

"是。"

"那我们来玩个俄罗斯游戏怎么样？你告诉我，今天晚上你在我窗户外面偷窥什么。"

"我跟你说了，我没有。我只是去拉屎。我年龄大了，拉屎时间长。"

副手笑出声来，但一看到警长可怕的目光看了过来，就立刻收住了。俄罗斯人打开枪的旋转弹膛，将六枚子弹倒到手掌里。然后他拿出一枚子弹放到灯光下，当着他们的面把子弹装进弹膛，合上弹膛并转了转。

"现在我们来玩俄罗斯轮盘赌，怎么样？"

他伸出枪，将枪管顶在博斯左边的太阳穴上。

博斯相信药品管理局的话，相信他们已经对武器做了手脚，但是和被枪筒顶着太阳穴相比，没有什么可以让人更加忧心自己的命运。

俄罗斯人扣动扳机，博斯被金属敲击的声响吓得抽搐了一下。那一刻，他知道这两个俄罗斯人就是药店凶手。

"啊，你很幸运呀。"俄罗斯人说。

他又转了转弹膛，大笑起来。

"我们现在来试第二次，幸运的人？今天晚上你为什么朝我的窗户里看？"

"没有，求你了，不是我。我都不知道你的窗户在哪儿。我刚刚到这儿。我还得找人问厕所在哪儿。"

这次俄罗斯人将枪口顶在了博斯的前额，他的搭档用急切的口气跟他说了句话。博斯猜想他是在提醒拿枪的人杀掉博斯会对药品生产有什么影响。

俄罗斯人收回枪，没有扣动扳机。他开始重新装填子弹。装完后，他合上枪管，指了指握把缺失的地方。

"我会修好你的枪，然后留着它，"他说，"我想要你的运气。你同意吗，赖利？"

"当然，"博斯说，"你留着吧。"

俄罗斯人将手伸到背后，把枪塞到裤腰里。

"谢谢你，赖利，"他说，"你现在回去睡觉。别他妈的再到处偷窥。"

26

分发完早上的药、能量棒和卷饼后，桑托斯的空军部队周六一大早就出发了。博斯还是在来时那架飞机的队伍里，只是这次飞机上的乘客多了些，有几个新面孔，男女都有。博斯看到了布罗迪，他右脸上有条紫色的淤青，他还看到了手上有星星文身的那个女人。他们都在他对面的长凳上。或许只是剃光的头给人造成了她疾病缠身的错觉，而不是药瘾。但是博斯对她感到同情，觉得需要保护好她，同时他也知道自己必须时刻小心布罗迪。

这次博斯学机灵了，使劲挤到了长凳一端靠近飞机门和没有封上的窗户边。现在他有机会看看飞机是要朝哪儿飞。

他们往北边飞去，一直向北，飞机保持在只有几千英尺的高度。他扭头往玻璃外面看去，可以看到下面的索尔顿湖，随后他看到了救赎山这处人造纪念碑上的鲜艳色彩。在高空中，他看到了上面的告诫：耶稣才是救赎。

之后，飞机飞过了约书亚树国家公园和莫哈韦沙漠，下面未被踏足的荒凉大地很美丽。

他们在空中飞了差不多两个小时，然后颠簸着降落在了一条原本用于作物喷粉飞机起降的跑道上。飞机在最后下降时，博斯看到远处有一处带风车房的农场，后面的山丘上遍布牛羊。他知道他们在哪儿了。这里是莫德斯托附近的中央谷地。博斯几年前到这里办过案，还看到有架直升机因撞上风车而坠毁。

两辆面包车正在那里等候着。这支队伍被分成了两个七人小队。博斯没有和布罗迪以及那个带星星文身的女人分到一起。他所坐的面包车的前排坐着两名组织里的人，分别是司机和管理员，都有着俄罗斯口音。他们从图莱里出发，开始到一连串的家庭药房买药。每到一站，管理员都会给包括博斯在内的每个傀儡一套新的身份证件，包括驾驶证和医保卡，同时也会给他们处方和支付药费的现金。身份证件伪造得非常粗糙，在洛杉矶任何一个俱乐部里，哪怕是第一周工作的门口保安都注意得到。但是这并不重要。像老若泽·埃斯基韦尔一样的药剂师是整个游戏的一部分，他们用看似合法的手段为看似有效的处方拿药，从中牟利。桑托斯造就的腐败如同涟漪一般不断影响着政府和整个行业。

尽管看起来没有必要伪装成负伤在身的样子，博斯还是继续伪装着，戴着护膝，拿着手杖。他这么做是为了能够一直握着自己的手杖，这是他唯一的武器。

在每一站他们会花费差不多一个小时的时间。管理员通常会让傀儡两人一组或单独去每家药店。这样的话，七名脏兮兮的瘾君子一起站在队伍里就不会引起店里合法顾客的关注了。他们从图莱里移到莫德斯托，然后是弗雷斯诺，装有药片的黄色药瓶源源不断地进了管理员的背包。

飞机已经转移到了弗雷斯诺的一片大胡桃农场外，在另一处不受限制的跑道上等着他们。另一辆面包车已经到了。等博斯登上飞机时，已经有人坐在了窗户前面的座位上。他坐在文着星星的女人旁边。正如此前她所要求的一样，他没有跟她说话——一开始没有。

飞机起飞前，博斯看到自己所在面包车的假买客将自己的背包从驾驶舱窗户递给了飞行员，飞行员居然还在写字夹上签了张收条或是账单似的东西递给了假买客。随后，飞机在没有铺设柏油的跑道上轰隆隆地起飞了，并向南飞去。他们一直保持着既定航线，没有转弯，也没有采取反侦察措施。

博斯一直遵守着劝告，直到半个多小时后才朝旁边的女人靠过去，用刚刚能够盖过引擎噪声的声音跟她说话。

"你说得没错，"他说，"他昨天晚上过来了。我当时已经准备好了。"

"看得出来。"她说。她指的是布罗迪脸上的长条淤青。

"谢谢。"

"不用在意。"

"你被困在这儿多久了？"

她侧过身去，冷漠地用肩膀对着他。之后，似乎是想好了，她转过头来对他说。

"别以为你能救我。离我远点。"

"我只是想救我自己。我想我们或许可以互相帮助，就这些。"

"你在说什么？你才刚到这儿。你不是女人，你不懂。"

博斯回想起那个女人被扔在沙发上的画面，当时俄罗斯人正在拿药片赌博，正是那些药片造就了所有的这些堕落和灾难。

"我知道，"他说，"但是我看到的已经够多了，知道这就像奴隶一样。"

她并没有回答，继续用肩膀对着博斯。

"等我要行动的时候，我会告诉你的。"他试着说。

"用不着，"她说，"你那样只是找死。我可不想陪葬。就像我一开始说的，离我远点。"

"如果你想让我离你远点，为什么要警告我小心布罗迪呢？"

"因为他就是个畜生，这两件事毫无关系。"

"明白。"

她试图离博斯更远一些，但是她并没有注意到自己淡黄色上衣的下缘被压在了他的腿下面。这一动使得上衣滑下了肩膀，露出了里面的坦克衫和一点文身。

ISY

2009

她生气地从他腿下扯出上衣，坐回自己的位子，但博斯所看到的已经足以让他明白那是她肩膀后面安息文身的一部分。她在八年前失去了一个重要的人。重要到永远都得带着这个记号。他不清楚是不是因为这一失去，才让她最终上了这架飞机。

博斯朝远离她的一侧靠去，看到布罗迪正在飞机另一侧的长凳上看着他。他冲博斯狡黠地笑了笑，博斯意识到自己犯了个错误。布罗迪看出他在试图和那个女人建立联系。现在布罗迪知道自己可以通过她来伤到他了。

一个小时后，飞机平稳地滑行着陆。在爬出跳伞门之前，博斯并不知道这是哪里，出来后他才认出他们是在怀特曼的飞机库里，旁边有两辆面包车在等他们。这次他试着跟上文着星星的女人。等队伍分开后，他终于和她，还有布罗迪分到了同一辆面包车里。

从怀特曼出来后，面包车在圣费尔南多路上右转，然后经凡奈斯大道到了第一家药店。他们是在柏高，这么做显然是要避开圣费尔南多。

司机还是前一天在诊所给了博斯一拳的那个俄罗斯人。他将自己的七名傀儡分成两组，让博斯和另外两人先进药店。布罗迪和文着星星的女人则被留在了第二组。博斯向药剂师提供了处方和假的身份证件，然后等待药片装瓶。在之前的大多数药店里，药片早已被装瓶，等待着领取，药剂师希望缩短傀儡在药店里待的时间。但是在这家店里，博斯被告知要么到外面等，要么过三十分钟再回来。

博斯来到外面告诉那个俄罗斯人。他很不高兴，让博斯和另外两名傀儡回到药店里面去等，以便催促药剂师，让他加快速度。博斯按照指示行动，在足部护理货柜旁的走道里来回踱步，因为这里能够清楚地看到药剂师。转过身时，他看到一名购物者正在看爽健鞋垫。那人是贝拉·卢尔德。她没有看博斯，说话声音很低。

"你怎么样，哈里？"

博斯看了看另外两名傀儡的位置，然后才做出回应。他们分散开了，其中一名傀儡正在卖墨西哥药的走道上，另一名则在处方柜台前守着。

"我很好。你到这儿来干什么？"

"需要检查一下。我们昨晚失去了你的信号，直到你在怀特曼着陆才找到你。"

"你是在跟我胡扯吗？霍文说他在天上有监控。他们跟丢了飞机？"

"他们是有。霍文说是上层大气干扰，瓦尔德斯对此暴跳如雷。他们带你去哪儿了？"

"杰里·埃德加的情报是准确的。他们带我去了板坯城附近的营地，在索尔顿湖的东南方向。"

"你没事吧？"

"我没事，但是差点就有事了。我觉得我见到了那两名枪手，其中一个用药品管理局给我的左轮手枪拿我玩俄罗斯轮盘赌。"

"上帝啊。"

"是啊，还好那把枪被做了手脚。"

"真是抱歉。你要撤出来吗？我来下令。我们会冲进来，把你撤出去，让它看起来像是警察突袭。"

"不用，但是我想让你帮我做点别的。杰里在哪儿？"

"他在外面。昨天晚上他们没了你的信号，我们都被吓到了。不过现在我们找到你了，不会弄丢了。"

博斯又看了看那两个傀儡。他们都没有关注他。他看了下药店前门，也没有看到俄罗斯司机。

"好的，等我们一拿到处方药离开这里，他们就会再派四个人进来。一个女人、三个男人。"

"好的。"

"让杰里进来进行随机执法，按伪造身份证件和处方等罪名把他们押起来。"

"好的，我们可以这么做。但是为什么？"

"那个名叫布罗迪的家伙在给我制造麻烦，我需要让他消失。他脸右边有条紫色的淤青。"

博斯举了下手杖来做说明。

"还有那个女人，我想送她去戒毒康复中心。"

卢尔德第一次从眼前的货架抬起头来看向博斯，试图搞清楚他的意图。

"听起来你很同情她。是有个人因素吗？关于这一点，药品管理局的卧底训练员应该跟你讲过了。"

"我才卧底了不到二十四小时，连她的名字都不知道。没有个人因素。我只是在板坯城那里看到些东西，想把她拉出来。另外，他们人数越少，我就越重要。或许能让他们在想拿我玩俄罗斯轮盘赌之前多考虑考虑。"

"好的，我们会做到的。但是这样的话，我们好多人就没法继续监视了。我会确保至少有一辆车跟着你。"

"没关系，你们可以在怀特曼等我们。我们会回去坐飞机的。"

博斯听到药剂师在喊他假证件上的假名字。

"我得走了。"

"明天怎么办？"

"明天怎么了？"

"明天是周日。这些家庭药房通常都在周日休息。"

"那我觉得自己可能会在板坯城休息一天。告诉他们这次别再把我跟丢了。"

"你得相信我会告诉他们的。照顾好自己。"

博斯用手杖指着房顶，像是火枪手挥剑一样晃了个圈，然后他便一瘸一拐地到柜台去拿自己的药了。

二十分钟后，正坐在面包车后排等着第二组傀儡完成他们的药店任务时，他看到埃德加和霍文进了药店。十五分钟后，面包车司机开始焦躁起来，用俄语自言自语。这时，两辆洛杉矶警察局的巡逻车停了下来。

俄罗斯人大骂起来："该死！"

他从座位上转身看了看后面坐着的三个人，指着博斯说："你，你进去看看，看看里面发生了什么事。"

博斯从座位上起身向车门走去。他下车后穿过停车场，到了药店。他猜测司机之所以选择他是因为他的衣服在车上几个人里是最干净的。他走进药店，看到四名傀儡戴着手铐，在药店柜台前站成一排。身穿制服的警察正在检查他们的口袋。

博斯进门时头顶的铃声响了起来。手上文着星星的女人扭头看到了博斯。她瞪大眼睛，用下巴指了指门的方向。博斯立刻转身往外走去。

就像刚刚见了鬼一样，博斯迅速跑回面包车，完全不顾膝盖的感受。他跳进车门。

"警察抓了他们！他们都戴着手铐。"

"关上门！关上门！"

　　不等博斯把门拉上，面包车就开了起来。司机从一个出口驶入凡奈斯大道，直奔怀特曼机场。他用快捷键播出一个电话，很快就用俄语冲电话另一头的人嚷了起来。

　　博斯从后面的窗户看着广场购物中心消失在远处。不管她说了多少次滚开和离她远点，手上带星星的女人毕竟提醒过让他注意布罗迪。这让他相信，在她内心深处还是有些东西值得拯救的。

27

周日早上，没有灾难一样的起床号。没有人在外面拿着扫帚敲打校车，嚷着让营地里的所有人起床。只有周日，营地里的人才可以多睡会儿。到营地后的第一天晚上没能睡觉，周六晚上，博斯不得不向疲惫屈服，沉沉睡去，做着有关地道的朦胧的梦。染着金色头发的俄罗斯人摇晃着他的行军床叫他起床时，他完全恍惚无措。一开始甚至不确定自己在哪儿，也不确定眼前向下看着他的人是谁。

"过来，"俄罗斯人说，"现在。"

博斯终于反应过来，意识到这是那个英语说得最少的俄罗斯人。周五晚上，这个人的搭档拿枪顶着哈里的头并扣动扳机时，正是他有些犹豫不决。

博斯在脑子里分别将他们标记为伊万和伊戈尔，这个人就是伊戈尔，通常都不怎么说话。

博斯把腿挪下床坐起来。他揉揉眼睛，明白了他的意思，开始系工作靴的鞋带。心里想着他们是不是又要飞去药店了，尽管大多数非连锁药店很可能在周日关门，特别是在收入较低的拉丁裔社区，他们非常敬畏周日，把它作为休息和宗教反思的日子。

"过来。快呀。"

伊戈尔在等着他。由于车里的恶臭，伊戈尔正拉着 T 恤的前面捂着自己的口鼻。他指了指车门。

一开始博斯有些恐慌，因为他以为伊戈尔在喊他哈里，而这个名字是伊戈尔不可能知道的。但是随后他就意识到这个俄罗斯人在用他那浓厚的口音说着什么。

"好的，好的。"博斯说。

他看了看四周，发现伊戈尔只叫了他自己。校车上的其他人都还睡得很死。

"我们这是去哪儿？"他问。

伊戈尔没有回答。穿上左脚的靴子之前，博斯伸手从地上拿起护膝。他把护膝拉到自己左腿的小腿上，以便之后使用，然后把另一只靴子穿上。系完鞋带，他抓起自己的手杖站了起来，准备去拿处方药，但越来越怀疑这并非今天的安排。

伊戈尔指着地面。

"背包。"

"什么？"

"带上背包。"

"为什么？"

伊戈尔转头向车外走去，没再多说一个字。博斯抓起背包跟在后面，下了校车，来到刺眼的阳光中。他不断问问题，希望能够知道点自己将要面对的情况。

"嘿，到底是什么事？"

没有回答。

"嘿，你那个会说英语的伙计呢？"博斯试着问，"我想找人谈谈。"

俄罗斯人继续无视博斯的话，只是用手示意他继续跟着走。他们穿过营地，来到前一天早上面包车接傀儡的地方。有一辆面包车正开着门等在那里，伊戈尔指了指开着的门。

"你过去。"

"好的，我明白。去哪里？"

没有回答。博斯停下来，看着他。

"你过去。"

"我得先去趟厕所。"

博斯用手杖朝营地南边指了指，开始向那边走去。伊戈尔一把抓住他的肩膀，猛地把他转到面包车的方向。

"你过去！"

伊戈尔使劲把他朝面包车的方向推了一把。为了抓住门边，博斯的手杖差点掉到地上。

"好的，好的。我这就去。"

他坐到司机后面的长凳上。随后，俄罗斯人也上了车，拉上身后的车门，坐到博斯后面的长凳上。

面包车开始移动，很快，博斯就知道他们是在朝跑道开去。他知道自己身后的男子没有回答问题的语言技巧，但是博斯越来越担心将要发生的事情，忍不住继续问起来。他俯身向前，想要吸引司机的目光。

"嘿，司机。我们这是要做什么？为什么只有我一个人去坐飞机？"

司机表现得就像既没有看到他，也没有听到他说了什么。

不到十分钟，他们就来到了跑道。面包车停在了一架飞机旁，飞机的螺旋桨早已启动。这架飞机并不是博斯此前一直搭乘的"迷你货车"，但很明显，它仍旧是一架可以搭乘多名乘客的跳伞飞机。另一名俄罗斯人伊万正站在打开的跳伞飞机门口，利用头顶的机翼挡住阳光。

伊戈尔起身拉开车门。他一把抓住博斯的衬衫，将他朝打开的车门拉去。

"你去。飞机。"

"好的，我都猜到了。"

博斯差点从面包车里跌出去，还好他用手杖帮忙站直了身子。他立刻朝伊万走去，攥着手杖柄，而不是表现得像是需要手杖帮助走路一样。他希望在自己将要对抗的人面前消除任何虚弱的迹象。

"到底是什么事？"他诘问道，"为什么就我一个人要走？"

"因为你要回家了，"伊万说，"现在。"

"你在说什么？什么家？"

"我们要把你送回去。我们不希望你在这儿。"

"什么？为什么？"

"快上飞机。"

"你老板知道这事吗？我昨天给你们赚了四百片药。那可是很大一笔钱。他不会想就这么把那些钱扔了。"

"什么老板？上飞机。"

"你们这些人总是说一样的事情。为什么？为什么我要上飞机？"

"因为我们要把你送回去。我们不希望你在这儿。"

博斯摇摇头，似乎没有听明白。

"我听到人们在谈论，他的名字叫桑托斯。桑托斯不会想要这样的。"

伊万一脸奸笑。

"桑托斯早就死了，我就是老板。快上飞机。"

博斯盯着他看了片刻，想要从中解读出真相的踪迹。

"随便怎么样。那就把钱和药给我。我们之前说好的。"

伊万点点头，从兜里掏出一个塑料袋。里面装有药片和钱，最外面是一百美元的钞票。他晃了晃袋子，递给博斯。

"行了，你满意了。上飞机。"

博斯爬上跳伞门，走到飞机尾部，尽可能地远离飞机门。他坐在飞机尾部固定着的座位上，向后面看去。伊万和伊戈尔都上了飞机，分别坐在飞机前面两侧的凳子上，看起来像是在守着出口。

博斯知道自己碰上了麻烦。给他钱就是标志。他们本可以轻而易举地不给他钱了事，但给他应得的东西，摆明了是要让他放松戒备，让他相信他们确实要送他回家。

伊万敲了敲将驾驶舱和客舱分隔开的铝制小门，飞机便开始沿着跑道向前滑行。博斯想了想伊万说的关于桑托斯的话，明白了其合理之处。药品管理局对建立这个组织的人没有当前的情报。霍文说他们最新的照片也几乎是一年前[1]的。桑托斯和那些忠于他的人都被俄罗斯人除掉了，特别是当他们听到告发和逮捕令的风声时，彼时桑托斯就已经成为组织的负担。这也可以解释为什么这个组织看起来人员不足，两个明摆着的老大还要亲自去干脏活。

博斯意识到如果伊万和伊戈尔确实是摧毁圣费尔南多药店的杀手，那么下达命令的就是他们自己。了结案件的机会就在眼前。

飞机转向，准备沿跑道滑行起飞。博斯已经知道了这趟飞行对他来说会是怎样的结局。他把手杖横放在大腿上，掏出钱夹，看似不小心地扯断了链子。他希望脉冲信号能够传送给本应注视着自己的药品管理局队伍。

博斯做做样子，将钱从塑料袋里拿出来放进自己的钱夹，然后将钱夹和装有药片的袋子都塞进了口袋。

飞机开始沿跑道加速，准备起飞。大风猛地灌进客舱。俄罗斯人没

++++++

[1] 前文第 194 页中提到桑托斯的最新照片是三年前拍到的，此处的"一年前"可能为作者笔误。

有关上跳伞的门。博斯指着敞开的舱门大声叫喊。

"你不把它关上吗？"

伊万摇摇头，伸手指了指开着的门。

"不关门！"他也大声喊着说。

博斯之前没有注意到这个。

飞机起飞了。它垂直拉升，博斯被推到了客舱后面的墙上。飞机几乎立刻朝左转向，但是仍在爬升，之后开始平飞，航向为西。

博斯知道这会把他们带到索尔顿湖的中央上空。

28

飞机平飞之后，看不见的飞行员就开始减速。引擎的嗡嗡声明显小了很多，这给了伊万一个信号。他站起来，开始朝飞机后面的博斯走去。为了不让头碰到弯曲的舱顶，他不得不弯着腰。走过来时，他从前面的兜里掏出一个手机。到博斯面前后，他撅着屁股半蹲着，就像棒球接球手一样。他看了看博斯，然后看了看自己的手机屏幕，之后又看了看博斯。

"你条子。"他说。

这不是问句。这是陈述句。

"什么？"博斯说，"你在说什么？"

伊万又看了看自己的手机。从他肩膀上方，博斯看到伊戈尔仍旧坐在自己的座位上看着。

"哈……利·布斯，"伊万说，"你条子。"

"我不知道你在说什么，"博斯说，"我不是——"

"圣费尔南多警察局！上面这么说。"

"什么这么说？"

伊万转过手机，让博斯能够看到屏幕。屏幕上是报纸其中一版的照片，上面有他的照片。他可以看出照片是本周早些时候，也就是谋杀案发生当天在家庭药房外面拍的。这是一篇报道的续页，但并不是关于药店谋杀案的。报道续页的主体部分有标题和他的照片，向博斯说明了他想要的信息。

DNA 证据洗清在押死刑犯嫌疑，地方检察官办公室准备撤销判决

有人向《洛杉矶时报》泄露了这件事。肯尼迪，他应该是听到了博斯和哈勒将在博德斯的听证会上采取行动的消息，因此要让哈勒陷入窘境并诋毁博斯。报道包括他现在的工作情况和他在药店外的照片，这显然向俄罗斯人泄露了情报。

博斯认出了报纸照片上的背景，那是在柏高那家诊所的柜台处。伊万放下手机，装回后面的兜里。他抓住博斯手杖的手柄，露出了奸笑。他们开始争夺手杖。伊万将空出来的那只手伸到背后，从衬衫下掏出一把枪。他把手柄推向博斯，然后俯身向前。

"站起来，条子，"他说，"你现在得跳了。或许你还能找到你的朋友桑托斯，是吧？"

博斯看了看枪。这是一把镀铬的自动手枪，并不是药品管理局放进博斯背包，又在周五晚上被伊万拿来耀武扬威的那把坏了的左轮手枪。

他接起了俄罗斯人的最后一句话，希望能够分散他的注意力。

"你杀了桑托斯，是吗？杀了他，然后篡权。那个药店里的男孩。你杀了他和他的父亲。"

"那个男孩就是个废物。他不听他父亲的话，而他的父亲也控制不了自己的儿子。他们罪有应得。"

伊万朝伊戈尔歪了歪头，似乎在承认是他们消除了小若泽·埃斯基韦尔带来的麻烦。那一瞬间，他的注意力分散了，而这就是博斯所需要的时机。他用手腕转动手杖弯曲的手柄，听到松开的声音后，迅速将手柄和短剑拔了出来，剑尖朝上，直刺伊万的右边。纤薄而锋利的刀身刺破皮肤，穿过肋骨，深深地插进了俄罗斯人的胸部。

伊万睁大了眼睛，嘴巴张成了圆形，却发不出声音。两人盯着对方看了一秒钟，却好像有一分钟那么长。伊万松开手枪去抓短剑的手柄。可鲜血已经洒满了短剑和博斯的手。表面太滑，伊万找不到能够抓稳的地方。他伸出左手抓住博斯的喉咙，但他正在变得虚弱无比，这只是垂死之人在做最后的挣扎。

博斯向伊万后面看去，伊戈尔仍旧坐在前面。他正面带微笑，因为他还没有看到鲜血，还以为他的搭档正在残暴地杀死博斯，然后扔下飞机。

博斯面对面地杀过人，那是年轻时在越南的坑道里。他知道如何了结一个人。他将短剑拔出，再次刺了进去，在脖子和腋窝附近快速刺了两次，他知道那里是主动脉所在。然后他将俄罗斯人往后推，在伊万倒地身亡的同时，伸手从地上抓起了枪。

他站起身，左手的短剑滴着血，右手则拿着枪。他开始朝飞机前面的伊戈尔走去。

伊戈尔站起身，准备战斗，然后他看到了手枪。他对下一步行动犹豫不决，先是向前，又是向后，看起来他的动作比他的头脑要快，正在寻找逃跑机会。之后，不可思议的事情发生了。他朝自己的左边冲去，直接跳下了跳伞飞机。

博斯静静地站了一会儿，被眼前的一幕惊得目瞪口呆。随后他迅速跑到飞机门口，将短剑扔到地上，抓住为跳伞员准备的钢制把手，站到跳伞台上。他俯身往外看去，他们正在索尔顿湖上空两百英尺的高度上飞行。博斯猜测他们低空飞行是为了避免被人看到博斯被扔下飞机。

博斯继续向外俯身，看了看飞机后面下方的湖水。湖面反射着刺眼的阳光，几乎什么也看不到。他没有看到伊戈尔的踪迹。如果他跳下去还能活着的话，那离岸边还有几英里的距离。

博斯走到驾驶舱门前，用手枪狠狠地敲了敲。驾驶员以为这是已经将博斯处理掉的信号。飞机调节动力，开始爬升。

博斯试了试门，发现上了锁。他抓住头顶的把手作为支点，脚后跟踢到门上，将门踢得脱离门框，使锁松动。他迅速推开门，将枪举在前面，自己从狭窄的开口处挤了进去。

"搞什么呀？"飞行员大喊。

看到进来的人是博斯，而非俄罗斯人时，飞行员先是一怔，然后才恍然大悟。

"哦，嘿，等等，发生什么事了？"他喊道。

博斯坐到空着的副驾驶座位上。他伸过手去，把枪口顶在了飞行员的太阳穴上。

"正在发生的是，我是个警察，你要完全按照我说的做，"他说，"明白我的意思了？"

飞行员是个年近七十岁的白人，鼻子上满是杜松子大小的痘痘。这种飞行员没有其他人会去雇用。

"好的，长官，没问题，"他说，"你说什么都行。"

他的英语没有口音，很可能是土生土长的美国人。博斯抓住机会注意了下这个人的年龄和胳膊上模糊的文身。

"你还记得参加越战的 A-6 吗？"他问。

"当然记得，"飞行员说，"'入侵者'，伟大的飞机。"

"我当时就是驾驶它们的，之后再也没飞过。但是如果你做出任何错误举动，我就打爆你的脑袋，然后自己再从头学学怎么开飞机。"

博斯此前从未驾驶过飞机，更别说是入侵者。但是他需要一个让人信服的威胁，以便控制住飞行员。

"没问题，长官，"飞行员说，"告诉我你想去哪儿就行。我不知道后面发生了什么。我只负责开飞机。他们告诉我去哪儿。"

"省省吧，"博斯说，"我们还有多少燃料？"

"我早上刚刚加的油，是满的。"

"航程多少？"

"三百英里没问题。"

"好的，带我回洛杉矶。去怀特曼。"

"没问题。"

飞行员开始了一系列操纵以改变航向。博斯看到无线电麦克风正挂在仪表盘上，他一把抓了起来。

"这个打开了吗？"

"是的，按收发器旁边的按钮。"

博斯找到了收发按钮，犹豫了一下，不确定该说什么。

"喂，有管制塔收到呼叫，请回复。"

博斯看着飞行员，不知道刚刚是否暴露出自己此前没有开过飞机的事实。无线电拯救了他。

"这里是因皮里尔县机场，请讲。"

"这里是哈里·博斯。我是圣费尔南多警察局的警探。我正在一架飞机上，刚刚发生一起空中事件，一名乘客死亡，一名乘客在索尔顿湖上空失踪。请求与药品管理局霍文探员联系。等您准备好后，我告诉您号码。"

博斯挂断后等待着回应。飞机朝着北方的安全地带和家的方向飞去，他感到之前持续将近四十八小时的紧张情绪总算开始消散。

博斯从两千英尺的空中俯瞰，大地很漂亮，一点也不像他所熟知的那般荒芜。

29

在药品管理局飞机的护送下，飞机降落在怀特曼机场，迎接博斯的州、地方和联邦机构挤满了机场。其中药品管理局探员、杰里·埃德加、州医疗委员会团队、瓦尔德斯局长和圣费尔南多的调查员们站在前排和中心位置。现场还有验尸车、死亡调查小队、洛杉矶警察局丘陵分局派来的两名警探以及他们的取证人员。此外，还有两名护理人员，以防博斯需要医疗救护。

飞机被引入一座空的飞机库，从而可以避开媒体和公众监视，作为犯罪现场加以调查。博斯从驾驶舱门挤了出来，来到客舱，飞行员跟在他后面。他让飞行员举起双手，从跳伞门下去。飞行员走下飞机时，博斯来到客舱后半部。他盯着被自己杀死的人看了许久，尸体静静地躺在机舱地面上。在飞行过程中，由于飞机转弯和飞行高度的变换，尸体流出的血呈现出十字交叉的样子。博斯回到跳伞门，走了出去。

两名身着黑色战术裤和衬衫、腰挂配枪的人扶着博斯从跳伞平台上跳了下来。

"药品管理局？"博斯问。

"是的，长官，"一名探员说，"我们现在要进去清理飞机。里面还有其他人吗？"

"没有活着的。"

"好的，长官。这里有人想要马上和您谈一谈。"

"我也想和他们谈谈。"

博斯从机翼处离开，贝拉·卢尔德正在旁边等着他。

"哈里，你没事吧？"

"比飞机里那家伙强点。情况问询说明怎么处理？"

"药品管理局有一个移动指挥站，你需要和我们、洛杉矶警察局、埃德加和霍文一起进去。等你准备好了，或者你想——"

"我准备好了，我们还是赶紧把这件事处理掉吧。不过我想先见见《洛杉矶时报》的人，今天那篇报道差点害死我。"

"我们让报社的人来了。我很抱歉。"

"我只是说时机不对。"

她领着他来到瓦尔德斯、西斯托、卢松和特雷维尼奥所在的地方。局长拍了拍他的胳膊，说他做得很棒。考虑到博斯所经历的一切，这句问候显得有些尴尬。这也说明《洛杉矶时报》的报道将会很难对付。

博斯决定继续处理手头的案子。

"我们的案子结了，"他说，"飞机里死掉的人是其中一个枪手，另一个从飞机上跳了下去。我觉得他活不下来。"

"那家伙就这么从飞机上跳了下去？"西斯托说。

他的语气表明他认为事实不是这样的，比如俄罗斯人或许是被迫跳下去的。

博斯瞪着他的眼睛。

"疯狂的俄罗斯人，"西斯托说，"我就说嘛。"

"所有问题等大家都坐下了再谈，"瓦尔德斯说，"贝拉，你带博斯去做情况问询说明，我去拿报纸。"

贝拉陪着博斯朝移动指挥站走去，结果在飞机库里刚走了一半就碰上了埃德加。他笑着走了过来。

"我的搭档，你做到了，"他说，"真是迫不及待地想知道你是怎么做到的。听说是他娘的死里逃生啊。"

博斯点点头。

"你知道吗？"他说，"如果你没有告诉我那个有人上了飞机就再也没有回来的传言，我现在可能就不会在这儿了。这个情报让我在那些家伙面前占了先机。"

"嗯，我真高兴自己还是做了点什么。"埃德加说。

移动指挥站是一辆没有标记的房车，可能是贩毒案里没收的车辆，之后又调整了内部设置和装备。博斯和卢尔德走了进去，里面看上去就像一个迷你会议室。电子巢和会议室之前隔着一堵墙，上面有一道门。霍文探员从电子巢里走出来，和博斯握手，欢迎他回来。

"有关于第二个俄罗斯人的消息吗？"博斯问。

在飞机飞往怀特曼的航程中，博斯已经报告了伊戈尔没有降落伞却跳下飞机的情况。药品管理局派出了一支搜救小队。

"没有任何消息，"霍文说，"机会渺茫。"

霍文安排博斯坐在会议桌一头，这样他能够看到所有参加情况问询说明的人。卢尔德坐在了他右手边，圣费尔南多队伍的其他人则坐在了桌子两侧。瓦尔德斯走进来，将一份《洛杉矶时报》的头版放到博斯面前的桌子上，然后坐了下来。

报道被放在了首页，其标题让博斯备受打击。在探员和警官进入指挥站就座的过程中，博斯试着去读了这篇报道。

地检引用 DNA 证据，警察渎职；将撤销死刑判决

时报特派记者戴维·拉姆齐

一九八七年，因涉嫌强奸并谋杀托卢卡湖附近一名女演员而被判处死刑的男子，最早可能于周三无罪获释。届时，检方将引述新的 DNA 证据以及洛杉矶警察方面的渎职行为要求法官撤销判决。

洛杉矶县地方检察官办公室已请求高等法院就普雷斯顿·博德斯案举行听证会。自被逮捕以来，普雷斯顿·博德斯已被关押将近三十年。博德斯就该案已用尽各种上诉手段，在圣昆廷监狱的死刑名单上苦苦煎熬，直到地检新成立的定罪证据真实性调查组决定重新审查其申诉请求，也就是在丹妮尔·斯凯勒谋杀案上，他是被陷害的。

在托卢卡湖的公寓中，斯凯勒惨遭强奸和杀害。博德斯是她的熟人，此前曾与其交往过。彼时，警方在博德斯公寓的隐蔽处搜出一件首饰，据说是博德斯在袭击时从被害人处拿走的，他因此被牵连案中。在这个完全基于旁证的案件中，博德斯经历了一周的庭审后，最终被判处死刑。

地方副检察官亚历克斯·肯尼迪说他们最近已对被害人衣服上的 DNA 进行了分析，结果发现这片衣服上的少量体液与连环强奸犯卢卡斯·约翰·奥尔默的 DNA 匹配。据了解，彼时后者也曾在洛杉矶犯案。后来，奥尔默在其他几起不相关联的性侵案件中被定罪，并于两年前死于狱中。

肯尼迪说调查人员现在相信是奥尔默杀害了斯凯勒，同时他还可能是另外两起年轻女子谋杀案的罪魁祸首。警方一开始怀疑这两起案件是博德斯所为，但一直没有提起诉讼。

"我们认为是奥尔默尾随并谋杀了她，他是从没有上锁的阳台门进入的，"肯尼迪说，"他是一名连环罪犯，曾在那片区域尾随被害人。"

《时报》所获得的法庭文件显示博德斯及其辩护律师兰斯·克罗

宁宣称，在博德斯公寓中发现的首饰是一名警探栽赃的，该警探是本案的首席调查员。

"这是一起显而易见的司法误判，"克罗宁说，"博德斯先生因此失去了一多半的人生。"

克罗宁和法庭文件指认负责调查博德斯公寓，并在暗箱中发现该首饰的两名警探分别是希罗尼穆斯·"哈里"·博斯和弗朗基·希恩。本报了解到，希恩现已离世，博斯也在三年前从洛杉矶警察局退休。

博斯在一九八八年的庭审中做证称在搜查博德斯的公寓时，他发现首饰——据称是一只海马吊坠——被藏在了书架下隐藏的暗箱中。作为一名演员，博德斯在工作室试镜时与斯凯勒相识，并在警察发现该首饰后不久被捕。

本报暂时联系不到博斯对此进行评论。众所周知，博斯在洛杉矶警察局从事警探工作二十余年，参与过很多备受瞩目的调查行动。目前，他在圣费尔南多警察局担任志愿警探。上周，在圣费尔南多谷一座小镇的商业区，一家药店疑似发生了抢劫案。在该案中，两名药剂师被杀。博斯正在调查该起案件。

报道转至另一版，但是博斯已经读够了，并不想打开附有自己照片的那一版。他注意到挤在这房间里的所有人正盯着他，都知道报纸上关于他的报道。

博斯将报纸扔到自己椅子旁边的地面上。这篇报道无疑是克罗宁或肯尼迪精心编排的打击报道。至少在跳转至结论前，报道并没有提及博德斯是无辜的这一观点的反对意见，也没有提及米基·哈勒眼下可能已经就终止地检行动而提交动议申请的行为。

博斯看了看坐在桌子两边的人。霍文坐在他对面桌子的另一边，霍文旁边坐着的是乔·史密斯——博斯的卧底训练员。

"好了，在开始前先提两件事，"博斯说，"周三以来我一直没有冲澡，非常抱歉。如果你认为自己坐的位置闻起来臭气熏天的话，那应该庆幸没有坐在我这个位置。另一件事，今天《时报》上的报道完全就是胡扯。我在那个案子上、在任何其他案子上都没有栽赃过证据，普雷斯顿·博德斯永远也不会无罪释放。你们可以等下周三的听证会结束后看看，到时候《时报》的报道会告诉你们这一点。"

博斯看了看房间里的人。除了少数几个点了点头，大多数调查员都没有表明自己是否相信博斯的话。一切正如博斯所料。

"那么，好了，"他说，"我们越早结束，我就越能早点去冲个澡。你们想怎么开始？"

他朝桌子另一头的霍文看去。这是他所在机构的房车，博斯觉得这就意味着他是这里主事的人。

"我们会提些问题，但是我觉得你可以想从哪儿开始，就从哪儿开始，"霍文说，"为什么不给我们来个大标题，然后从那儿开始呢？"

博斯点了点头。

"好的，大标题就是桑托斯早就没了，"他说，"俄罗斯人把他从一架飞机上扔进了索尔顿湖。他们其中一人要把我也扔下去的时候跟我说的。"

"他们为什么会告诉你这个？"一名博斯并不认识的探员问，"俄罗斯人通常不会这么容易就招了。"

"他不是在招供，"博斯说，"他是正要杀我。他占了上风，我猜他可能在沾沾自喜。他还暗示他和他的搭档，也就是跳下飞机的那个人，周一早上杀害了药店那对父子。"

"暗示？"卢尔德问。

"是的，暗示，"博斯说，"我直接问他是不是他们杀了那父子俩。他没有否认，说他们是罪有应得。他说这话的时候一直在笑。但是在那之后，形势发生了变化，我占了上风。我就是在那个时候杀了他。"

30

他们留他在移动指挥站待了三个小时，至少一半的时间都在询问早上在飞机上发生的具体细节。除了医疗委员会的调查员埃德加，其他各方都与死亡调查有关系，都有问题要问。由于真正杀死俄罗斯人的行为发生在索尔顿湖上空，这就带来了司法管辖权上的困局。最终，各方同意由国家运输安全委员会负责评估死亡，而洛杉矶警察局则负责牵头工作，因为载有尸体的飞机降落在了洛杉矶这座城市的怀特曼机场。

结束指挥站的会议后，紧接着的是在飞机狭小的空间内进行两个小时的情景再现。在此过程中，博斯试图向调查员们展示自己此前三个小时所说的内容。最终大家一致同意，博斯需要在本周晚些时候腾出时间，回答来自各个机构的后续问题。在他得以脱身离开之时，被他称为伊万的俄罗斯人的尸体也被从飞机中运了出来，准备送往验尸官办公室进行尸检。

与此同时，他还获知药品管理局将组织一支突击队，突袭板坯城附近的营地，将这个贩毒组织的其他成员一网打尽。就这个案子，他们还决定对媒体封锁消息，直到突袭结束为止。

卢尔德开车将博斯送回圣费尔南多警察局。博斯此前将自己的吉普、真正的身份证件和手机留在了局里。卢尔德也得把他沾满血迹的衣服收起来，好在致命武力调查中用作证据。在路上，博斯打开了车窗，因为他已经无法忍受自己身上的臭气。

"你会去跟埃斯基韦尔夫人说这些吗？"他问。

"我想我们得先等到药品管理局发出许可之后，"卢尔德说，"你要和我一起去吗？"

"不了。她和你在一起，还用西班牙语聊的话能更舒服些。这是你的案子。"

"是的，但是你了结了这个案子。"

"在他们找到伊戈尔之前，我没办法确定。"

"也是，好吧，盐越多，浮力越大。他们总会找到他的。"

在情况问询说明的过程中，她已经知道伊万和伊戈尔分别是谁了。给不同的主体赋予不同的名字，可以更方便叙述，但事实是，没有人知道这两个个体的真实姓名。博斯想到了这一点，同时也记起来另一个他不知道真实姓名的人，也就是那个手上文着星星的女人。

"埃德加和霍文周六闯进药店逮住的那个女人怎么样了？"

"给她做了预约，送到凡奈斯了。"

圣费尔南多警察局的监狱不关押女性犯人。她们都被送到凡奈斯的监狱，那里由洛杉矶警察局负责，有专门的女子监狱和戒毒中心。

"你知道她的名字吗？"

"呃，是的，我知道。好像……是什么……伊丽莎白什么。克莱伯勒或克莱顿，差不多这种姓。我一会儿就能想起来。"

"她配合吗？"

"你是说感谢我们把她从奴隶生活里给救了出来，正如你在情况问询说明中提到的那样？并没有，哈里，她提都没提。事实上，她非常恼怒，她被捕了，在监狱里可没办法搞到下一次的药。"

"听起来你可不是个特别有同情心的人啊。"

"我当然有同情心，但是有限度。我这一辈子一直在和瘾君子打交道，我自己的家人里也有这种人，一想到他们对自己的家庭和其他人造成的伤害，你就很难同情他们。"

博斯点点头。她说的有道理，但是他也看得出她还在为某件事感到不安。

"你觉得我在三十年前的那起案子里栽赃了证据吗？"

"什么？你为什么这么说？"

"因为我看得出我让周围的人感到不安了。如果是这样的话，那你就不需要担心。报纸把我写得糟糕，这点我知道，但事实并不是那样的。那只是个诬陷。"

"你被诬陷了？"

她口气中隐含的怀疑态度让博斯感到反感，但是他尽量控制住了。

"没错，等到了听证会的时候，一切都会清楚的。"他说。

"太好了。希望如此。"

他们到达警局，把车停在了旁边的停车场。博斯来到新监狱，在那里当着值勤警官的面脱掉衣服，放进一个纸箱。在那名警官将箱子送到外面交给卢尔德时，博斯来到监狱的淋浴间，在微温的花洒下冲洗了二十五分钟，不断用监狱里耐用的抗菌皂擦洗身体各处。

等他洗干净、擦干后，他们给他准备了一条囚裤和一件警局年度筹款锦标赛中剩下的高尔夫球衫。因为他的鞋子上沾有血迹，所以鞋子也被放进了箱子，取而代之的是一双纸制监狱拖鞋。

博斯并不在意自己看起来怎么样。他已经清洗干净，感觉自己又重新做回了人。他来到侦查处取他旧监狱的办公室钥匙——他将自己的汽车钥匙、手机和真实的身份证件都留在了那里。卢尔德正在作战室。她把包肉纸铺在会议桌兼餐桌上，给博斯的每一件衣物进行拍照，之后又把每一件衣物都单独放进塑料证物袋里。

"洗得很舒服吧。"她说。

"是的，已经准备好好休息了，"他说，"很抱歉，你还得做这件让人厌恶的工作。"

"到处都是血。"

"是啊，我冲着他的大动脉刺的。"

她抬起头来看着他。她的表情告诉他，她明白他离被害是多么近。

"那么我给你的旧监狱的钥匙还有吗？"

"有啊，在我最上面的抽屉里。你要走了？"

"是的，我想给我的律师和女儿打个电话，然后还想睡上二十个小时。"

"我们明天一天都有后续工作要做。"

"是啊，我只是开玩笑说要睡二十个小时。我只需要稍微睡会儿。"

"好的，那就明天见了，哈里。"

"好，明天见。"

"我真高兴你没事。"

"谢谢，贝拉。"

博斯过了马路，穿过公共工程管理局的院子，走进旧监狱。等来到自己临时拼凑的桌子前时，他看到警局有人给他送了封盖有邮戳的信。收件人是他，地址写的是警局。博斯决定晚些时候再去读。他将信折了起来，准备放进后兜时，才意识到自己的囚裤上没有口袋。他把信塞进腰带里，然后收拾好自己的东西向外走去，锁上了身后的门。

手机屏幕上显示他有十七条信息，他一直等到自己上了朝南方向的高速公路才边开车边用手机扬声器播放信息。

周五下午 1:38："就是想让你知道我们已经准备好了。动议请求已提交，火力全开。明白人用不着多说，是吧，兄弟？做好准备，这件事可能会招来重大反扑。好的，下周再聊。哦，顺便说一句，我是你的律师，现在是周五下午。我知道你是出门去搞秘密警察那套东西了。如果需要的话，周末来个电话。"

[LI_SB]

周五下午 3:16："哈里，我是露西，给我回电话。有重要的事。"

[LI_SB]

周五下午 4:22："博斯警探，我是亚历克斯·肯尼迪。我需要你尽快给我回个电话。谢谢。"

[LI_SB]

周五下午 4:38："哈里，还是露西，你他妈的干什么了？我一直在为你留意，而你现在这么做？你刚刚——肯尼迪现在要报复了。给我回电话。"

[LI_SB]

周五下午 5:51："该死，哈里，我是你的老搭档，还记得我吗？我们背靠背一起战斗过。肯尼迪想把你推到风口浪尖上去，我正在努力控制情况，但是我不确定他会听我的。你需要给我回电话，告诉我你有什么。我和你一样迫切地想知道真相。"

[LI_SB]

周五晚上 7:02："您好，博斯警探，我是《洛杉矶时报》的戴维·拉姆齐。很抱歉直接打您的私人电话，但是这周末我要写一篇关于普雷斯顿·博德斯案的报道。我很想知道对法庭文件提出的一些问题，您会怎么回应。我一整晚都会守在电话旁边。谢谢。"

[LI_SB]

周六早上 8:01："你警觉性很高，不是吗？我以为我用陌生号码给你打电话的话，你会接起来和你的老搭档聊聊。我不明白你，哈里。不过，现在我已经束手无策了。《时报》正在报道这件事。据说今天会刊登在网站上，明天会刊登在报纸上。我不希望这样，如果你之前有跟我聊过，我认为这一切都可以避免。请记住，我努力了。"

[LI_SB]

　　周六上午 10:04："博斯警探，又是我，《时报》的戴维·拉姆齐。我真的非常希望知道您这边对这个故事的看法。法庭文件宣称是您栽赃的关键证据导致普雷斯顿·博德斯被卷进了一九八八年的丹妮尔·斯凯勒谋杀案。我真的非常需要您做出回应。这些都在地方检察官办公室提交的文件里，所以应该是可以报道的，但是我希望知道您这边的看法。我今天一天都会在电话旁。"

[LI_SB]

　　周六上午 11:35："嘿，爸爸，就想和你打个招呼，看看你这周末有什么安排。我正在考虑今天回洛杉矶。好了，爱你。"

[LI_SB]

　　周六下午 2:12："爸爸，哦，爸爸，你好呀，我是你女儿。还记得我吗？你有带手机吗？我可以回去的时间快过去了。给我回电话。"

[LI_SB]

　　周六下午 3:00："又是我，戴维·拉姆齐。我们不能再压着这篇报道了，博斯警探。我去过您家，也给您所有号码打过电话。都没有回应。已经将近二十四个小时了。如果后面两个小时还是接不到您的电话，我的编辑们就会要求我们在您没有做出回应的情况下发出报道。不过，公平起见，我们会在其中描述我们为了和您联系而做出的努力。谢谢。希望您能回电话。"

[LI_SB]

　　周六晚上 7:49："我是哈勒。《时报》网上的那篇文章你看了吗？

我就知道这件事没有那么简单，但是做到这个程度也太过分了。他们甚至没给我打电话。我们的申请以及我们这边的说法只字未提。这简直是人身攻击。肯尼迪这个缺德鬼想要先下手为强。好吧，他这是在太岁头上动土。我要让他输得找不着北。兄弟，方便的时候打给我，咱们碰一下。"

[LI_SB]

周六晚上 9:58："爸爸，我真的有点担心了。你哪个电话都不回，我有些害怕了。我给米基叔叔和露西打了电话，两边都说他们也在想办法联系你。米基说你跟他说过你会有一段时间无法联系。我不知道到底是什么事，但是给我回个电话。求你了，爸爸。"

[LI_SB]

周日上午 9:16："爸爸，我真的害怕了。我在往回赶了。"

[LI_SB]

周日上午 11:11："一收到信息就给我回电话，我的兄弟。我们需要开个律师－代理人会。对怎么支撑我们的案子，直接解决那群该死的家伙，我有几个主意。给我回电话。"

[LI_SB]

周日下午 12:42："爸爸，我看到新闻了，我知道怎么回事了。事情没有那么严重。那什么都算不上。你得回家。现在就回来。我在这里。回家。"

[LI_SB]

周日下午 2:13："给你律师回个电话。我等着呢。"

听到自己女儿声音里的强烈感情，博斯很是感动。她在强忍着泪水，为他而坚强。她想到了最坏的情况，以为是《时报》的报道对他造成的职业侮辱和猜疑才让他失踪的。那一刻，他发誓要让这篇报道背后的人为他们对女儿犯下的罪责付出代价。

他先给她打了电话。

"爸爸！你在哪儿？"

"真是对不起，宝贝。手机不在我身边。我一直在工作——"

"你怎么会没收到那些信息？哦，我的天，我还以为你……我不知道，我以为你做了什么。"

"没有，是他们错了。报道是错的，地检是错的，你叔叔和我会在这周出庭时证明这一点。我向你保证我没有做错任何事，不论发生什么事，我都不会让自己做傻事的。为了你，我也不会那么做。"

"我知道，我知道。对不起，一直联系不上你，我的头脑就乱了。"

"我在调查一个案子，去做了两天卧底，我——"

"什么？你去做了卧底？这太疯狂了。"

"没有提前告诉你就是怕你会担心。但是手机不在我身边，我不能带着自己的手机。不管怎么说，你在哪儿？还在家里吗？"

"是的，我在家里。门上有张名片，是写那篇报道的记者的。"

"是的，他也在努力找我。他被利用了。我之后再处理。我在回家的路上了。你会等我吗？"

"当然。我在这儿。"

"好的。我得挂了，还得再打几个电话。过不了半个小时，我就到家了。"

"好的，爸爸。爱你。"

"我也爱你。"

博斯挂断电话。他深吸了口气，猛地把手掌拍在方向盘上。父辈子承啊，他想道。他的人生，他的世界，再次伤害到了他的女儿。如果他发誓要让那些造成这件事的人付出代价的话，那他自己不也应该付出代价吗？

接着他打给了哈勒。

"博斯！你上哪儿去了，哥们？"

"世外桃源呀，一直没带手机。这边的事看来也不顺利啊。"

"谁说不是。依我看，就冲这件事，我们就能告他们。真是粗心大意、不计后果。"

"你说的是那篇新闻报道？"

"是啊，《时报》，咱得找他们要个说法。这是污蔑诽谤。"

"算了吧。那个叫拉姆齐的记者也是被人当枪使，我的对头是肯尼迪和克罗宁。这两天麦迪也找不到我，她还以为我找了个旮旯自杀了呢。"

"我知道，她给我打电话了。我也不知道该跟她说什么，毕竟你连我都保密。"

"无论如何，克罗宁和肯尼迪一定会为此付出代价的。"

"周三。周三我们就能扳倒他们了。"

"法官能不能做出正确的决定，我可没底。"

"嗯，我们见面说吧。你干吗呢？"

"我正往家走，得先陪女儿一会儿。"

"好的，完事打给我吧。我今天晚上没事，可以出来见一面。对了，你明天什么安排？"

"我上午可以。"

"不然这样吧，你今天先带麦迪去吃晚饭，咱们明天见。杜帕尔餐厅，晚上八点？"

"哪家杜帕尔？"

"你选。"

哈勒就住在月桂谷旁边，离影视城和好莱坞农贸市场的两家杜帕尔餐厅都不远。

"影视城那家吧，没准警局让我明天早上过去跟进案情。"

"我没问题。"

"对了，先别挂。我出去这段时间，给我打电话的除了你、麦迪和那个记者，还有露西·索托。她似乎对肯尼迪的小算盘很不满。我觉得这件事情她可能会站到我们这边来。如果我们对她交底，或许她可以成为我们的内线。"

电话对面一阵沉默。

"还在吗，哈勒？"

"在，我在思考。这样吧，这件事明天再说。我们边吃边谈。"

"好吧。"

博斯挂断电话。跟自己的女儿和律师打完电话后，他的心情逐渐平复下来。后面的事情他已经想好了不错的短期方案，这一点令他满意。他想到露西·索托，考虑着是不是应该不等哈勒的意见直接联系她。虽然他们二人只是博斯在洛杉矶警察局最后一年的短暂搭档，但与埃德加不同，博斯和索托深深信任彼此。如果索托说一句"安全"，博斯就会毫不犹豫地冲过路口。无论何时都是如此。

他的直觉告诉他，这一点并未改变。

31

一听到前门关上的声音，麦迪就从自己房间里冲了出来。她一把揽住博斯，紧紧地抱着他，这让他百感交集。

"一切都很好。"他说。

他揽着她的头靠在自己心脏的位置，然后松开了她。她往后退了两步，打量着他，而他也在打量着她。他可以看到她脸上干了的泪痕。不知怎么，感觉自上次见面以来，她似乎又长大了。博斯不知道这是因为过去二十四小时发生的事，还是仅仅是自然而然的缘故。他们上次在一起还是一个月前，现在她看起来更高、更瘦了，金褐色的头发剪短了，很有层次感，看起来有些职业化的感觉。

"我的上帝啊，你穿的这是什么？"她惊叫道。

博斯低头看了看自己。囚裤和纸拖鞋确实让人震惊。

"呃，是的，嗯，说来话长，"他说，"他们把我的衣服当作证据拿走了，能给我穿的就只有这些。"

"为什么你的衣服会成为证据？"她问。

"嗯，那是这个说来话长的故事的一部分。你晚饭什么打算？你是待在这儿，还是准备回去？我知道你已经安排了去因皮里尔比奇，是吧？"

"我们明天才出发，不过周日轮到我做饭了。"

博斯知道女儿和三个室友有周日轮流做饭的传统——她们保证每周的这天晚上会一起吃饭。轮到麦迪了，她不能让其他人失望。

"不过我想听听那个故事，爸爸，"她说，"我都在这儿等了一整天了，有权利听听这个故事。"

博斯点点头。她说得对。

"好的，给我五分钟，我去换上自己的衣服，"他说，"我可不想看起来跟个囚犯似的。"

他穿过客厅向自己房间走去时，回头对她喊了句，让她帮忙给植物浇浇水。在读高中那几年，她坚持要买几盆盆栽放在后面的露台上。她一直都定期给它们浇水，但是上大学后，博斯承担起了这个责任。事实证明，这对日常安排像他一样的人来说是很难完成的任务。

"已经浇过了，"她在客厅回了一句，"我太紧张了，结果浇了两次。"

摆脱囚裤和拖鞋的感觉不错。在他脱下囚裤时，给他寄到警察局的那封信掉到了地上。博斯把信放在床头柜上，打算之后再打开看。换上自己的衣服之前，他先到浴室刮掉了这五天以来长出的胡子茬。他穿上蓝色牛仔裤、按钮式白色衬衫和一双黑色跑步鞋。回客厅的路上，他在厨房停了一下，将囚裤和拖鞋扔到了洗涤槽下的垃圾桶里。

他想去冰箱拿瓶啤酒，结果一瓶都没看到，俯身朝冰箱最里面看了看，还是没有。

他站起身，看了看冰箱上面的那瓶波旁威士忌，决定还是不喝了，尽管他需要找点东西帮忙放松一下。不过，那瓶酒倒是让他想起来自己应该把这瓶剩下的珍贵的威士忌送给埃德加，感谢他提醒自己飞机在索尔顿湖上空发生的事情。

"爸爸？"

"在，抱歉。"

他来到客厅给她讲起了那个故事。在这个世界上，只有女儿最能让博斯感到信任。他告诉了她所有的事，比他在移动指挥站告诉那些人的细节还要多。他觉得这些细节可能对她更有意义，与此同时，他知道自己是在给她讲述这个世界的黑暗面。他相信这是她必须知道的，不管她的人生会朝哪个方向走。他用道歉作为结尾讲完了整个故事。

"抱歉，"他说，"或许你不需要知道这么多。"

"不，我需要，"她说，"我不敢相信你是自愿去的。太幸运了。你要是被那些家伙给杀了可怎么办，我就要孤单一人了。"

"我很抱歉。我觉得你会没事的，你很坚强。你现在已经在靠自己了。我知道你有室友，但是你很独立。我以为……"

"谢谢你，爸爸。"

"嘿，我很抱歉，但是我很想抓住那些人。那个孩子，那个儿子，他所做的是很高尚的事。等这些事情都被报道出去，人们可能会说他愚蠢无知，不知天高地厚，但是他们并不知道真相。他在做高尚的事。这个世界上已经没有多少这样的人了。人们撒谎成性，总统撒谎，企业撒谎……这个世界很丑陋，已经没有多少人愿意挺身而出了。我不想这个孩子做的事情就这么……我不想让他们做了这件事还能逍遥法外。"

"我明白。就是下次也想想我，好吗？我只剩下你了。"

"好的，我会的。我也只剩下你了。"

"那现在给我讲讲另一个故事，关于今天报纸上的那件事。"

她拿起自己在前门发现的戴维·拉姆齐的名片，这让博斯想起自己并没有把《时报》上的报道读完。现在他给她讲了丹妮尔·斯凯勒的案子、普雷斯顿·博德斯为了摆脱死刑名单采取的行动，以及博德斯在此过程中如何诬陷博斯栽赃证据的故事。这个故事一直讲到她感觉时间来不及，必须一路开车回到橙县时才作罢。她已经决定路上买点晚餐，而不是迟到之后自己再去做饭。

她又给了博斯一个长长的拥抱，随后他陪她来到她停在外面的汽车旁。

"爸爸，我想周三回来去参加那个听证会。"她说。

通常，博斯不想让她去听证会听自己的案子。但是这次不一样，因为感觉他就像在被审判一样。他需要所有能够得到的精神上的支持。

"那因皮里尔比奇怎么办？"他问。

"我早点回来就好，"她说，"我到时坐火车回来。"

她从后兜里掏出手机，打开了一个手机程序。

"你在做什么？"

"这是城际铁路程序。你一直说会坐火车来看我。你得装上这个程序才可以。有一趟六点半的火车我可以坐，八点二十能到联合车站。"

"你确定？"

"是的，上面说——"

"不是，我是说你回来这件事。"

"当然，我想到那里支持你。"

博斯又拥抱了她。

"好的，我会发信息告诉你具体细节。我觉得法庭得等到十点才会开始。或许在此之前我们可以一起吃个早饭——除非我得和你叔叔见面。"

"好的，怎么都行。"

"你路上要买什么当晚餐？"

"我想买点赞口带过去，不过那样的话，我的车里就得一个月都有大蒜味。"

"这可能还挺值的。"

赞口鸡是当地一家美式快餐连锁店，也是过去几年他们最喜欢的外带店。

"再见，爸爸。"

他站在路边，一直看着她的车转弯下山，消失不见。回到屋里，他看了看她留在桌子上的名片，想着是不是要给拉姆齐打电话，告诉他真相。他决定不打电话。他的对手并不是拉姆齐，所以最好还是不要让自己真正的对手通过报纸知道他正要对付他们。《时报》记者无疑会在周三出现在法庭上，到时他就会知道整个故事。博斯只需要在报纸给自己的生活带来的阴影下熬上三天。

博斯打开自己的手机，在网上搜到号码后就给凡奈斯监狱打了电话，找控制员表明自己的身份，说自己想要预约审讯一名在押女囚。

"能等等吗？"控制员问，"现在是周日晚上，我没有人手可以旁听审讯室。"

"这是一起双重谋杀案，"博斯说，"我需要找她谈谈。"

"好吧，她叫什么？"

"伊丽莎白·克莱伯勒。"

博斯听到他在敲击电脑键盘。

"没有，"控制员说，"我们这里没这个人。"

"抱歉，我是说克莱顿，"博斯说，"伊丽莎白·克莱顿。"

又是敲击键盘的声音。

"我们这里也没有这个人，"控制员说，"两个小时前她 R-O-Red 了。"

博斯知道这意味着她在签署保证书后被释放了。

"等一下，"他说，"你们放她走了？"

"没办法，"控制员说，"容量协议规定的。毕竟她是非暴力犯罪。"

整个县的监狱系统都是人满为患，非暴力犯罪分子通常在判处轻微处罚后就获释放，又或者不用缴纳保证金就可以获释。伊丽莎白·克莱顿显然被归于后一类，关押一天后便获释，也没来得及送往戒毒康复中心。

"等一下，她没有在戒毒中心？"博斯问，"你们现在这么快就会把进戒毒中心的人给放出来？"

"我这儿没有资料显示她去了戒毒中心，"控制员说，"不过他们戒毒中心有一个等候名单。抱歉，警探。"

博斯努力控制住自己的失望，正打算感谢控制员，然后挂断时，他突然想到了其他的事。

"你能帮我再查一个名字吗？看看他是不是还在里面？"

"告诉我名字。"

"男性，白人，姓布罗迪。我不知道他的名字。"

"好吧，那样的话可能——不，我找到他了。詹姆斯·布罗迪，也是周六被捕，罪名一样——处方欺诈。是的，他也被放了出去。"

"和克莱顿同一个时间？"

"不是，更早一点。早两个小时。大多数暴力犯罪分子都是男性，我们需要给他们腾出空来。所以男性非暴力犯罪分子被放出去的时间会比女性早点。"

博斯谢过控制员，挂断了电话。五分钟后，他开上自己的吉普，沿着蜿蜒的山路朝 101 高速公路驶去。他沿高速公路向北，回到峡谷，开往凡奈斯。路上他给西斯科打了电话，想要提前给伊丽莎白·克莱顿做好安排，如果他能找到她的话。

克莱顿和布罗迪获释前被关押的监狱位于洛杉矶警察局峡谷分局总部的顶楼，该总部还设有一处迷你市政中心，里面有法院、图书馆和卫星城大厅，联邦大楼位于一处公共广场的边上。

水泥广场周围绿树环绕，博斯将车停在了广场西侧的凡奈斯大道，然后朝广场另一端的峡谷分局走去。此时已是周日入夜时分，广场上人烟稀少，只剩下些居无定所的人。现如今，这些人遍布城市各处公共场所。博斯已经记不清自己上一次来这个广场是什么时候，但觉得至少是在两年前。建筑外围由灌木和遮阳树木做成的绿化带明显窄了不少，许多都被换成了无法提供阴凉的棕榈树。他知道所有这些举措都是为了掩盖在广场生活的流浪汉数量。

他查看了自己经过的每一个角落和每一张看向他的无家可归之人的脸，并没有看到克莱顿或布罗迪。通常被流浪的人当作据点的图书馆也已关闭。博斯查找完广场一侧，走到了峡谷分局大楼，然后转过头向另一侧走去。他的搜寻一无所获，只好回到自己车里。

坐在方向盘后面，他想了想这些事，然后给杰里·埃德加打了个电话。这个号码是杰里告诉他随时可以拨打的号码。埃德加接起电话，听起来像是已经睡下了。

"杰里，我是哈里。你还醒着？"

"小睡了一会儿。我猜你肯定睡了很长时间。"

"是啊，算是吧。只是我有个问题。"

"快说吧。"

"昨天你和霍文以及其他人在药店逮捕的那个女人，还记得吗？"

"记得，剃着光头。"

"没错，我想要找她聊聊。贝拉说她被送到了凡奈斯。我刚刚去了那里，他们在两个小时前把她给放了。"

"就像我跟你说的，哈里，这不是很受重视的犯罪行为。我不知道要怎么样这才会被重视起来。或许只有在一百万人因此送命之后，人们才会清醒过来，并加以关注。"

"没错，我知道。我有个问题。她会去哪儿？她从凡奈斯上了街，现在应该迫切想要吸食一次，而且她是步行。"

"该死，伙计，我真不知道她会去哪儿——"

"你给她做笔录了？"

"是的，做了。我和霍文给他们所有人都做了笔录。"

"你有检查她的东西吗？她还有什么？"

"她还有个假的身份证件，哈里。其他没什么了。"

"哦，对，我忘记了。该死。"

埃德加顿了一会儿才开口。

"你找她做什么？她是职业惯犯，伙计，我看得出来。"

"不是那样的。和她一起被你们逮捕的一个人，布罗迪，他也被放了出去。"

"他是那个你希望消失掉的人。"

"是的，因为他在营地里一直针对我，还有她。今天我听说他在她之前两个小时被从同一家监狱里放了出来。如果她在路上碰到他，他要么会因为我伤害她，要么会利用她获取自己下一次的药。不管是哪种情况，我都不能让它发生。"

博斯知道在毒品的地下世界里，男性吸毒者与女性吸毒者达成联盟的情况并不少见。在这种情况下，男性会负责提供保护，而女性则通过性交易获得毒品。有些时候，这种联盟并不是在女性自愿的基础上达成的。

"他妈的，哈里，我不知道这个情况，"埃德加说，"你在哪儿？"

"凡奈斯监狱，"博斯说，"我四下找了，她不在这儿。"

这一次，两人停顿了更长时间，埃德加打破了沉默。

"哈里，到底怎么回事？我是说，虽然有一阵子了，但我还记得埃莉诺。"

博斯的前妻，他女儿的母亲，如今早已亡故。博斯已经忘了他是在和埃德加搭档期间认识的她，之后和她结了婚。埃德加在伊丽莎白·克莱顿身上看到了相似之处。

"听我说，不是那样的。"博斯说，"在我做卧底的时候，她确实帮助过我。我欠她一份恩情，如今她就在街头某个地方，而那个叫布罗迪的家伙也在街上。"

埃德加什么也没有说，他的沉默表明他并不相信。

"我得挂了，"博斯说，"如果你想到什么，给我回个电话，搭档。"

博斯挂断了电话。

32

博斯驾车沿凡奈斯大道往北开去，仔细看着路上的每一个行人，每一家店铺门面。他知道这无异于大海捞针，可除此之外，别无他法。他考虑过给凡奈斯分局监控办公室打电话，请求警督让所有巡逻车加以注意。但是他也知道周日晚上，街上的车并不多，就算由圣费尔南多警察局发出请求，也不会得到什么认真对待。如果瓦尔德斯局长提出和埃德加一样的问题的话，无异于引火上身。

所以他继续一个人搜索，从罗斯科转弯向南。开了二十分钟之后，他接到了埃德加的回电。

"哈里，你还在外面找她？"

"是的，你找到什么线索了？"

"好吧，伙计，我对之前的猜测很抱歉，好吗？我知道你肯定是有缘由才——"

"杰里，你是有什么要告诉我，还是只想打电话闲聊？因为我没有——"

"我有线索，好吗？我有线索。"

"那就告诉我。"

博斯把车停到路边听着，准备必要时做记录。

"我们办公室里有一份被我们称之为'热门一百'的名单，"埃德加说，"这些是我们关注的医生，他们有可能与假买客有关，并开具虚假处方。我们正在对他们进行调查。"

"埃弗拉姆·埃雷拉在名单上吗？"

"还没有，因为我还没有开始处理那份投诉，记得吗？"

"没错。"

"不管怎么说，我刚刚给我一个同事打了电话，问了下凡奈斯附近的情况。她告诉我热门一百的名单里有一个人在谢尔曼路开了家诊所。据说是一周七天无休。有些关于他的情报显示，如果是一个女人需要处方，他非常乐意提供折扣以换取特殊好处，如果你知道我说的是什么。这个医生七十来岁，但是——"

"诊所名字叫什么？"

"谢尔曼健康医疗，在谢尔曼路和凯斯特交叉口。医生的名字是阿里·萝哈特。人们都叫他'化学阿里'，因为他对药物和化学都精通，而且他那儿是一站式购物。据说可以同时开处方和拿药。如果你的姑娘真有到那边的话，她肯定会知道他。"

"她不是我的姑娘，但是我很感激，杰里。"

"我是在开玩笑，伙计。上帝呀，这么多年过去了，你还是那个不通人情的哈里。"

"没错。这个叫化学阿里的家伙，既然你们已经掌握那么多了，为什么还没把他的诊所关掉？"

"正如我之前跟你说的，哈里，这些事情很棘手。医疗官僚做派、萨克拉门托官僚做派……我们最终还是会把它给关掉的。"

"好的，多谢帮忙。要是再想起什么来，给我回电话。"

博斯挂断电话，从路边驶离。他掉了个头，经凡奈斯大道回到谢尔曼路，接着向西转。他开车经过与凯斯特交叉的路口时，并没有看到诊所。他继续朝前查看了几栋建筑，然后掉头回来。

第二次边走边看的过程中，在一处小型广场上购物中心里面的角落里，他注意到了那家诊所。一家酒水店和比萨店还开着门，停车场上空着一半的停车位。博斯拉下遮阳板以遮挡部分视线，然后开了进去。他在停车场里转了一圈，眼睛一直盯着诊所。他注意到有通道通往后巷或是另外一处停车场。诊所的入口正是在这个通道里，因此不太容易引人注意。一眼扫过去，他看到有人在诊所外徘徊，但是他一个都不认识。

他离开停车场，朝前开了一个街区才找到一条小巷，可以通往购物中心后面。他慢速穿过巷子，看见广场上商店的后面有一排冲着商店的停车位。停在第一个车位的是一辆梅赛德斯奔驰双门轿车，上面挂着"阿里医生"的个性化车牌。等经过时，他更加清楚地看到了聚在诊所门口的几个人。三个男人，除了上瘾者那副形容枯槁又极度渴望的表情，他什么也认不出来。当看到其中一人像他之前一样戴着护膝时，他差点笑了出来。

他在谢尔曼路右转，再次进入广场前的停车场。他沿第一条车道向前开去，找了个方便自己看清通道的车位停了下来。药店的顾客几乎只能看到黑影，但是他相信如果有女性离开诊所的话，他能够认出她的身形。

博斯掏出手机，用谷歌查了下诊所的名字，找到一个电话号码。他打电话过去，问接电话的女人诊所几点关门。

"我们就要关门了，"她说，"医生八点就得走。"

博斯谢过她，挂断了电话。他抬手看了下手腕，发现自己当卧底回来后忘了戴上手表。他看了看仪表盘，离诊所关门还有二十分钟。他调整了坐姿，眼睛一直盯着诊所入口。

　　监视了十分钟后，博斯右前方的比萨店吸引了他的注意力。这家店看起来主要是做外带和配送，但是门前的人行道上支着两张桌子。博斯注意到一名穿着围裙的男子身体前倾，靠在前门上，正和独自坐在其中一张桌子旁的另一名男子攀谈着。一排盆栽挡住了博斯的部分视线，他不能完全看到那个坐着的男子。如果不是穿围裙的男子来到门前的话，他可能都不会注意到那个坐着的人。

　　在博斯看来，穿围裙的男子似乎在要求另一名男子离开。他的手指着停车场。博斯降下车窗，想要听听双方的争执，但这场争执却戛然而止。被盆栽挡住的男子站起身，咒骂着比萨店员工，然后从座位上离开，沿着路边的商店向谢尔曼路走去。

　　博斯立刻认出了他。是布罗迪。

　　一瞬间，博斯感到一阵恐惧，想要立刻猛冲过去。布罗迪知道这些事情。他知道化学阿里，但是从监狱获释后，他身无分文，也没有任何可以用来交换的东西。他从监狱一路跟踪伊丽莎白·克莱顿，紧盯着她，并等着她带着药片从里面出来，这样他就可以抢过来，发泄其扭曲的复仇心。

　　他也知道可能是另一种情况，他们一起来到诊所，布罗迪只是在等克莱顿出来。但在博斯看来，她那种独来独往的性格让人看不出她会是个能组队的人。

　　博斯下了吉普，迅速来到车尾，打开后备厢。因为没有分配到圣费尔南多警察局的公务车，他一直将自己的工作装备放在自己汽车的后面。为了应对调查过程中可能出现的各种情况，这个行李袋里放满了他可能需要的各种私人装备。他扭头看去，发现布罗迪已经到了广场尽头，转过拐角向西走去。博斯知道那条路通往后面的巷子，也可能通向那条通道，而克莱顿可能会在离开诊所时在那里出现。

　　博斯迅速打开应急响应包，仔细翻找。他找到一项道奇队的棒球帽戴上，将帽舌边缘压在自己额头上。然后他找到塑料束线带，拿了两根，卷起来后塞进牛仔裤的后兜。他将应急响应包拉上，关上后备厢。他准备好了。

查看广场各角落却没有发现克莱顿的踪迹后，博斯朝广场上自己最后看到布罗迪的位置赶去。他快速看了一眼远处，转到谢尔曼路前的人行道上。没有布罗迪的踪迹，这让博斯确定他是溜进了广场后面的巷子里。他快速来到巷子入口，转身走了进去。

这里还是没有那个人的踪迹。和博斯之前开车经过时相比，巷子里更黑了。两侧的建筑使黄昏暗淡的光线进一步暗了下来。博斯小心翼翼地前行，想在前进中躲进阴影里。

"你的手杖现在去哪儿了，该死的鸟人？"

博斯一听到声音就迅速转身，看到布罗迪从两个垃圾回收箱中间走了出来，手里挥舞着一把扫帚。博斯像大鹏展翅那样耸起左臂，抬起，然后躲开，用前臂挡住了这一击的大部分力量。

这一击让博斯整条胳膊都感到疼痛，但这也让他的回击更加决绝。博斯非但没有后退，反而冲着布罗迪上前一步，而此时布罗迪还在向前俯着身子。他提起膝盖猛击布罗迪的胯部，听到布罗迪发出一阵吸气声。扫帚咣当一声落到沥青路面上，布罗迪弯下了身子。博斯一把抓住他衬衫的后面，朝上扯着盖住他的头和肩膀，转了一百八十度才松开，让他的头冲着其中一个垃圾回收箱撞去。布罗迪撞上后，呻吟着倒在了地上。

博斯走上前。由于布罗迪的胳膊和手腕还被缠在衬衫里，博斯伸手向布罗迪的脚踝抓去。

"动作不错，"博斯说，"出手之前还先给我提个醒。聪明。"

博斯从后兜掏出束线带，紧紧捆住布罗迪的脚踝，又把两根塑料条也绑上了。当然，布罗迪可以轻易地从衬衫中伸出手来，但是之后就要面对如何才能将脚挣脱出来的两难境地。他得跳着跑出巷子，找到愿意帮他松绑的人。这已经足以拖住他很长时间让博斯采取自己的行动了。

前往诊所最快的路就是继续沿着巷子往里走。博斯走进去的时候，注意到黑暗处有两个人影从通道里走了出来。由于光线太暗，他无法判断对方的年龄，于是他向前小跑几步，更近距离地看了看他们，发现是两名男子。

博斯沿着梅赛德斯继续向前，穿过走道来到诊所门前。门已经上了锁。他用拳头用力地敲了敲门上的玻璃。他注意到门框上装有一个内部通话机，便按了上面的按钮三次。

不一会儿，通话机里传来了一个女人的声音。博斯听得出是之前他给诊所打电话时接电话的那个人。

"我们关门了。我很抱歉。"

博斯又按了按钮做出回应。

"警察，开门。"

没有回应。随后，一个带有中东口音的男声从通话机里传了出来。

"你有搜查令吗？"

"我只是想聊聊，医生。开门。"

"没有搜查令可不行。你得有搜查令。"

"好的，医生。那我就在你停在巷子里的奔驰旁等着你。我等一个晚上都没问题。"

博斯等待着。十秒过去了，医生显然在考虑自己的选项。不一会儿，一名身穿护士服的女人打开了门。她后面站着一个满头白发的男人，博斯觉得他应该就是萝哈特医生。

那女人推搡着穿过门，从博斯旁边过去。

"等等。"他说。

"我要回家。"那女人说。

她继续朝巷子走去。

"我们关门了，"那男人说，"她今天的工作结束了。"

博斯看了看他。

"你是化学阿里？"

"什么？"那人气愤地大声喊道，"我是萝哈特医生。"

他朝接待台后面的一面墙指去，上面挂着几张装裱过的执照，但是字太小，难以辨认。

博斯并非百分百确定克莱顿就在诊所里。布罗迪可能只是在等着，寻找任何看起来身体虚弱的病人加以抢夺。但是埃德加关于萝哈特癖性的情报让他有了事实依据。

"伊丽莎白·克莱顿，她在哪儿？"博斯问。

萝哈特摇了摇头。

"我不知道那个名字。"他说。

"你肯定知道，"博斯说，"她在那里面吗？"

"没人在里面。我们关门了。"

"胡扯。如果这里都结束了，你就会和那个护士一起出去了。要我把这地方翻个底朝天吗？她在哪儿？"

"我们关门了。"

萝哈特背后关着的门里传来了东西掉在地上的咔嗒声。博斯立刻推开他，朝里面走去，猜测那扇门后面连接着办公室和检查室。

"好吧！"萝哈特喊道，"我在三号房里还有个病人。她正在休息，不能被打扰。她病了。"

博斯并没有停下脚步。他穿过门，萝哈特则在后面试图叫住他。

"等等！你不能进去。"

后面走廊两侧的门上没有任何标记。博斯来到可能算是第三扇门的前面，将门推开。结果，这是一间储藏室，看起来像是囤积狂的屋子。里面的废旧杂物一层堆一层，包括自行车、电视、计算机设备。博斯猜测这些东西都是萝哈特开处方和拿药换来的。他没再把门关上，而是穿过走廊进了正对着的那扇门。

伊丽莎白·克莱顿就在房间里。她正坐在检查桌上，肩膀上披着张纸制的一次性床单，盖住了大部分身体，赤裸的双腿在地面上方晃来晃去。地面上的是让博斯听到声响的东西。一只不锈钢杯子正倒在地上，洒了一地的水。

除了那张纸，克莱顿一丝不挂，她一侧的乳房暴露在外，只是她似乎并没有注意到。她乳房部位的皮肤太过雪白，和胸口、颈部的皮肤形成了鲜明对比。后者因为长期暴晒在沙漠的阳光中成了深棕色。她头发黏湿，正处于恍惚之中。博斯进来时她甚至都没有抬头看看。她只是一直盯着手上的星星文身。

"伊丽莎白！"

博斯向她走近时，她缓慢地抬起头看着他。她一只手垂落在大腿上，眼睛盯着他的眼睛。从她的眼睛里，博斯看出她认得自己，却不明白是在哪里见到过他。

"我会照顾好你的。他给了你多少药？"

他开始拉扯床单把她赤裸的身体遮住。她很瘦弱，他想要往旁边看去，但还是没有。她伸了只手放在两腿之间。在博斯看来，这不是因为羞怯，而是一种脆弱的保护举动。

"我不会伤害你的，"他说，"你还记得我吗？我是来帮你的。"

他没有得到回应。

"你能站起来吗？能自己穿上衣服吗？"

萝哈特在他身后走了进来。

"你不能到这里来！她是个病人，你——"

"你给她吃了什么？"

博斯突然转向他。

"我不会谈论病人护理问题的，不会——"

博斯猛冲过去，把他推到了墙上。阿里的头一下撞在墙上，上面贴着一张通用的人体重要器官图。博斯抓住他白大褂的翻领，将他按在了墙上。

"你不是医生，你就是个恶魔。我不管你已经多大年纪，如果你不回答我的问题，我就在这个房间里打死你。你给她吃了多少？"

现在，博斯在萝哈特的眼中看到了真正的恐惧。

"我开了两片八十毫克止疼用的氧可酮。药是缓释的，得分开吃。但是在我离开这个房间的时候，她把两片药碾碎，都吸了。这让她服药过量。这不是我的错。"

"胡扯，谁说不是你的错。她什么时候吸的？"

"两个小时前。我给她用了纳洛酮，她会没事的，你也看到了，她都已经可以坐起来了。"

"在她不省人事的时候，你都对她做了什么？你上了她，你这个畜生？"

"我没有。我们之前发生了性关系，没错。她同意了的。完全是双方自愿的。"

"去你的，还双方自愿。你要进监狱了。"

博斯的愤怒占了上风，他把萝哈特从墙上拉起来，好让自己用拳打他时可以充分看到他的脑袋向后仰去的样子，免得他上来就像湿漉漉的毯子一样瘫在地上。他左臂后拉准备出拳，结果不等他第一拳打出去，大门旁边墙上的通话机里就传来了响亮的嘟嘟声。

博斯犹豫了。这让萝哈特有时间举起双手阻挡，或者至少是减缓将要挥来的拳头所带来的冲击。

"求你了。"医生乞求道。

"嘿，我认识你。"伊丽莎白说。

博斯放下自己的左手，伸出右手将萝哈特推到通话机旁边。

"让他们走开。"

萝哈特按了下通话器的按钮。

"我们关门了，抱歉。"

他回头看向博斯以寻求认可。这时，一个博斯熟悉的声音从通话器中传了过来。

"杰里·埃德加，加利福尼亚医疗委员会。开门。"

博斯点点头。他的老搭档来了。

"让他进来。"他说。

33

埃德加来到检查室的时候，博斯正在帮伊丽莎白穿衣服。

"哈里，我看到你的车停在外面。我想你也许需要帮忙。"

"确实需要，搭档。帮我给她穿上衣服。我得把她从这儿弄出去。"

"我们应该叫辆救护车或者什么的。这太荒唐了。"

"你就扶好她。她就快清醒过来了。"

博斯试着给她把蓝色牛仔裤套到她那双纤细的腿上。他哄着她站起来，然后埃德加扶住她，博斯则将裤子提到胯部。

"我想离开。"她说。

"我们正是要带你离开，伊丽莎白。"博斯说。

"他是个卑鄙的混账东西。"她说。

博斯正要表示赞同时，朝屋里看了一圈。

"嘿，萝哈特在哪儿？"

埃德加也扫视了一圈。萝哈特并不在屋里。

"我不——"

"我来照看她。快去看看。"

埃德加离开了房间。博斯将伊丽莎白转了过去，让她后背对着自己。他迅速伸手从地上的衣服堆里拿起浅黄色的上衣，把衣服展开，放在她面前。

"你能把这个穿上吗？我们把你剩下的衣服也一起带上。"

她拿过上衣，缓慢地把一只胳膊伸进袖子里。博斯温柔地将她肩膀上的床单拉下来，扔到地上。他看到她肩膀后面完整的安息文身。

黛西
1994—2009

一个十五岁的女孩，博斯想。这给了博斯线索，让他理解了她，使他更加坚定了和伊丽莎白沿着这条路走下去的决心。

伊丽莎白机械地把外套穿上，却笨手笨脚地拉不上拉链。博斯让她转过来，帮她拉上了拉链。随后，他轻轻地把她推回到检查台上，好给她穿上袜子和鞋。

埃德加找了一圈后回来了。

"他跑了。肯定是放我进来的时候自己溜出去了。"

他看起来松了口气。博斯意识到这并不是因为萝哈特，而是因为伊丽莎白如今已经把衣服都穿上了。

"或许是因为我跟他说他要进监狱了。没关系，我们可以之后再去抓他。帮我把她从这里弄出去。"

"弄去哪儿？她现在这种情况，没有庇护所会接收的。我们得去医院，哈里。"

"不，不去医院。我说的不是庇护所。把她扶稳。"

"你不是认真的，哈里。你不会是带她回家吧？"

"我不会带她回家。帮我把她带到门口，然后我把车开过来。"

把伊丽莎白移出诊所，来到出口外面连接广场前后的通道上花了将近十分钟。

"这边。"博斯说。

他带着她来到停车场前方。一到这里，他就让她靠在埃德加身上，自己则跑到吉普车尾。他边走边扫视了周围一圈，没有见到布罗迪的踪影。

博斯将吉普开到埃德加和伊丽莎白旁边，然后跳下车，扶着她坐到前排副驾驶的座位上，系好安全带。

"哈里，你是要去哪儿？"

"一家治疗中心。"

"哪家？"

"那地方没有名字。"

"哈里，到底是怎么回事？"

"杰里，你得相信我。我在做的是对她最好的事，这和任何规则都没有关系。我已经过了那个阶段了，好吗？你需要担心的是化学阿里现在已经跑了，该怎么保护好这个地方。诊所里面的药或许足以创造一整支像她一样的僵尸部队。"

博斯往后退，关上吉普的车门，然后走到驾驶员一侧。

"太阳一升起来，那支部队就会到这里了。"

博斯上了吉普，朝埃德加看了一眼，发现他正向后看着诊所没有上锁的门。上车后，博斯看了一下伊丽莎白，看到她已经靠着副驾驶一侧的车窗睡着了。

博斯开车离去，朝停车场出口开去。他从后视镜里看了下埃德加。他之前的老搭档只是站在那里，看着博斯开车离开。

好消息是他们并不需要开车走很远。他返回凡奈斯大道，一路向北往罗斯科开去。到达那里后，他向西转，在405高速公路下面驶入罗斯科，进入一片工业区。这里是安海斯－布希酿酒公司的地盘，空气中满是酒厂的气味，晚上总是排放着滚滚的啤酒烟。

在这片区域，博斯接连两次转错方向才最终找到了自己要找的地方。入口处的大门敞着，旁边是用金属和带有倒刺的铁丝网组成的围墙。建筑物上没有标识，甚至没有地址，但是门前成排停着的六辆哈雷摩托车则暴露了这地方的真实面目。

博斯尽量将车停在离黑色大门最近的地方，大门就在这栋建筑的正中间。他下了车，绕到另一边帮伊丽莎白下车。他伸出胳膊从后面揽住她，半扶着她向大门走去。

"加油，伊丽莎白，给我帮帮忙。走，你得往前走。"

他们还没来到门前，门就开了。

西斯科站在那里。

"她怎么样？"他问。

"在我找到她之前，她狠吸了一次，"博斯说，"吸毒过量，然后被喂了纳洛酮，正在清醒过来。你们准备好照看她了吗？"

"我们准备好了。我来带她进去。"

西斯科弯下腰，轻而易举地将伊丽莎白扶了起来，把她带到了屋里。博斯跟在后面，一进门就看出了外面看不到的真相——这里是一家俱乐部会所。一个大房间里有两张台球桌，还有自助吧台、长沙发、桌子和椅子。霓虹灯勾勒出带有光晕的骷髅头和摩托车车轮的标志——这是路圣摩托车俱乐部的标志。两名留着大长胡子的大块头男子看着西斯科一行人穿堂而过。

博斯跟着西斯科来到一条灯光昏暗的走廊，进了一处同样昏暗的小房间，里面只有一张部队行军床，和博斯在沙漠校车上的那两晚睡的一样。

西斯科轻轻地将伊丽莎白放到床上让她躺下，后退一步，低头看着她，满是怀疑。

"你确定你不应该把她送到医院去？"他问，"我们不能让她死在这里。如果她死了，她就会消失。他们可不会叫验尸官来，你知道我的意思。"

"我知道，"博斯说，"不过她正要清醒过来。我觉得她会没事的。那个医生这么说的。"

"你是说冒牌医生？"

"他也不想让她死在自己的地方。"

"她嗑了多少？"

"她碾碎了两片八十毫克的药片。"

西斯科吹了声口哨。

"听起来她似乎有些想要结束这一切，你明白吗？"

"或许是，或许不是。那么……你就是在这里做到的？这个房间？"

"同一个地方，不同的房间。我在里面的时候房门是被钉上的。这个房间在门外面有锁。"

"那她在这里安全吗？"

"这我可以保证。"

"好的。我准备走了，等早上再回来。我会早来的，到时我跟她聊聊。你们都准备好了吗？"

"我们准备好了。我会等你回来后再拿舒倍生[1]，让她做决定。记住，她必须做出决定，否则我们就此打住。"

"我知道。你只管照看着她，我会回来的。"

++++++

[1] 一种戒毒药。

"没问题。"

"多谢。"

"'让爱传出去'[1]，他们不是这么说的吗？这次是我让爱传出去。"

"那太好了。"

博斯走近行军床，弯腰看了看伊丽莎白。她已经睡着了，看起来呼吸也很正常。他直起身，转身向门外走去。

"等我回来的时候，有什么要我带的吗？"他问。

"没有，"西斯科说，"除非你想把我的手杖和护膝送回来，如果你已经用完了。"

"呃，对，这可能是个问题。两样东西都被当成案件证据拿走了。"

"什么的证据？"

"说来话长，不过我或许可以给你换一套。"

"算了吧。在某种程度上，它们也是一种诱惑。拿走了也好。"

"我明白了。"

博斯回到吉普里，想了想回家的艰难路程——在周日的晚高峰里至少要煎熬四十分钟——感到非常烦扰和疲惫，他知道自己可能撑不到回家。他想起伊丽莎白头靠在玻璃上轻易地就睡着了。他伸手拉了拉座位一侧的操纵杆，将座椅靠背向后调整到最大角度。

他闭上双眼，很快就陷入熟睡之中。

八个小时后，未经遮挡的晨光悄然照到了博斯的眼皮底下，将他唤醒。他四处看了看，发现吉普旁边只剩下一辆摩托车。其他摩托车昨天晚上不知怎么就离开了，它们排气管发出的轰鸣声竟也没有吵醒他。可见他昨天筋疲力尽。

++++++

[1]《让爱传出去》（*Pay It Forward*）是由凯文·史派西和海伦·亨特主演的电影，上映于 2000 年。

仍留在原地的摩托车有着黑色的油箱，上面画着橘黄色的火焰。博斯认出这个彩绘图案和西斯科之前借给他的手杖上的图案是一样的，这说明西斯科仍然坚守在自己的岗位上。

想明白自己所在的地方之后，博斯打开汽车仪表盘上的储物箱，检查自己的枪和警徽是否还在。

什么也没有被拿走。他重新锁上储物箱，爬出吉普，走了进去。前面的房间里空无一人，博斯继续朝这栋建筑后面的走廊走去。在差不多八小时前博斯安置伊丽莎白·克莱顿的房间门口，他看到西斯科正坐在一张行军床上，而行军床就横挡在门前。

行军床旁边的地上有一个摩托车引擎，旁边放了把可以坐的凳子。

"你回来啦。"

"准确地说，我一直没有离开。她怎么样？"

"一晚上都还不错——没有砸门。她到现在已经醒了差不多一个小时，开始砸墙了。也就是你得到房间里去跟她谈谈了，别等她把自己的指甲都啃掉了。"

"明白。"

西斯科站起身，把行军床挪开。

"拿上凳子。和她说话的时候，跟她在同一个高度。"

博斯抓起凳子，转动门上的锁，进了房间。

伊丽莎白正在行军床上坐着，后背靠在墙上，双臂交叉抱在胸前。这是需要吸食药物的早期症状。看到博斯进来，她往前趴了趴身子。

"你，"她说，"我猜昨天晚上就是你。"

"没错，是我。"他说。

他把凳子放在离行军床四英尺远的地方，坐了下来。

"伊丽莎白，我的名字是哈里。我真正的名字，是这个。"

"这他妈的怎么回事？我又被关进监狱了？你是缉毒警察吗？"

"不，你没有在监狱里，我也不是缉毒警察。但是你现在还不能离开。"

"你在说什么？我得走。"

她做出要起身的动作，博斯立刻从凳子上站起来，伸出双手，准备把她推回到行军床上。她停住了。

"你要对我干什么？"

"我是在帮你。还记得我第一次上飞机的时候你跟我说了什么吗？你说'欢迎来到地狱'。现在，一切都过去了。俄罗斯人，那里的营地，飞机，所有这一切。都被关掉了。俄罗斯人也都死了。但你还是身处地狱，伊丽莎白。"

"我现在真的得走了。"

"去哪里？化学阿里已经跑了，他的店昨天晚上也被关停了，没有地方可以去。但是在这里，我们可以帮你。"

"你们有什么货？我得来点。"

"不，不是那样的。我是说真的帮你。帮你戒掉这个毒瘾，从这种生活中解脱出来。"

她尖叫着大笑出来，声音短促，又一顿一顿的。

"你以为你能救得了我？你以为只有你想要救我？算了吧。去你妈的。我已经无可救药了。我之前就跟你说过，我不想被救出来。"

"我觉得你还是想的。在内心深处，每个人都是如此。"

"不，求你了。你就放我走吧。"

"我知道这会很难，在这个房间里待上一周或许会感觉度日如年。我不会对你撒谎。"

伊丽莎白双手捧着脸哭了起来。博斯不知道这究竟是她为了利用博斯的同情心离开这里而做的最后努力，还是她真的在为自己以及后面要经受的几天而哭泣。博斯不想让她离开这个房间，但是他需要获得她的许可和同意。

"坐在门外的那个人是为你安排在这里的。他叫西斯科，曾经也和你一样。"

"求你了，我做不到。"

"不，你能做到的。但是你需要真的想要做到，发自内心地想要做到。你必须知道你现在身处深渊，而你想要从中爬出来。"

"不要。"她呜咽着说。

博斯现在知道她的眼泪是真的了。透过她的指缝，他从她的眼睛里看到了真正的恐惧。

"之前有医生给你用过舒倍生吗？会有用的。虽然你还要承受戒掉毒瘾的煎熬，但是这能有点用。"

她摇摇头，向后退去，又把双臂紧紧地抱在胸前。

"这对西斯科有用，对你也会有用。但是你需要鼓起勇气，你必须真心想要做到。"

"我跟你说，什么东西都没有用。我已经无药可救了。"

"听着，我知道你失去了重要的人。你把这个文在了自己的皮肤上。我知道这足以让你沉沦下去，但是想想黛西。你觉得她会希望你就是这么个结果吗？"

伊丽莎白没有回答。她抬起一只手再次捂住眼睛，继续哭着。

"当然，当然不会，"博斯说，"这不是她所希望的。"

"求你了，"伊丽莎白说，"我现在就想走。"

"伊丽莎白，你就告诉我，跟我说你想结束这一切。给我点个头，我们能够克服过去的。"

"我甚至都不认识你。"她尖叫道。

"你说的没错，"博斯的声音依旧平静，"但是我知道有更好的生活在等着你。你只要告诉我你想要实现它，就算是为了黛西。"

"我想离开。"

"没有地方可以去。只有这里。"

"去你妈的。"

"待在这里，伊丽莎白。跟我说你想试试。"

她不再把手挡在前面，了无生气地把手落在了腿上。她的目光从他身上移开，朝自己的右手边看去。

"求你了，"博斯说，"为了黛西。现在是时候了。"

克莱顿闭上眼睛，说话时也没有睁开。

"好吧，"她说，"我试试。"

34

第二天的早餐会，博斯迟到了十五分钟。哈勒坐在餐厅靠里面的一个卡座，博斯钻到他对面的位子坐下，心想是不是得吃点东西。最后他还是决定不吃了。

"你迟到了，脸色也差得很。"哈勒说。

"谢谢关心啊，"博斯说，"过去这七十二小时，我宁可有别的活法。"

"好消息是我们今天就要来谋划你的涅槃重生。"

"听起来不错。"

"过去七十二小时发生了很多事情。我真希望西斯科现在在这儿，不过自从我们周六通过话后，他就没接过我的电话。"

"你不能给我讲讲？"

"我当然可以。我们的证人阵容非常强大，前提是我们周三能顺利加入战局。这是关键问题。地检和克罗宁肯定会拼尽全力地把我们排除在外，但是我感觉我们的理由足够充分。所以我需要你练习一下义愤填膺的样子。"

"我不需要练习。博德斯会出庭吗?"

"法官已经下令押解。此时此刻,他可能正坐在车里往这儿赶。"

"好极了,只要他在场,我一看到他要重获自由,就自然而然地义愤填膺了。"

哈勒点点头。这正是他想听到的。

"说起来,《时报》那篇文章虽然让人不爽,却帮了我们一个忙,"哈勒说,"因为这件事已经公之于众,检方没办法再称这件事没有对你的职业声誉造成恶劣影响。这一点现在一目了然,白纸黑字。"

"好吧,"博斯说,"这篇报道能反过来伤到肯尼迪那个浑蛋,我也很欣慰了。"

"是呀,现在我们得做好全部的准备。我做完陈词之后,法官可能会把你叫到他办公室问几个问题。昨天那篇报道已经将所有媒体的注意力都吸引到了这个案子上,所以法官可能想先单独听听你的说法,再公开进行审判程序。你没问题吧?"

"没问题。"

女服务员来到桌边,博斯点了一杯咖啡,哈勒点了一小份薄煎饼,女服务员就离开了。

"你不想吃点东西?"哈勒问道。

"现在不想吃,"博斯说,"我们的筹码斯潘塞怎么样了?我不在的这段时间有什么进展吗?"

"昨天晚上,我们已经把他结结实实地拴住了。"

"怎么讲?"

"我让人把传票给他送去了。他没想到我们已经知道了他的藏身地,完全吓蒙了。"

"好极了。往回倒一点,我是上周五走的,对吧?我走之前,西斯科跟踪斯潘塞,看到他在书店的停车场跟克罗宁的老婆见面。那之后呢?"

"第二天早上我让西斯科接着跟踪他。克罗宁夫妇显然怀疑你在搞事情，不会轻易就范。所以他们试图把斯潘塞藏起来，让我们找不着他。但是他们打错了算盘，西斯科和他的伙计们早就跟着斯潘塞来到了他位于拉古纳的藏身地，那是克罗宁两口子的周末度假别墅。你没看到斯潘塞接传票时的表情真是太可惜了。"

"你在场？"

"没有，我亲自送传票是违规的。不过跟我在场也差不多。"

哈勒掏出手机，准备播放视频。

"我昨天找不着西斯科——到现在还是联系不上他，所以我就写了一张传票，传真给我认识的一个橙县的私人调查员——劳伦·萨克斯，原先是橙县的治安官，名副其实的大美女。人们都管她叫超级辣妹。她现在接的案子不少是跟婚姻相关的，比如到酒吧里观察委托人的老公是不是招蜂引蝶。她有一副带有录像功能的眼镜，每次办这类案子都会戴上。我告诉她这次请她帮忙送传票，我想录像留个证。这就是她拍到的。"

哈勒把手机转过来，博斯向前探着身子，以便听到视频的声音。视频是从萨克斯的视角拍摄的，画面上是一扇门。博斯看到萨克斯伸手敲门，没有人应答，但透过门中央的彩色玻璃可以看到人影闪动。显然有人站在门后。

"斯潘塞先生，"萨克斯说，"请开门。"

她的语气十分严肃。还是无人应答。

"斯潘塞先生，我看到你了，"萨克斯说，"请把门打开。"

"你是谁？"一个声音说，"你想干什么？"

"我有一份法律文件想请你签字。洛杉矶来的。"

"你说的我听不明白。"

"你聘请了克罗宁律师事务所，对吧？那这些文件就是给你的。"

门后的人沉默了片刻。门锁转动了一下，门开了一道三英寸的缝隙，一个人露出一只眼朝门外看。即便如此，博斯还是一眼认出那人就是斯潘塞。这时，萨克斯手疾眼快，把一份折叠好的文件递进了门缝里。斯潘塞睁大了眼睛，急忙去关门，但在视频画面看不到的地方，萨克斯早已用脚把门顶住，文件顺利进屋。萨克斯这才后退一步，门也咣的一声合上了。

"这是一份传票，要求你周三上午出庭做证，"萨克斯说，"传票上写得很清楚，如果你周三不出庭，就会受到洛杉矶警察局的搜查和逮捕。我要是你的话，会乖乖出庭的。"

"我不是特里·斯潘塞。"

"哎呀，这位先生，我刚才根本没有提到过'特里'这个名字，而且传票上写的是'特伦斯'。换作我的话，不会用这种方法逃避出庭。你已经依法受到传唤，我对此次传唤做了记录。如果你拒绝出庭或者称自己没有接到传票的话，只会惹怒高等法院的法官以及你的东家——洛杉矶警察局。"

没有人接茬。萨克斯在门前站了片刻，再次伸手敲门。这一次，她敲门的动作轻柔多了，几乎带着同情的味道。

"想听听我的建议吗，斯潘塞先生？你应该带着律师出庭做证。你应该知道，聘请凯茜·克罗宁会造成利益冲突。她的律所代理了普雷斯顿·博德斯的案子，你的利益不在她考虑的范围内。祝你愉快，先生。"

视频的视角掉转一百八十度。萨克斯转身穿过一条石头小路，走到停放在路边的车旁。她所在的地方显然位于拉古纳山区，越过马路对面房子的屋顶可以看到钴蓝色的大海。

视频到此结束，哈勒拿回了手机。他笑吟吟地看着博斯。

"干净利落吧？"他说，"这下斯潘塞骑虎难下了。"

"你觉得他会怎么做？"

"我希望他会出庭。我特意让萨克斯强调，他不出庭会惹毛法官和雇主。或许他冲着这一点会老老实实现身。"

"让他请个律师也是你让萨克斯告诉他的？律师可能教他干脆闭嘴。"

"这有可能，但我觉得这个险还是值得冒。我们需要让他甩掉克罗宁夫妇，让他们不知道到底发生了什么。"

"这个我明白，但是一旦他一言不发，我们永远都无法知道他怎么对证物做了手脚。"

"要打赢官司，有些问题就得不求甚解。你明白我的意思吗？"

"也许吧。我们还掌握了什么情况？"

"说到这里我得请你帮忙了，兄弟。西斯科杳无音讯——希望他不是出去寻欢作乐了——我需要一个调查员。我得找到——"

"顺便跟你说一下，西斯科在帮我干活。从昨天下午开始的。不是这个案子的事，是个私事。"

哈勒笑了，似乎他刚刚听到的是一个笑话。

"我说真的。"博斯说。

"私事，"哈勒说，"什么私事？"

"他正在帮助我的一个朋友，这件事是保密的。跟这个案子没关系。"

"你把我的调查员拐跑了，怎么可能跟这个案子没关系。这他妈到底是怎么回事？"

"听我说，事出紧急，我需要他的帮助。等过两天这件事彻底结束了，我再一五一十地跟你讲。但不管怎样，这件事确实是我不对。你刚才说你要找的是什么东西？还是你要找什么人？"

哈勒盯着他看了好久之后才开口。

"是一个人，"他终于说道，"我想找到迪娜·斯凯勒。"

博斯立马把这个名字和它的主人对上了号。迪娜是丹妮尔·斯凯勒的妹妹，就是她原本计划在假期到丹妮尔家做客。

这次拜访计划最后没有完成，但迪娜专程从佛罗里达州的好莱坞赶来做证，对法庭诉说姐妹俩一起居住的计划，以及未来共同征服加州好莱坞的目标。迪娜比丹妮尔小十八个月，备受姐姐的庇护。做证时，她提起姐妹二人最喜欢的电影是《银色圣诞》，因为这部电影讲述的也是两姐妹在演艺行业打拼的故事。她告诉陪审团，每年圣诞节，她和丹妮尔都会为父母演唱电影中的插曲《姐妹》。

迪娜的证词在庭审量刑过程中发挥了巨大的作用。博斯一直觉得正是她长达一个小时声泪俱下的指控才让陪审团和法官最终决定判博德斯死刑。

"我感觉我们需要她以情动人，"哈勒说，"我想让法官明白，死者的家人仍然关注着案情，被害人的妹妹就坐在法庭里，他不能让她寒心。"

"初审时她的出现就发挥了巨大的作用。"

"她最后有没有像她和姐姐计划的那样搬到洛杉矶来？"

"有的。我起初一直和她保持联系，时间一长就慢慢疏远了。我觉得她看到我总会想起丹妮。明白了这一点，我就不再去烦她了。"

"丹妮？"

"就是丹妮尔。认识她的人都管她叫丹妮。"

"如果周三你可以做证——他们要是不让你做证我肯定跟他们急——记得一定要这样称呼她。"

博斯没有回答。操纵这种细微之处对哈勒来说可能是家常便饭，但在博斯看来，这样的行为总是让他感到不自在，即便是对他有利。他感到如果自己无法容忍对方律师的这种行为，那么本方律师如此行事也同样让人无法接受。

哈勒继续说着。

"所以她后来混出来了吗？"他问道，"我在互联网电影资料库的网站上查了她，什么也没找着。她是改名了，还是怎么着？"

"呃，这一点我一直没有关注。我也不知道她是不是还在演艺圈里。"

"你能找到她吗？"

"如果她还活着，我就能找到她。但如果她现在不在洛杉矶，我不知道是不是能赶得及让她周三出庭。"

"好吧，先试试看，没准我们运气好。"

"也许吧。还有什么事？"

"别的事没有需要你去办的了。我今天上午在这里办公，把咱们的方案做出来。"

"什么方案？"

"我们的提案毫无疑问会遭到地检和博德斯的反对。我会拟一份陈词，给法官一份书面陈述——大概就是提前告知法官如果我们获准介入此案，会说些什么。我会介绍一下我方的证人名单，并说明他们都已经同意出庭做证。只要可以说服法官，我们就可以好好收拾收拾他们了。"

"明白了。没别的事的话，我先撤了？上午有些事情需要跟进，我得先去趟警局，然后还要去找迪娜。"

"没问题，哈里，你去忙吧。不过，从现在到周三……一定要保证休息。你还得出庭呢，不能让别人看着你好像真有罪似的。"

博斯又喝了一口咖啡，手指比着手枪的样子指了指哈勒，然后钻出了卡座。他还没来得及走远，哈勒又开口了。

"嘿，哈里，还有一件事。有你这么出色的侦探亲自追查我当然放心，不过你还是把西斯科还给我吧。"

"没问题，我会告诉他的。"

35

博斯开车进来的时候，看到当地一家西班牙语电视台的电视转播车正停在圣费尔南多警察局总部前面。他想应该是因为药店谋杀案的事，他也不认为周末发生的一切能够保密太长时间，而且就圣费尔南多本地的新闻来说，西班牙语媒体总是能够抢先一步。

在穿过马路前往自己监狱里的办公室前，博斯从侧门进了警察局，想要再来点咖啡，查看下侦查处的情况。这次大家都在，三名警探都在自己的工位上，甚至可以看到特雷维尼奥警监的办公室正敞着门，而他就坐在桌子后面。

博斯进来时只有贝拉·卢尔德抬起了头，她立刻示意博斯到她座位旁边来。

他竖起食指，示意她稍等片刻。他转身到旁边的咖啡站，迅速用一只泡沫杯接了自己今天的第二份咖啡。随后他绕过三个工位组，来到贝拉面前。

"早上好，哈里。"

"早上好，贝拉。什么事？"

她指了指自己的电脑屏幕，上面正播放着一段视频。视频显然是在直升机上拍摄的，画面上，飞机正从水里回收一具尸体。两名潜水员正费力地拖着一名脸部朝下的男子。他穿了衣服，但是他穿的 T 恤被扯掉了，只有衣领还挂在身上，T 恤剩下的部分就像一面投降的白旗一样漂在水上。两名潜水员努力将尸体翻到一个救生担架上，担架连接在直升机垂下的一根绳索上。

"索尔顿湖，"卢尔德说，"这是两小时前的事。黎明时分，他们低空飞行时发现了尸体。"

博斯俯下身子，想要更近距离地看看屏幕和尸体，同时也小心翼翼，避免把咖啡洒出来。

"那是第二个俄罗斯人吗？"卢尔德问。

博斯还没来得及回答，就注意到西斯托也凑了过来，正从贝拉另一侧的肩膀上方盯着屏幕。

"就我的记忆来说，衣服是一样的，"博斯说，"应该是他。"

"我已经要求他们在将尸体送去尸检后给我们发一张近距离的面部照片。"卢尔德说。

"那样的话，事情就可以圆满结束了，"西斯托说，"至少我们的案子是。"

"确实是，"卢尔德说，"为什么我们不到作战室集合一下呢？可以做下进展通报，明确一下在这个案子上每个人今天都是什么任务。"

"听起来这计划不错。"西斯托说。

卢尔德站起身，叫上了特雷维尼奥和卢松。

来到作战室，博斯仍可以闻到自己早上错过的那顿早餐的味道。四名警探围着桌子坐下，特雷维尼奥也加入进来。博斯第一个开口。

"呃，在我们开始分配书面工作和其他任务之前，我得先声明，我今天到这儿来是为了做自己应该去做的事情，为其他机构的后续调查做准备。但是你们也都知道，我周三有事情需要去趟法庭，我的名誉以及之后能否继续在咱们警局工作都取决于此，所以我今天需要为这件事留些时间做准备。这些事情我不得不做，没有办法往后拖。"

"明白，哈里，"特雷维尼奥说，"如果有任何我们能够帮上忙的，你就告诉我们。我和局长谈过了，在此我代表他和这个房间里的所有人对你说，我们百分之百地支持你。我们知道你是怎样的一名警探，知道你是怎样的一个人。"

博斯感觉得到自己的脸颊因不好意思而有些发红。在执法队伍里工作了这么多年，他还从来没有从上级那里得到过如此赞许。

"多谢，警监。"他羞涩地说了句感谢的话。

他们都坐下来，开始进入正题。首先是卢尔德的总结说明，她早上收到了霍文探员关于药品管理局前一天下午的活动报告。她报告说药品管理局对板坯城附近的营地展开突袭，关闭了营地。住在营地的瘾君子被转移到了圣迭戈的海军基地，他们将在那里接受医疗评估，然后会送到慈善康复训练项目中去。

卢尔德还说药品管理局关闭了柏高的那家诊所，逮捕了运营诊所的人，以及记录在案的内科医生埃弗拉姆·埃雷拉。被捕的人包括面包车司机。尽管他在药店谋杀案中涉嫌驾车协助逃跑，但他目前只是被指控违反联邦法律、持续参与犯罪组织活动。

之后，报告编写、后续调查和通知等工作被分配给了各位警探，博斯什么任务也没有。卢尔德和卢松被安排前往市区的联邦拘留所，就药店枪击案对司机进行审问，看能否有所收获。这在安排的各项任务中被认为是最可能徒劳无功的一项。十五分钟后，博斯穿过马路前往旧监狱，手里端着自己当天的第三杯咖啡。他注意到此时电视转播车已经不见了，猜测记者及其团队应该都被瓦尔德斯局长给赶走了。关于案件的联合新闻发布会将于下午三点在警局召开，届时，药品管理局和州医疗委员会的官员都会参加。如果博斯之后能够确认今天早上从索尔顿湖打捞上来的尸体就是第二名俄罗斯人的话，会上将会宣布发生在家庭药房的双重谋杀案已经侦破，嫌疑人都已死亡。

由于博斯在该案件中担任了卧底工作，他可以选择回避，并不会要求他在发布会上露面。

除了咖啡，博斯还带上了一套文件复印件。这些文件是昨天晚上就该案整理出来的。他最感兴趣且想要研读的是国际刑警组织做的关于在飞机上被他杀死的那名男子的报告。一回到旧监狱的牢房，他就赶忙坐在自己临时拼凑的书桌前，打开了卷宗。

结果他发现，准确地说，自己杀死的那名男子并不是俄罗斯人，尽管国际刑警组织的资料显示他从小就说俄语。指纹确认该男子名为德米特里·斯洛什科，一九八〇年出生于白俄罗斯明斯克，曾因盗窃和施暴两次在俄罗斯入狱服刑。国际刑警组织的卷宗一直追踪他到二〇〇八年。那年他非法偷渡到美国，之后就再也没有回去。卷宗描述当时的他为与俄罗斯 Bratva 的明斯克分支有关系的一名"小六"。Bratva 意为兄弟会，是可以涵盖所有俄罗斯有组织犯罪集团的宽泛名称。报告称小六是犯罪组织前线的低级别暴徒成员。这一称呼来源于一种被称为杜拉克的俄罗斯游戏，在该游戏中，桌上所有卡牌里最小的就是六。这种成员通常是执行者，只有在表现出领导才能后才会被提升到 bratok 的位置，也就是战士。

在博斯看来，一来到美国，斯洛什科就开始表现出领导才能，将桑托斯从加利福尼亚州的组织中除掉了。他觉得如果早上从索尔顿湖捞上来的人的身份得到确认的话，他应该有着和斯洛什科相似的经历。

报告总结说斯洛什科很可能仍然与兄弟会有联系，并且向远在明斯克、身份被证实为奥列格·诺瓦申科的一名 pakhan，即老板，报告并上缴利润。

博斯合上卷宗，思考这一连串事件是如何导致埃斯基韦尔父子在自家店里被处决，又是如何导致像伊丽莎白·克莱顿一样的人在沙漠中被奴役。这一切的种子源自数千英里之外贪婪而又暴力的匿名之人。博斯知道诺瓦申科，以及处在他和斯洛什科链条之间的人，或许永远不会因为他们的罪行而在这里受到惩罚。尽管他们的组织现在被摧毁了，此后这一组织将会在另一个地方再次崛起，还会有其他的小六站出来表现自己的领导能力。向小若泽·埃斯基韦尔和他父亲开枪射击的人已经死了，但是随之得来的正义并不多。对让自己去参加颂扬案件快速侦破的新闻发布会，博斯无法忍受。有些案子永远也没有终结的时候。

博斯将卷宗放在自己椅子后的架子上。对这个架子上的案件，他相信在自己的能力和水平范围内，他已经做出了最大的努力。

他转身回到桌子前，开始尝试用电脑查询迪娜·斯凯勒的位置。使用警局的电脑来开展私人调查是被禁止的，但在他创下引人瞩目的结案纪录之后，这一规定也就成了可有可无的事。瓦尔德斯和特雷维尼奥都希望能够让他保持好心情，尽可能多地在办公室里查案。

查询用时不多。迪娜仍然在世，仍旧住在洛杉矶。她早已结婚，如今的姓氏也改成了鲁索。她目前的驾照地址显示她住在日落地带北边的皇后路上。

博斯决定去她家敲敲门。

第三部分

———————— 介　入 ——

36

周三早上八点十五分，博斯就到了联合车站。他把车停在车站前的短时停车场，然后进入车站等自己的女儿。她所乘坐的火车只晚点了十分钟，等他们在宽敞的中央等候区会合时，博斯发现她并没有带行李，手里只拿了本书。她解释说，她计划在庭审结束后搭乘火车返回圣迭戈，除非博斯需要她留下。按照她的选择，他们在车站吃了油煎薄饼当早餐，然后穿过阿拉梅达，走过洛杉矶古城广场，向市中心走去。在那里，庞大的刑事法庭大楼就像一座耸立在山丘之上的墓碑一样。

在大楼入口处，他们分头进入。因为带着武器，博斯需要从执法人员通道进入。他出示了自己的警徽，比麦迪进入大楼快了整整十分钟。麦迪则需要在公共入口排长队，慢慢移动着通过金属检测仪。他们搭上一架员工专用电梯，直达九楼的 107 号厅，弥补了一些浪费掉的时间。这间法庭位于走廊尽头，由约翰·霍顿法官执掌。

根据安排，普雷斯顿·博德斯案要等到早上十点才会开庭，不过米基·哈勒告诉博斯要提前一小时到达现场，这样的话，他们可以先见个面，讨论下最后的细节和策略。看起来，博斯是自己队伍里最先到达的人。他和女儿坐在旁听席后排，看着正在进行的活动。霍顿是一位资深法学家，留着一头蓬乱的银发，正坐在法官席上对自己负责的备审案件目录表中登记的其他案件进行日程表宣读，对日程安排进行更新并安排之后的庭审。在陪审团席，还有一个录像团队正在安装摄像机。哈勒之前已经告诉博斯，在《时报》的报道之后，由于请求参与庭审的当地新闻电台数量太多，霍顿决定由随机筛选的一个团队负责拍摄庭审情况，并在之后将视频文件分享给其他队伍。

"他会来这里吗？"麦迪小声问。

"谁？"博斯问。

"普雷斯顿·博德斯。"

"是的，他会来这儿。"

他指了指法警所在的桌子后面的铁门。

"现在他或许正在后面的一个拘留室里。"

她的第一个问题让博斯意识到她对博德斯这一冥顽不化的死囚有一种着迷。他有些后悔让女儿一起过来了。

博斯四处看了看。尽管霍顿并不是博德斯案的原审法官，107厅却是当年的法庭。在博斯看来，过去三十年，这里似乎一直没有变过。里面是二十世纪六十年代的设计，和县里大多数法院一样。墙上覆盖着明亮的木质镶板，与法官席、证人席和书记员座席一样，都采用了线条尖锐的人造板材。加利福尼亚州的巨大标志被固定在法庭正面的墙上，高出法官头顶三英尺左右。

法庭内很凉爽，博斯却感到西装衣领下有些发烫。他试着让自己平静下来，为庭审做好准备。事实却是他感到很无助。他的事业和声誉基本要交到米基·哈勒的手里，而他们的命运将在几小时后被决定。虽说他很信任自己的同父异母兄弟，但光是让其他人来承担自己的责任这一点就足以让他在这凉爽的房间里冒出汗来。

第一个进入审判室的熟人是西斯科·沃伊切霍夫斯基。博斯和他女儿挪了下位置，这个大块头在旁边坐下了。他的装束和博斯一直以来见到的别无二致：干净的黑色牛仔裤和配套的靴子，没有扎进裤腰的白领衬衫，以及带有风格化银色线饰的黑色背心。博斯介绍了自己的女儿。他女儿打过招呼后继续低头看起书来，那是 B.J.诺瓦克写的一本散文集。

"你感觉怎么样？"西斯科问。

"不管是哪种结果，几小时后也就都结束了，"博斯说，"伊丽莎白怎么样？"

"她昨天晚上过得很痛苦，但是她快成功了。我让我的一个伙计帮忙盯着她。如果你方便的话，可以过来看看她，给她些鼓励，或许能帮上忙。"

"好的。但是昨天我在那里的时候，她看起来就像要拿我脑袋当攻城槌去砸门。"

"一个周，人是会变的。今天就已经不一样了。我觉得她差不多要到山顶了。这就像是一场登山战，到达顶点之后，你就会突然朝山的另一边走去。"

博斯点点头。

"问题是，这周结束后怎么办？"西斯科说，"我们是要直接撒手不管，把她随便送到什么地方吗？她需要有个长远的规划，否则是没办法完全戒掉的。"

"我来想想办法，"博斯说，"你只管让她撑过这周，之后我来接手。"

"你确定？"

"我确定。"

"关于她女儿，你有查到什么东西吗？她还是不愿意谈她女儿的事。"

"有，我查到了。黛西，是个离家出走的孩子。初中时染上毒品，从家里跑了出去。在好莱坞的街头流浪，结果有天晚上上了一辆不该上的车。"

"妈的。"

"她被……"

博斯若无其事地转了下身子，假装是在伸左手去整理右腿的裤脚。他背对着自己的女儿继续说："说得委婉一点，被折磨致死，然后丢在了卡汉加旁一个小巷的垃圾箱里。"

西斯科摇了摇头。

"我觉得如果任何人有任何理由……"

"没错。"

"他们抓住那个狗娘养的了没？"

"没有。目前还没有。"

西斯科毫无风趣地笑起来。

"目前还没有？"他说，"再过十年才能破案吗？"

博斯看着他，过了很长时间才回答。

"那也说不定呀。"他说。

这时，哈勒走进了法庭，看到他的调查员和当事人坐在一起，朝着外面走廊的方向指了指。麦迪被两个大男人挡在身后，因此哈勒没有看到她。博斯轻声告诉麦迪待在原地别动，然后就要从位子上站起身。麦迪一把抓住他的胳膊拦住了他。

"你们刚才说的是谁？"

"嗯，是一个案子里的女当事人。她需要帮助，所以我请了西斯科帮忙。"

"她需要什么帮助？黛西是谁？"

"这个之后说。我现在得出去跟我——跟你叔叔说说听证会的事情。在这儿等我，我一会儿回来。"

博斯起身跟在西斯科后面往外走。法院的走廊狭长，但人主要集中在走廊中间部位的零食店、卫生间和电梯附近。博斯团队三人在 107 号厅的门边找了一个僻静些的长椅坐下，哈勒坐在中间。

"好了，兄弟们，都准备好了吧？"律师问道，"证人都怎么样了？证人在哪儿呢？"

"万事俱备。"西斯科说。

"斯潘塞的情况怎么样？"哈勒说，"你的人一直跟着他，对吧？"

"没错，"西斯科说，"二十分钟前，他还在他新雇的律师的办公室，在布拉德伯里。"

哈勒转向博斯。

"还有你，我跟你说让你多休息，"他说，"结果今天，你气色还是这么差，西装肩膀上还有灰尘。"

哈勒伸手轻轻掸了掸博斯那件挂在衣柜里两年多没穿的外套。

"不用我再提醒你了吧，这个案子的胜负可能全要靠你，"哈勒说，"打起精神来，单刀直入。这帮家伙可是在故意整你呢。"

"我知道。"

说曹操曹操就到。定罪证据真实性调查组这时从走廊尽头的楼梯间走了过来，显然是从楼上的地方检察官办公室下来的。肯尼迪、索托、塔普斯科特三人走在前面，他们直奔 107 号厅而去。后面跟着一个女人，双手抱着一个硬纸板文件盒，应该是肯尼迪的助理。

与此同时，克罗宁夫妇从定罪证据真实性调查组一行身后的电梯间里走了出来。兰斯·克罗宁戴着一副金属边框眼镜，乌黑的大背头明显是染的。他身穿一套细条纹的黑色正装，戴着一条亮蓝色的领带。为了显得年轻，他似乎花了很多工夫，而这无非是为了紧跟在他身旁的那个美人。凯瑟琳·克罗宁至少比兰斯·克罗宁年轻二十岁。她长发飘飘，一条齐腿肚长的蓝色短裙紧紧包在身上，上身着雪纺衫和与短裙搭配的外套，凸显出她丰腴动人的身姿。

"他们都来了。"博斯说。

正低头看着一本黄色法律信笺簿的哈勒听到此话抬起了头，看到对手——走来。

"不过是待宰的羔羊。"他说。这话既满怀信心，又有一些给自己鼓劲的意味。

博斯团队坐在原地，看着他们走向法庭。肯尼迪的目光一直看向别处，仿佛距他十五英尺远的长椅上空无一人。但是索托不仅一直盯着博斯，还走到他身边。她似乎并不介意哈勒和沃伊切霍夫斯基在场。

"哈里，你怎么没给我回电话？"她问道，"我给你留了好几条信息。"

"因为没什么好说的，露西娅，"博斯说，"你们相信博德斯的说辞，却不相信我的，还有什么好说的。"

"我相信的是法医检验证据，哈里，但这并不意味着我相信你栽赃博德斯。报告里的那些东西不是我写的。"

"那我找到的证据为什么出现在那里，露西娅？丹妮·斯凯勒的吊坠又是怎样到了嫌疑人的公寓？"

"我不知道，但你也不是一个人进去的。"

"所以你还是想把锅甩给死人。"

"我可没这么说。我的意思是我不需要知道这些问题的答案。"

博斯站起身，与她面对面。

"是啊，问题是我没办法接受这样，露西娅。除非你相信另外一件证物也是有人栽赃，藏到博德斯公寓的，否则你就没办法相信法医检验的结论。而这也就是为什么我没有打电话给你。"

她伤心地摇摇头，然后转身离开。塔普斯科特为她开门。索托从博斯身边走过时，死死地盯着他。博斯一直看着塔普斯科特关上法庭的门。

"瞧瞧这个。"哈勒说。

博斯向走廊远处望去，看到两位女士走了过来。二人都是一身夜店装束，短裙刚刚盖住一半大腿，还穿着带图案的黑色长筒袜——一人袜子的图案是骷髅，另一人的是十字架。

"骨肉皮，"西斯科说，"如果博德斯今天逃出生天，这种妞他能一天换一个玩一年。"

这二人身后又走进来三个，都是类似的穿着，外加满身的刺青和穿孔，然后从电梯间的方向走来一个穿淡黄色长裙的女士。她的金发梳在脑后，步伐有些迟疑，似乎很久没有进过法庭了。

"是迪娜吗？"哈勒问道。

"就是她。"博斯说。

周一晚上，博斯登门拜访了迪娜·鲁索。她的美貌让博斯看到了她姐姐的影子。姐姐去世后，迪娜跟电影公司的一位高管结了婚，放弃了演艺生涯。她告诉博斯自己非常确信博德斯就是杀害她姐姐的凶手，她愿意出庭做证，哪怕只是到场声援博斯也好。

这时迪娜已经走到他们面前，博斯上前引见，哈勒和西斯科赶忙站起身。

"您今天能到场做证，我们非常感谢。"哈勒说。

"如果我不来，我是无法原谅自己的。"她说。

"我不知道博斯警探是不是和您说过，鲁索太太，博德斯今天会出庭。法警已经将他从圣昆廷监狱押解到这里参加听证会。希望这不会给您带来不必要的伤害。"

"伤害当然会有。但是博斯警探已经对我说明了这一点，我也做好了准备。只需要给我指指我应该去的地方。"

"西斯科，带鲁索太太进法庭，陪她坐一会儿。离开庭还有几分钟时间，我要等最后一位证人。"

西斯科按照哈勒的指令带着迪娜离开了，只剩下博斯和哈勒站在走廊里。博斯拿起手机看了一眼时间。距离听证会正式开始还有十分钟。

"快点啊，斯潘塞，你上哪儿去了？"哈勒说。

二人都目不转睛地盯着走廊的尽头。整点将至，人们纷纷走进各自的法庭参加陪审或者听证会，走廊里的人流逐渐稀少起来，显得空荡荡的。

五分钟过去了，斯潘塞还是没有出现。

"好吧，"哈勒说，"我们不需要他了。我们可以利用他没到场这个情况做文章——违抗合法传唤。我们进去吧。"

说着，哈勒朝法庭大门走去。博斯在后面跟着，进屋之前又回头朝电梯间的方向扫了一眼，还是没有看到斯潘塞的影子。

法庭第一排坐着几个新闻记者。西斯科陪着迪娜坐在最后一排，旁边就是博斯的女儿。迪娜直勾勾地盯着前方，脸上表现出越来越强烈的惊恐神色。博斯顺着她的目光看去，发现普雷斯顿·博德斯正穿过通往法庭拘押室的铁门，走进法庭。

博德斯在两边和身后法警的陪同下，缓步走向被告席。他戴着手铐和脚镣，一条沉重的铁链穿过双腿把他手脚上的束缚连在一起。他身穿橙色囚服——监狱里只有重犯才穿这个颜色。

博德斯抬眼扫了一下旁听席。站在中间的几个骨肉皮在座位上雀跃着，极力控制自己才没有叫出声来。博德斯看到这一幕，朝她们微微一笑。

接着，他就看到跟哈勒一起站在后排的博斯，他那深陷的黑色双眸立刻像夜晚小巷里着火的垃圾桶一样亮了起来。

那是仇恨的火光。

37

博德斯在辩方席位就座，兰斯·克罗宁和凯瑟琳·克罗宁一左一右坐在他的旁边。霍顿法官接到书记员的通知后从办公室走了出来，重新在法官席就座。他环视四周，打量着坐在前排以及听审席的各色人等。从他看哈勒的眼神来看，他似乎认识哈勒。接着，听证会正式开始。

"下一场庭审，加利福尼亚州诉博德斯案，涉及人身保护令事宜，辩方提出动议，要求撤销原判，"霍顿宣布，"庭审开始之前我想申明，本庭听取控辩双方意见期间，所有人必须遵守法庭规则。听审者一旦违规，将被立刻驱逐出庭。"

霍顿说此话时，两眼一直盯着那群专程来给博德斯捧场的年轻女子。说完，他立即转入正题。

"上周五我们接到了哈勒先生的提案。我看到哈勒先生就在法庭后排。哈勒先生，请你上前。你的当事人可以在听审席就座。"

博斯在西斯科身旁坐下，他的律师则沿着听审席中间的过道向法官走去。还没等哈勒走到听审席与控辩双方席位之间的隔离门，肯尼迪就迫不及待地起身反对。他认为哈勒的动议提出得太晚，而且毫无道理。兰斯·克罗宁也起身支持，并且发表了他对哈勒提出动议的看法。

"法官大人，这只是哈勒先生自我炒作的把戏，"克罗宁说，"正如肯尼迪先生所说，他的动议毫无道理可言。我的当事人三十年来忍辱负重，一直等待着这一天，而哈勒先生只不过想利用我的代理人给自己做免费广告。"

哈勒穿过隔离门，站到位于控辩双方席位间的一个讲台上。

"哈勒先生，我想你对控辩双方代理人的质疑是有话要说的吧。"霍顿说。

"的确如此，法官大人，"哈勒说，"特此说明，我叫米凯尔·哈勒，是希罗尼穆斯·博斯警探在此案的代理人。我的当事人近日了解到克罗宁先生代表其当事人向法庭提出了人身保护申请。我的当事人还得知克罗宁先生的申请得到了地方检察官办公室的支持，后者指控我的当事人于三十年前伪造的关键证物导致博德斯先生被定罪。但是由于某种不为人所知的原因，我的当事人既未接到传唤，也没有被邀请参加今天的听证会出庭做证。我想借此机会特别指出，《洛杉矶时报》此前得知了关于我当事人的毫无根据的指控，并将其作为事实进行了报道。相关报道严重损害了我当事人的职业声誉和个人名誉，更对他的个人生活产生了很大的负面影响。"

"哈勒先生，本庭时间有限，"霍顿说，"请言简意赅地阐明你的诉求。"

"好的，法官大人。相关指控对我当事人的人格和声誉进行了质疑，我的当事人坚决反对。他希望提供与此案密切相关的重要证词和证物。简言之，法官大人，我方认为此案只是一桩阴谋诡计，并有充分证据证明这一点。因此，我代表我的当事人向法庭提起了介入动议，并提出控诉以回应针对我的当事人的相关指控。此前我已就我方诉求正式通知本案各当事方，而前面提到的对博斯先生的名誉和职业口碑造成损害的新闻报道很有可能就是因此动议而起。"

"法官大人！"肯尼迪高声抗议道，"州检方反对哈勒先生的恶意指控。我方在处理本案的过程中一直努力将新闻报道对博斯先生的影响控制到最低，因此相关的消息源肯定不是来自我的办公室或者我方调查团队。向媒体透露消息的必然另有其人，因此州检方要求法庭对哈勒先生予以惩戒。"

"法官大人，"哈勒平静地说道，"周五我提交动议之后不到两个小时，《洛杉矶时报》的记者就致电博斯先生要求采访。我可以向法庭提交相关证明材料，我的当事人也愿意向法庭出示他的电话记录。我的动议是加盖封印之后提交的，并且只复印给了本案的控辩双方。事实如何不言而喻，法官大人。"

霍顿坐在他的高背皮椅上轻轻地左右转动着，沉思了片刻。

"这样来回踢皮球没有任何意义，"他说，"我不会惩戒任何人。向媒体泄露消息这件事到此为止。哈勒先生，肯尼迪先生和克罗宁先生都认为你的当事人无权介入此案。你做何回应？"

哈勒开口之前先用拳头砸了一下讲台的台面。

"我做何回应？"他问道，"在我看来，此案真是难以置信，法官大人。周日的报纸诋毁了我当事人的名誉，报道露骨地暗示我当事人栽赃陷害嫌疑人，导致一个无辜之人被判死刑。事情已经到了如此地步，我的当事人竟然没有受邀参加今天的听证会？鉴于相关媒体报道和州检方的申请侵害了我当事人的名誉权，败坏了他的名声，我认为他有权介入此案，捍卫自己的权益。如果法庭觉得不适宜采用介入的方式，我建议法庭允许我的当事人以法庭之友[1]的身份做证，并提供与本案有关的证

++++++

[1] 根据《元照英美法词典》的解释，"法庭之友"指"对案件中的疑难法律问题陈述意见，并善意提醒法院注意某些法律问题的临时法律顾问；协助法庭解决问题的人"。

物，供法庭考量。"

霍顿征求了肯尼迪和克罗宁的意见，但是他显然认为《时报》的报道和申诉书中的细节的确给博斯的名声造成了影响，何况地方检察官办公室确实没有对申诉书进行保密处理，在这种情况下，不给博斯出庭维护自己声誉的机会实在说不过去。肯尼迪也看出了法官的心思，显得有些沮丧。

"法官大人，州检方不应为那篇报道负责，"他说，"我……我们……没有为那篇报道提供信息。如果法庭认为我们的动议没有密封确有不妥，那么我们也没有意见，但我们认为这一点显然不足以成为博斯介入此案的充分理由。本案的当事人已经在死囚牢房里被关押了一万多个日夜——是的，我计算过——我们作为法院人员有责任为蒙冤者昭雪。"

"你这话没错，不过前提是确有冤情，"哈勒立刻说道，"法官大人，我方准备提交法庭的证据表明事实并非如此。所谓冤屈不过是狡猾的幕后操纵者设下的骗局，这些人想借肯尼迪先生之手达到欺骗本市市民、瞒天过海的目的。"

"我要休庭十分钟查询相关法规，十分钟后听证会继续，"霍顿说，"所有人都不要走远。只休庭十分钟。"

法官快速起身离席，走进了法庭书记员座席后面那条通向法官办公室的走廊。霍顿的这一点让博斯十分欣赏。博斯之前也参加过霍顿主审的案件，深知霍顿的自信。但霍顿并不是一个骄傲自大的人，他从来不会认为法律条文的所有细节他都烂熟于心。他愿意利用短暂的休庭时间查询法典，确保自己做出的判决具有充分的法律依据。

哈勒转身看了一眼博斯。他朝着法庭后门的方向指了指，博斯明白哈勒仍然在关心斯潘塞有没有到。这说明哈勒有信心，法官的决定会对他们有利。

博斯起身走出法庭，去找斯潘塞。走廊里空荡荡的，还是不见斯潘塞的影子。

博斯回到法庭里。哈勒听到法庭后门开关的声音后回头看过来，博斯朝着他摇摇头。

法官提前一分钟回到法官席。肯尼迪提出进一步阐述本方观点，法官毫不犹豫地驳回了他的请求，直接做出了裁定。

"虽然刑法典中有人身保护的法规，但毫无疑问，此类申诉本质上属于民事诉讼的范围。因此，根据民法的规定，参与诉讼者是可以介入案件审理的。博斯警探的名誉权是他受到法律保护的专有权利。本庭经观察研究认为其名誉权并未受到本案有关各方的充分保护。因此，本庭准许博斯警探及其代理人的介入请求。哈勒先生，你可以传唤你的第一位证人了。"

上一次抗议被驳回后一直保持站立姿势的肯尼迪再一次提出反对。

"法官大人，这不公平，"他说，"我们没有做好证人出庭做证的准备。州检方要求听证会延后三十天，以便我们有时间进行准备。"

克罗宁也起身反对。博斯本以为克罗宁不想延期，但没想到他对肯尼迪的要求表示支持。博斯似乎看到肯尼迪咧了一下嘴。似乎这位检察官突然意识到自己不是被克罗宁利用了，就是被博德斯利用了，抑或二者联合起来把他玩弄于股掌之中。

"你刚才不是说什么一万多个日夜吗？"霍顿说，"天大的冤枉？你提起申诉就是为了给这个人平反冤案，可是你现在要让他重新回到死囚牢房再待三十天？大家都很忙，这一点所有人都心知肚明。在这种情况下，三十天的延期根本不可能。我的日程已经排到了九十天之后，延期三十天就是延期九十天。我看不到任何应该延期的理由，先生们。"

霍顿转动椅子，看向博德斯。

"博德斯先生，你是否愿意回到圣昆廷监狱再住上三个月，以便各位律师进行准备工作呢？"

博德斯沉默良久才开口回复。对博斯来说，博德斯这短暂的沉默，每一秒都值得细细品味。博德斯现在的处境是左右为难。接受延期相当于变相承认自己没有冤情，而不接受延期则给了哈勒可乘之机，他可以带着证人出庭做证，这样整个计划面临毁于一旦的风险。

"我只是想得到公正的对待，"博德斯最后说，"我在那儿待了很长时间了。只要能重获公正，再多待一段时间也没什么大不了。"

"这也正是本庭要做的，"霍顿说，"维护公正。"

这时博斯眼睛的余光注意到有一个黑影在移动，他转头看向打开的法庭大门。一个身着正装的男子走了进来——博斯觉得那人应该是个律师——后面跟着的是特里·斯潘塞。

二人走进法庭后环视了一圈，他们身后的关门声则将法庭内所有人的目光都集中在他们身上。博斯朝哈勒的方向看去，确认他是否已经看到证人就位，然后将目光投向辩方席。博德斯似乎对刚进来的这两个人毫无兴趣，毕竟他没见过斯潘塞。但是克罗宁夫妇的反应足以说明一切。兰斯·克罗宁双唇紧闭，不停地眨眼，看上去就像一位提前三步便知道自己败局已定的国际象棋大师。凯瑟琳·克罗宁的反应已经不是"吃惊"二字可以形容的了：她仿佛见到了鬼，下巴松弛，目光从站在法庭门口的那个男人转移到坐在她当事人另一侧的丈夫身上。博斯清楚地感觉到了他们二人的恐惧。

接着，博斯开始在听审席上寻找露西娅·索托，终于在法官助理座位旁的第一排找到了她。显然她认出了斯潘塞，但脸上却表现出困惑的神情。看来她是真的不明白为什么证物档案馆的管理员会出现在今天的法庭上。

"我可以向法庭提一个建议吗？"

哈勒的这句话将所有人的注意力从斯潘塞身上拉了回来。

"请讲，哈勒先生。"霍顿说。

"我建议各位律师和当事人秘密进行接下来的听证，"哈勒说，"我将向肯尼迪先生和克罗宁先生口头陈述我今天要传唤的证人以及提交法庭的文件和视频证物。这样一来，他们可以更好地考虑是否申请延期。我之所以申请把这个环节安排在法官大人的办公室进行是因为这样的话，即便我的陈述出现了偏差，也不会对媒体舆论造成影响。"

"你的陈述需要多长时间，哈勒先生？"法官问道。

"不会太久。我估计应该不会超过十五分钟。"

"我喜欢你这个建议，哈勒先生，不过有一个问题，我的办公室恐怕容不下所有律师和当事人，以及肯尼迪先生和他的调查员们。另外，我想各位法警也不会同意博德斯先生到处乱转的。所以我要在这间法庭召开闭门秘密会议，先请各位证人、媒体记者以及其他旁听人员退场十五分钟，然后我们再来听取你的陈述，哈勒先生。"

"谢谢您，法官大人。"

"法庭摄像机可以保持原位，但必须关闭。加尔萨警官，请你安排一位警官站在法庭门口，等我们完事再请各位进来。"

众人起身离场，法庭内一时一片嘈杂。博斯静静地坐着，回味着哈勒的妙招。因为已经向法官简要介绍了证词和证物的情况，哈勒就不需要再进行宣誓，这样一来，即便事后哈勒被发现有夸大之词甚至不实言论，也不用承担后果。

在这场原本对博斯十分不利的案件中，哈勒终于获得了自由发挥的空间，而肯尼迪和克罗宁对此无能为力。

38

　　哈勒示意博斯到法庭前面来。博斯穿过隔离门，在栏杆边找了一个位子坐下。他四下张望，发现博德斯在离他不到两米之外，戴着镣铐，坐在克罗宁夫妇中间。他身后还坐着两个法警。

　　博斯回头向法庭后边看去。不少观众还扎堆在法庭门前，陆陆续续地退场。他的女儿在队伍最后，正朝他这边望着。她满怀信心地朝博斯点点头，博斯也朝她点点头。博斯目送着女儿出了法庭后，将注意力转回到博德斯身上。他轻轻地吹了一声口哨，正好被博德斯听到。这个身穿橙色囚服的男人转过身盯着博斯看。

　　博斯冲他挤了挤眼。

　　博德斯马上把视线移开了。这时哈勒走了过来，挡在博斯与博德斯之间。

　　"别理他，"哈勒说，"把精力集中在重要的事情上。"

　　说着，哈勒在博斯身旁的空位子上坐下，趴在他耳边低声说道。

　　"我会争取让法官允许你当堂做证，"他说，"这次我不会做任何陈述，全靠你一个人。所以记住，你的发言一定要直截了当，而且要表现得义愤填膺。"

"我本来就是义愤填膺。"博斯说。

哈勒转头朝门口看了一眼。

"斯潘塞和戴利出去之前，你跟他们说上话了吗？"

"我没跟斯潘塞说过话。戴利是那个律师？"

"是啊，丹·戴利。他一般接联邦法院的案子多一些，今天肯定是做慈善来了。要不然就是他早就认识斯潘塞。我让西斯科调查一下。"

哈勒拿出手机，开始给他那已经与其他听审观众一起被法官请出法庭的调查员编辑短信。博斯站起身，以便能看到哈勒的手机屏幕。哈勒让西斯科从戴利那里了解一下斯潘塞是否愿意做证。他让西斯科办好之后给他回短信。哈勒的短信刚刚发出，霍顿就宣告会议开始了。

"好，书记员现在请开始记录。正在进行的是法官召集当事各方举行的闭门会议，不属于正式听证，当事各方不得将这里所说的内容外传。哈勒先生，请陈述如果你的动议获得批准，你打算传唤哪些证人，以及向本庭提交哪些证物。请长话短说。"

哈勒起身走到讲台前，把信笺簿放到讲台上。博斯可以看到哈勒信笺簿的第一页写满了笔记，上面还画着圆圈和箭头。信笺簿下放着一个文件袋，里面装着他准备提交法庭的文件。

"感谢您给予我方这次机会，法官大人，"哈勒开场了，"您绝对不会为自己的这个决定而后悔，因为正如克罗宁和肯尼迪先生所言，本案确实存在司法不公的情况。只不过真相并非像大家想的那样。"

"法官大人。"肯尼迪赶忙开口。他双手摊开，一副丈二和尚摸不着头脑的样子。

"哈勒先生，"霍顿说，"麻烦你往左侧看一下——陪审席是空的。我说过长话短说。我可没让你对着不在场的陪审员们做正式陈词。"

"是的，法官大人，"哈勒说，"谢谢您。那我们继续。州检察院的定罪证据真实性调查组接手本案后，对本案的证物进行了重新检验。他们在丹妮尔·斯凯勒的衣物上发现了DNA，但这份DNA并非来自当时杀害她而被定罪的普雷斯顿·博德斯，而是一个如今已不在人世的连环强奸犯卢卡斯·约翰·奥尔默。"

"哈勒先生，"霍顿再次打断了哈勒，"你这是在重复本庭已知的事实。我允许你以参与诉讼者的身份介入本案，介入案件要求存在新情况，或者说案件方向上的变化。这个条件你能满足吗？"

"没问题。"哈勒说。

"那就直接告诉我们有什么新情况。不要重复本庭已经知道的事情。"

"我方提供的新情况就是：如果博斯警探可以获准做证，他将向法庭提供证明文件和宣誓证词，表明是有人施展诡计将卢卡斯·约翰·奥尔默的DNA植入了洛杉矶警察局的证物箱中以帮助普雷斯顿·博德斯逍遥法外，并获得数百万美元的误判赔偿。"

"施展诡计的是何人，哈勒先生？你是说是关押在圣昆廷死囚监狱的普雷斯顿·博德斯策划了这一切？"

"并非如此，法官大人。我的意思是普雷斯顿·博德斯为了重获自由孤注一掷，加入了这场阴谋。真正的策划者远在天边，近在眼前，就是克罗宁律师事务所。"

兰斯·克罗宁立即起身抗议。

"这完全是胡闹！我强烈抗议！"他说，"哈勒先生这是在用他阴险的指控诋毁我的声誉，是他的当事人——"

"好了，克罗宁先生，"霍顿打断了狂躁的克罗宁，"但我也要提醒你，我们现在进行的是闭门会议，双方律师说的都不会传到公众耳朵里。"

法官又转向哈勒。

"你这是很严重的指控，哈勒先生，"他说，"你必须给出证据证明你的话，否则本庭不会采信。"

"我方会给出证据的，"哈勒说，"马上。"

哈勒简要指出了本案几个自相矛盾的疑点，内容与博斯在走廊里跟索托说的大同小异。如果证物中发现的 DNA 是真实有效的，那么搜查普雷斯顿·博德斯公寓时发现的海马吊坠就是伪造的证物。二者只能有一个为真。

"我方认为海马吊坠此前是，并且一直是本案真实有效的证物，"哈勒说，"卢卡斯·约翰·奥尔默的 DNA 是有人处心积虑制造的伪证。在我方说明造假过程是如何发生的之前，我想首先请法庭允许我的当事人就本案编造证据的问题做证。我的当事人拥有超过四十年的执法工作经历，而且本案对他的清名和声誉有着直接的影响。"

肯尼迪和克罗宁双双反对博斯在不接受交叉询问的情况下做证，霍顿很快就做出了决定。

"今天的闭门会我们就不采取这种方式了，"他说，"一会儿公开听证时，法庭会考虑你的这一诉求。不过我还是要说，博斯警探多年来多次在本庭做证，我从未对他的人品有任何怀疑。"

博斯向法官点头致意，感谢他的善意支持。

"请继续，哈勒先生。"霍顿说。

"好吧，那我们继续。"哈勒边说边打开讲台上的文件袋，"法官大人和在座各位应该都清楚，克罗宁先生曾经担任卢卡斯·约翰·奥尔默的代理人，而那个案子最后以奥尔默被判有期徒刑告终，直到奥尔默于两年前去世。该案中，正是 DNA 这一关键证据将奥尔默与多起连环性侵案联系起来，并导致奥尔默被指控。现在我想向法庭提交一份从该案档案中找到的法庭命令。这份法庭命令要求检方从辩护人身上提取 DNA 样本送检。"

肯尼迪起身抗议。

"法官大人，对方律师试图说明克罗宁当年拿到奥尔默的 DNA 样本后私自留存了一些，在多年后的案件中用来帮助他另一位当事人免除死刑。这样的理论简直可笑至极。哈勒先生应该十分清楚克罗宁先生根本接触不到奥尔默的 DNA 样本，证据链的有关工作规程要求证物在实验室之间安全运输。哈勒先生这是胡说八道，完全是在浪费法官大人的时间。"

哈勒摇摇头，笑了笑。

"我胡说八道？法官大人，我们一会儿就会看到究竟是谁在胡说八道。我并不是说在奥尔默庭审之前证物在实验室之间的运输有什么问题。问题在于辩方在庭审时并未对这份 DNA 证物提出疑问，而是称双方的性行为是自愿的，而且辩方对 DNA 证物的匹配是认可的，但是庭审后证物的归档并未完成。按照肯尼迪先生刚刚一直吹嘘的证物处理规程，私人实验室没使用的基因材料在案件审理完成后必须全部归还洛杉矶警察局实验室保管。但实际上，洛杉矶警察局实验室并没有该案的基因证物材料被归还的记录。这就是说证物失踪了，法官大人，证物是从为克罗宁先生工作的实验室手上失踪的。"

这回轮到克罗宁起身抗议了。

"这太荒唐了，法官大人。那份材料从未经过我的手，我对实验室是否归还那份材料更是毫不知情。这真是无缘无故从天上掉下来的罪名——"

"再说一遍，我们现在开的是闭门会议，"霍顿说，"大家都就事论事。哈勒先生，你还有什么要说的？"

"我有几份文件要呈递法庭，"哈勒说，"第一份文件是市副检察官塞西尔·弗伦奇的信。这封信证明普雷斯顿·博德斯已经向市政府提出申诉，要求市政府对洛杉矶警察局由于不当调查造成其被误判死刑的相关损失进行赔偿。这份申诉正是由兰斯·克罗宁律师提出的。信中并未提及博德斯申请赔偿的金额，毕竟现在为时尚早。不过常识告诉我们，一个人因市政府雇员的栽赃陷害被判死刑关了将近三十年，他申请赔偿的金额至少也要数百万美元。"

克罗宁又要起身，不料霍顿先他一步抬起一只手，就像交警拦截车辆一样，克罗宁只得缓缓坐下。哈勒继续说。

"另外，"他说，"我这里有一份圣昆廷监狱的访客记录。我们可以看到兰斯·克罗宁从去年一月起便开始定期约见普雷斯顿·博德斯。"

"他毕竟是博德斯的律师，"霍顿说，"律师约见狱中的当事人，这也没什么不正常的吧，哈勒先生？"

"当然没有，法官大人，只不过约见狱中死刑犯的必须是他的正式出庭律师。克罗宁去年一月才正式成为博德斯的出庭律师，而短短几个月后他就为了对得起自己的良心而致信定罪证据真实性调查组，说出了奥尔默所谓的死前忏悔。"

博斯差点笑了出来。克罗宁接手博德斯案的时间点不能说明任何问题，却仍然觉得可疑，而哈勒引导法官的方式更是完美。博斯将胳膊搭在旁边的空位子上，顺便扫了一眼坐在他右手边的索托和塔普斯科特。他们看起来在认真地倾听哈勒的陈述。

"还有，"哈勒说，"如果法庭准许我方的介入动议，我方准备传唤的证人将证明申诉方提出的人身保护令中的关键内容存在可疑之处。比如，申诉方将其庭审辩护律师大卫·西格尔先生描述成一个品行败坏之人，说西格尔先生在庭审时唆使博德斯做伪证，让他说在自己公寓中找到的关键证物——海马吊坠——并非被害人那一个，而是博德斯在圣莫尼卡码头买的那一个。"

"你方证人可以推翻这一证词？"霍顿问道。

"是的，法官大人，"哈勒说，"我方请到了大卫·西格尔先生本人。他愿意证明所谓他已经过世的报道以及他在一九八八年的庭审中唆使当事人做伪证的说法均与事实不符。他也愿意证明博德斯先生当年的证词完全是他自己为了解释被害人的首饰为何在他手里而故意捏造的。"

肯尼迪和克罗宁都立即起身抗议，但克罗宁还是让肯尼迪先说。

"法官大人，这太荒唐了，"肯尼迪说，"即便大卫·西格尔确实健在，他的证词却是公然违反律师对当事人的保密义务，法庭根本不能采信。"

"法官大人，肯尼迪先生的说法我不能苟同，"哈勒说，"博德斯先生在申诉中不仅恶意中伤我的当事人博斯警探，还披露了当年的辩护策略，并试图诋毁辩护律师的名誉，是他违反保密义务在先。我有一份视频资料要提交法庭，这是六天前西格尔先生接受采访的一段录像。视频中可以看出他仍然健在，并且思路清晰。他对博德斯先生及其律师的诽谤进行了驳斥。"

哈勒从衣服口袋里掏出一个存储着视频资料的 U 盘。他把 U 盘举过头顶，法庭中所有人的注意力都集中在这个 U 盘上。

"哈勒先生，"霍顿说，"你刚才说的视频资料的事情，我们稍后再议。本庭认为你的说法很有趣，但是十五分钟的闭门会议即将结束，归根结底，这件事最重要的只有一点：被害人的衣物上发现了奥尔默的 DNA。大家似乎对这一点并没有争议。发现奥尔默 DNA 的衣物已经密封存放多年——远远早于奥尔默受审以及克罗宁先生可能获得他的基因材料的时间，早于克罗宁先生认识博德斯先生，早于奥尔默先生在狱中死亡。你对此做何解释？如果你无法解释这一点的话，那么本庭就要对此事做出裁决了。"

哈勒点点头，看了看面前的信笺簿。博斯扫了一眼肯尼迪的侧脸，他似乎正在得意地笑着。看来肯尼迪觉得哈勒根本没办法解释 DNA 材料是如何出现在了密封的证物箱中。

"法官大人，您说得没错，"哈勒开口了，"被害人衣物上确实发现了奥尔默的 DNA，我方对此没有疑义。博斯警探和我本人都对洛杉矶警察局实验室的工作质量抱有最大的信任。我们并不是说化验分析的结果存在问题。我们认为被害人衣物上的 DNA 是在送检之前被人放上去的。"

肯尼迪再次一跃而起，反对哈勒暗指洛杉矶警察局的证物档案馆以及参与经办此案的定罪证据真实性调查组的两名警探存在腐败行为。

"索托和塔普斯科特警探的一举一动均记录在案，都是光明正大的，"肯尼迪说，"他们知道有时人在绝望之中会不择手段。为此，他们在开启证物箱时自发地进行了摄像，以避免任何篡改证物的事情发生。"

没等法官回话，哈勒就从中插话。

"的确如此，"他说，"二位警官确实拍摄了整个过程。所以如果法庭允许，我想当庭播放这段视频资料。这段视频我已经编辑好，就存在我的笔记本电脑上，随时可以播放。我请求法庭准许延长我的陈述时间。我现在就可以把电脑接到显示屏上。"

说着，哈勒指了指陪审席对面墙上的屏幕。法庭此时鸦雀无声。霍顿思考着哈勒的请求，而其他人也许在想哈勒是从哪儿搞到的这段视频。博斯看到索托瞄了他一眼，他知道他已经违反了两人心照不宣的保密协定。她当初把这段视频分享给他可不是为了让他捅到法庭上的。

"动手准备吧，哈勒先生，"霍顿说，"速度快一点。我会考虑将这段视频作为法庭陈述的一部分。"

哈勒快步离开讲台回到座位边，拿起放在博斯身旁地上的公文包。趁着从公文包里取出笔记本电脑的工夫，他低声对博斯说。

"时机到了。"他说。

"他们已经是瓮中之鳖了。"博斯也低声回复道。

五分钟后，哈勒开始播放视频。法庭中的所有人都全神贯注地看着，那些已经看过这段视频无数次的人也不例外。视频结束，无论是法官还是在场的其他人都一言未发。

"现在我再播放一遍视频。这一次，我会在一个重要的时刻暂停。"

哈勒说。

他开始播放视频，然后按下了暂停键。屏幕上可以看到特里·斯潘塞正在旁边的房间里注视着两名警探。

哈勒从外套内袋里取出一支钢笔大小的激光笔，用红色的光点在斯潘塞的图像上画了一个圈。

"这个人，他在干什么？他只是在旁观？还是另有目的？"

肯尼迪再次起身。

"法官大人，对方律师的异想天开已经到了荒唐的程度。这段视频清楚地表明没有人对证物箱做过手脚。在这种情况下，对方律师做了些什么？他试图将所有人的视线从这个显而易见的事实转移到一个有责任监控证物开箱的档案馆工作人员身上。我们能不能停止这出闹剧，回到纠正司法不公的正事上来？"

"哈勒先生，"霍顿说，"我的耐心正在逐渐耗尽。"

"法官大人，如果您能允许，我将在五分钟内完成我的陈述。"哈勒说。

"很好，"霍顿说，"继续陈述。只是请加快速度。"

"谢谢您，法官大人。正如刚才我被打断之前说的，这个男人究竟在干什么？我们对此十分好奇，并做了一点功课。结果，博斯警探认出这个男人长期在档案馆工作。他的名字叫特伦斯·斯潘塞。我们决定对斯潘塞先生进行调查，最终找到了可能令法庭震惊的发现。"

哈勒又从文件袋里拿出一份文件。他瞥了兰斯·克罗宁一眼，然后将这份文件递给了法庭书记员，书记员又将文件递到了法官手上。法官阅读文件时，博斯看到哈勒向后退了一步，借着讲台的掩护从口袋里掏出手机。他把手机放在齐胯的位置，偷偷地读了一条短信。

博斯知道这条短信很可能来自西斯科，可能就是哈勒一直在等待的有关斯潘塞的消息。

哈勒此时应该已经看完了短信。他把手机放回口袋里继续对法官说。

"我们发现七年前，特伦斯·斯潘塞的房子差点被银行没收。那是我们国家的一段困难时期，很多人都遇到了同样的问题。斯潘塞当时身处困境，无力偿还两份抵押贷款，银行也终于没了耐心。即将失去房子时，他法拍房的案件律师帮了他一把。这位律师名为凯茜·泽尔登，也就是我们很多人现在都熟悉的凯茜·克罗宁。"

博斯可以真实地感受到法庭里的空气在这一刻凝固了。刚才还仰靠在豪华真皮座椅里的霍顿此时已前倾身体，俯身弯向法官台。他手中拿着哈勒提供的文件，一边听哈勒说一边认真地读着。

"泽尔登——也就是如今的克罗宁太太——当时帮斯潘塞保住了房子，"他说，"但其实她当时所做的无非是将不可避免的事情延后了。她让斯潘塞借硬钱进行再贷款，可这笔钱七年后到期时，他要一口气还五十万美元。即便斯潘塞想卖房还钱，也得首先征得借他钱的私人投资基金的许可。结果就是债主选择不让斯潘塞卖房还钱，因为他们知道今年夏天这笔借款一到期，房子就归他们了。

"于是可怜的特甲·斯潘塞无路可走。他拿不出五十万美元，也没办法搞到这么多钱。他想卖房也卖不了，因为抵押权人不允许。他怎么办的呢？他联系了自己原来的律师、如今克罗宁律所的合伙人，问她自己该怎么办。就是在这一刻，法官大人，一个阴谋开始了，一个欺骗地方检察官办公室、诬陷我的当事人栽赃陷害的阴谋开始了。所有这一切都是为了帮助普雷斯顿·博德斯逃脱法律的制裁，并骗取洛杉矶市数百万美元的赔偿款。"

兰斯·克罗宁已经站起来，做好了反驳的准备。肯尼迪却缓缓地站起来，显得有些犹豫。但是法官早已抬手示意二人肃静，直盯着哈勒。

"哈勒先生，"法官缓缓说道，"这可是十分严重的指控。如果我允许你在公开庭审上做此陈述，你是否有任何证据支持你的说法？"

　　"当然，法官大人，"哈勒说，"我准备传唤的最后一个证人就是特伦斯·斯潘塞。上周末我们发现他躲在拉古纳海滩的一处住宅中，而这处住宅刚好属于克罗宁夫妇。我已向他发出了传票。现在他就在庭外的走廊里，随时可以出庭。"

39

特伦斯·斯潘塞将要做证的事情具有一定的威慑力，似乎在一瞬间就让法庭里的一切凝固了。最后，普雷斯顿·博德斯的笑声打破了沉默。起初笑声低沉，很快就变为仰头向后、大声又悲伤的讥笑。之后他突然止住笑声，就像是被刀锋斩断了一样，用力咆哮着冲自己的律师说："你这该死的蠢货。你说这行得通，你说这是万无一失的。"

博德斯试图要站起来，但是他忘了自己两腿间的铅链是固定在座椅上的。他站起身，座椅仍旧别扭地扯在后面，然后他又坐回了座椅上。

"让我离开这儿，赶紧把我带回去。"

克罗宁想要靠近自己的当事人让他安静下来。

"让这个该死的家伙离我远点，浑蛋。我要告诉他们所有的一切。你那整个该死的计划。"

肯尼迪随后站起身，他看到自己只有一条路可以走。他一副目瞪口呆的表情。

"法官大人，事已至此，州检方希望撤回就此事提出的动议，"他说，

"州检方现在收回该人身保护请求。"

"确实应该这样做，"法官说，"但是现在你可以先坐下，肯尼迪先生。"

霍顿向负责博德斯安全情况的警官示意。

"你们可以把他从这里带出去了，"他说，"但是继续羁押在这里。我相信这里的警探可能会想要找他聊聊。"

法官指了指索托和塔普斯科特。

法警来到博德斯面前，打开铅链将他带走。站起来的时候，博德斯最后朝兰斯·克罗宁看了一眼。

"多谢你能让我出来这一趟，"他说，"至少比被关在笼子里过三天要好。"

"把他带出去。"霍顿大声命令着。

"你们这帮浑蛋，"博德斯被拖向拘留室大门的时候大声喊道，"请告诉我的姑娘们，别忘了保持联系。"

门砰的一声关上了，尖锐的金属混响声如同地震般响彻整个法庭。

克罗宁慢慢站起身，想要在庭上讲话，但同样被霍顿打断了。

"律师，我建议你还是不要说话了，"他说，"你在这里所说的一切之后都会在另一间法庭上成为反对你的证据。"

"但是法官大人，如果可以的话，"克罗宁坚持说，"我希望法庭记录下我的当事人是如何威胁我和我的家人的，还有——"

"够了，克罗宁先生，够了。我已经听得够多了，我已经知道你、你的律师搭档以及你的当事人今天来到这个法庭上，明显是想要操纵法庭以获取经济利益，更不用说还想要把已经合理定罪的谋杀犯释放到社会上，玷污一位资深警探的名誉。"

"法官——"

"我这话不是说给自己听的，克罗宁先生。我告诉过你保持安静。你再插嘴，我就把你嘴给封上。"

霍顿环视整个法庭之后才双眼盯着克罗宁继续说了下去。

"现在我认为洛杉矶警察局会有兴趣跟你和特伦斯·斯潘塞聊一聊。可能会牵涉刑事指控。这我并不知道，不是我说了算的，但是我可以说了算的是在这间法庭里发生的事。不得不说，在担任法官的这二十一年里，我还从来没有见到有律师像这样与犯罪嫌疑人沆瀣一气、破坏法治。为此，我裁定兰斯·克罗宁和凯瑟琳·克罗宁犯有藐视法庭罪，命令立刻拘捕他们。加尔萨警官，你需要尽快找一位女性法警过来拘捕克罗宁夫人。"

凯瑟琳马上瘫倒在自己丈夫的肩膀上，流下了眼泪。待博斯转头看去，她的情绪发生了变化，开始用拳头捶打自己丈夫的胸口。他用胳膊揽住她，把她抱在怀里。这让她停下了拳头，只剩下泪水流个不停。加尔萨法警来到他身后，手里晃着手铐，准备把他带去监狱。

"现在，肯尼迪先生，"霍顿说，"我不知道你打算如何处理哈勒先生揭露出来的信息，但是我知道我要怎么做。我会把媒体和公众都叫回法庭，告诉他们所有今天在这里发生的事。你不会喜欢我这样做，因为你和你所在的机构也不会有什么好结果，是辩方律师和他的调查员们在洛杉矶警察局和其他机构的眼皮底下将这些证据凑到了一起。

"但还是要说一下，你们办公室欠博斯警探一份郑重的道歉。我会一直盯着，确保你们能够在大型场合上做出道歉，这需要及时做出，不能带有任何'但是''因为'之类的字眼。如果不能够完全消除周日报纸上引发的怀疑和指控，那就说明还不够。我说得够明白了吗，肯尼迪先生？"

"是的，法官大人，"肯尼迪说，"即使您没有这么裁定的话，我们也会这么做的。"

霍顿皱起眉头。

"鉴于我对政治和司法体系的认识，我觉得这太不可能了。"

法官再次看了下整个法庭，找到博斯，然后让他站了起来。

"警探，我想过去这几天，你肯定是心急如焚，"他说，"我想代表本庭为这份毫无必要的折磨表示歉意。祝你好运，先生，随时欢迎你到本庭来。"

"谢谢，法官大人。"博斯说。

这时，霍顿的助理和一位女性法警共同出现，他们忙着拘捕克罗宁夫妇。法官指示书记员到外面的走廊去，告诉在那里等候的人可以回到法庭了。

一个小时后，霍顿结束了当天的庭审。肯尼迪费力地从成群的记者中穿过，他们都要求他做出评论，并问他对法官刚刚做出的判决是何反应。

在法庭外的走廊里，博斯看到索托和塔普斯科特来到特伦斯·斯潘塞身边拘捕了他。西斯科来到博斯身边，看着两名警探将斯潘塞带走。

"我希望他能告诉他们他是怎么对箱子做的手脚，"博斯说，"我真的很想知道。"

"他是不会说的，"西斯科说，"他做了另一种选择。"

"但是你说他要出庭做证的啊。"

"你在说什么？"

"在法庭里你给哈勒发的信息。你说他准备好出庭做证了。"

"没有，我说的是你可以让他做证，但是他会跟你作对的。怎么了？米克是怎么跟你说的？"

博斯瞪着走廊另一边的哈勒，他正在与记者进行一对一的问答。记者手里拿着记事本，旁边没有摄像机，所以博斯猜测这应该是位报纸记者，这很有可能意味着他是《时报》记者。

"浑蛋。"

"什么？"西斯科问。

"我看到他读了你发的信息，然后他对法官说斯潘塞已经准备好出庭了。他并没有确切地说他会做证，只是说他可以出庭。他用这种虚张声势的方式将整件事给翻转了过来。博德斯上了钩，勃然大怒。就是这样。"

"这招很顺利啊。"

"这招很危险。"

博斯继续瞪着哈勒，开始把事情梳理清楚。

40

等所有采访结束后，博斯的队伍决定离开法院，步行到联合车站的特拉克斯餐厅庆祝这一全面胜利。哈勒和西斯科先去饭店找座位，博斯则陪他女儿到下面的坡道上等候她要搭乘的火车。她已经在手机程序上买好了返程车票。

"我真高兴自己在这儿，爸爸。"麦迪说。

"我也很高兴你在这儿。"博斯说。

"如果我之前听起来像是对你有所怀疑的话，我很抱歉。"

"没什么好抱歉的，小麦。你没有怀疑过。"

他把她揽入怀里，抱了很长时间，抬头看了看通道上方照射到登车站台上的阳光。他亲了亲她的额头，将她从怀里松开。

"等你回到住的地方，我还是想去和你一起吃晚饭。我会装上手机程序，搭火车过去。"

"没问题。再见，爸爸。"

"再见，小可爱。"

他看着她沿坡道向上面的光亮处走去。她知道他会看着自己，到了上面后，她转身挥了挥手。博斯只能看得出她黑色的轮廓，随后她就走了。

博斯回到餐厅。哈勒和西斯科正在窗边的一个卡座等他，窗外可以看到火车站那兼具装饰艺术和摩尔式风格的候车区。哈勒已经点好了马天尼，三人碰杯敬酒，仿佛三个火枪手，人人为我，我为人人。博斯看了哈勒一眼，点了点头。哈勒显然也看出来了，他当事人的表情并非他预期当中的感谢。

"怎么了？"哈勒问道。

"没什么。"博斯说。

"不对，到底怎么了？你刚才干吗那样看我？"

"我哪样看你了？"

"别想蒙我。"

西斯科静静地看着这两个人，明智地选择保持沉默。

"好吧，"博斯说，"我刚才看见你在走廊里跟那个记者说话，就是从法庭出来之后。那是《时报》的记者，对吧？"

"是啊，没错，"哈勒说，"他们还有一篇拨乱反正的大稿子得写。这跟更正报道中的差错还不一样。周日那篇他们完全是按照法庭的文件写的，但那只是一面之词。明天发的才是完整的事实。"

"那个记者叫什么？"

"没记住。所有这些记者对我来说长得都一个模样。"

"他叫戴维·拉姆齐吧？"

"刚才跟你说了，我没记住那哥们叫什么。"

博斯点点头，但他的态度还是没有逃过哈勒的眼睛。

"有什么话就尽管直说，"他说，"别在那儿好像看穿一切似的阴阳怪气。"

"我没什么好说的,"博斯说,"我虽然不是看穿一切,但你干了什么我很清楚。"

"上帝啊,你什么意思?"

"我知道你干了什么。"

"哦,好吧。我干了什么,博斯?你能不能说清楚,你他妈到底想说什么?"

"是你泄露了消息,是你周五把这个案子的情况告诉了《时报》,是你把消息透露给拉姆齐。"

西斯科正在喝第二口马天尼,高脚杯夹在他粗壮的手指中间好像随时都会折断一样。一听博斯这话,西斯科差一点把酒吐在礼服背心上。

"这他妈怎么可能,"他说,"米克绝对不会——"

"不会错,就是他,"博斯说,"他把我出卖给《时报》,换来一个头条。"

"哇哦,哇哦,哇哦,"哈勒说,"你他妈是不是忘了什么事情?我们打赢了这场官司啊,兄弟,高等法院的法官亲自给你道歉,还要求地方检察官办公室和洛杉矶警察局也向你道歉。你就不要再挑刺了吧。"

"也就是说,你承认是你走漏风声的?"博斯说,"你承认了。就是你和拉姆齐。"

"我是说为了获胜,我们必须加大赌注,"哈勒说,"我们得把这件事公之于众,让这件事变成街谈巷议的新闻,让所有媒体都蜂拥到法庭来。我敢说,如果能做到这一点,法官一定会允许我们介入案件审理,因为他除此之外别无选择。"

"那你从中能得到什么呢?价值大约一百万美元的免费广告?"

"天哪,博斯。你怎么跟流浪猫一样谁也不相信啊?我这么做没有任何私心,完全是为了你呀。结果不是挺好的吗?"

哈勒边说边朝法院方向指着。

"法官不顾所有人的反对允许我们介入，"他说，"而且我们他妈的赢了。博德斯要在死刑牢房里度过余生，而那些要陷害你的浑蛋不是失去律师资格，就是被解雇，甚至要入狱。你坐在这儿逍遥自在喝马天尼的时候，克罗宁两口子已经进监狱了。如果不是媒体如此关注，你认为法官会理咱们吗？"

"我不知道，"博斯说，"我只知道我女儿上周日读到那篇狗屁文章之后，这四天满脑子都在想她父亲是不是真的是那种栽赃陷害、置无辜之人于死地的坏人。除此之外，那篇报道差点害死我。要不是我命大，博德斯现在早已经逍遥法外了。"

"你说的这些我真的很抱歉。真的。我没有想到会发生那样的事情，我不知道你当时正在从事卧底工作，因为你他妈的也没告诉我。但我认为这个案子，就是应该为达目的不择手段，好吗？我们最后也得到了我们想要的结果，你的名誉得到了维护，你女儿也确认了自己的父亲是英雄，不是罪犯。"

博斯点点头，看上去同意哈勒的话，但其实并不同意。

"你应该告诉我的，"他说，"我是你的当事人。我应该事先知情，我应该拥有选择的权利。"

"如果是那样，你会怎么选择呢？"哈勒问道。

"这个问题的答案我们永远也不会知道，因为你根本没有给我选择的机会。"

"我没有给你选择的机会就是因为我清楚你会怎么选。到此为止。"

两人对视良久。西斯科犹豫地举起杯子。

"得了得了，过去的事就让它过去吧，伙计们，"他说，"我们赢了啊。再喝一杯，再喝一杯。我真想看看明天的报纸会怎么写。"

哈勒和博斯仍然目不转睛地盯着对方，好像都在等对方先动。

最终还是哈勒打破了僵局。他抓着杯脚把酒杯举起，杯中的伏特加溢出杯口洒在哈勒手上。博斯最终也举起了酒杯。

　　三个火枪手再次碰杯，但是那种"人人为我，我为人人"的感觉已经荡然无存。

41

博斯转过伍德罗·威尔逊大道的最后一个弯道时看到一辆市政公务车正停在自己的房子前。有人在等他。他将卡玛西·华盛顿的《换岗》调低了声音。已经差不多六点了，他原本计划换下西装、冲个澡、换上便装，然后再前往峡谷去伊丽莎白·克莱顿接受治疗的地牢看看她。

把车停到旁边的车棚时，他看到了是谁在等他。露西娅·索托正坐在房子门前的台阶上。博斯停下车，绕到前门去，并没有避开她从侧门进屋。她站起身，拍了拍裤子后面在台阶上沾到的尘土。她仍旧穿着早上出庭时的那套深蓝色正装。

"等很久了吗？"博斯边打招呼边问道。

"没有，"她说，"我有些电子邮件要处理。你应该时不时地打扫下台阶，哈里。都是灰。"

"老是忘。劫案/命案组那边对今天的事情怎么看？"

"哦，你知道的，处之泰然。不论是好事还是坏事，他们总是处之泰然。"

"那这算是好事还是坏事？"

"我觉得是好事。只要前警探洗清违法嫌疑，那就是好事。即使是哈里·博斯。"

她笑了起来。他皱皱眉头，打开门锁，然后推开门请她进去。

"进来吧，"他说，"我这儿没有啤酒了，但是还有些很不错的波旁威士忌可以一起喝。"

"听起来挺好。"她说。

博斯跟在她后面进去，然后从她旁边绕到前面，以便自己能够先到客厅，更好地招待访客。之前两个晚上，他都睡在了沙发上，看着电视，试图理清楚与自己案子有关的所有事情。

他将沙发抱枕立起来，一把抓起搭在沙发扶手上的衬衫，拿着衬衫向厨房走去。

"你先坐一下，我去拿杯子。"

"我们可以到露台上去吗？我喜欢外面，很长时间没去你家露台了。"

"当然，推拉门后面有把扫帚。"

"这之前可没有。"

他把衬衫扔进洗衣机，洗衣机就在厨房通往车棚的那扇侧门旁边。他从冰箱上面拿起酒瓶，从杯架上拿了两个杯子，然后到露台上和索托会合。

"是啊，最近这附近发生了两起入室盗窃，"他说，"两起案子里，那家伙都是先爬树到了屋顶，然后下到后面的露台上。人们有时候都不会锁露台的门。"

他用瓶子指了指隔壁的房子。那栋房子和博斯的一样，都是悬臂式户型。后面的露台悬挂在峡谷之上，看起来只有通过内部才能过去。但是很显然，屋顶提供了另一条路。

索托点点头。博斯看出她并不是真的感兴趣，她不是作为邻里联防委员会委员过来拜访的。

他打开瓶盖，向每只杯子里都倒了一大口的量。他将其中一只杯子递给索托，不过他们并没有碰杯。此刻，考虑到他们之间发生的这一切，碰杯的话只会感觉尴尬。

"那么，他有跟你们说他是怎么做的吗？"博斯问。

"谁？"索托说，"他怎么做什么？"

"拜托，斯潘塞。他怎么对证物箱做的手脚？"

"斯潘塞什么有用的信息都没跟我们说，哈里。他的律师不让他跟我们说话，而且还说他并没有打算要出庭做证。你的律师在提交证据时对法官撒谎了。"

"不，他没有撒谎，至少没有对法官撒谎。查查记录。他说的是斯潘塞就在庭外的走廊里，随时可以出庭。那并不是谎话。不论他出庭后是做证还是拒绝回答，都是另外一回事了。"

"肆意歪曲，哈里。我一直不知道你还会玩文字游戏。"

"那只是虚张声势，但起作用了。我并不知道这件事，如果能让你好受些的话。但是这让事实暴露了出来，不是吗？"

"确实是，还让我们拿到了一张搜查令。我们并不需要斯潘塞开口。"

博斯猛地看向她，她已经解决了那个谜题。

"告诉我。"

"我们打开了他的锁柜，他有一堆二十年前向证物箱上贴的那种证物封签。在改用红色裂纹胶带的时候，这些都应该销毁。但是他不知道怎么弄到了一堆剩下的存货，自己保存了起来。"

"也就是说，他打开箱子，把奥尔默的 DNA 放了进去，然后贴上了新的封签。"

"因为你的签名在上面的封签上，所以他打开的是箱子下面的缝。他的封签同样老旧发黄，所以箱子看起来完全没有问题。问题是我们认为这不是他第一次这么做。我们也拿到了对他家展开搜查的搜查令，找到了格伦代尔一家当铺的一些收据。我们去那里查了下，他是个常客，主要是卖些首饰。我们认为他可能一直都在翻找已经结案的证物箱，寻找值钱的东西拿去典当。他很可能认为既然这是些陈年旧案，而且都已经结案了，也就不会再有人去查看证物了。"

"所以当克罗宁问斯潘塞是否可以放点东西到箱子里的时候，他说没问题。"

"没错。"

博斯点点头。谜题已经解开了。

"克罗宁夫妻俩呢？"他问，"我猜他们会想要以一换一的交易，是吗？"

"很可能，"她说，"她逃脱罪责，他则承担一切。他会被剥夺律师资格，但无疑还是会在背后给她出谋划策。所有人都会知道你雇用她就是在雇用他。"

"就这样？不用入狱？这家伙利用法律想要将杀人犯放出监狱。真该判他死刑，其他处罚都太轻了。他真的只得到了这点惩罚？"

"唉，我最后听说他们消息的时候他们还在监狱里，因为霍顿坚持要等到明天才能保释。不管怎么说，目前还在谈判初期，哈里。但斯潘塞还是不肯说话，唯一开口说话的人就是博德斯。如果你唯一的目击证人是一名死刑犯，你是不会想把案子提交给陪审团的。这个案子最终会达成一个全面的辩诉协议，克罗宁也许会进监狱，也许不会。事实上，他们更想拿下斯潘塞，因为他是个内鬼。他背叛了警察局。"

博斯点点头。他明白警局对斯潘塞的看法。

"警局的管理团队已经介入了，"索托说，"他们正在修订整个预约和回收流程，好避免这种事情再次发生。"

博斯靠近木质栏杆，将胳膊肘支在上面。至少还有一个小时，太阳才会下山。下面的山谷中，101 高速公路的两个方向上都已经开始堵车了，但是并没有多少汽车喇叭的声音。洛杉矶的司机似乎已经习惯了在拥堵的车流中等待的命运，完全没有博斯在其他城市一直听到的那种毫无作用，却又刺耳的喇叭声。他一直认为，这个露台让自己有了一个独特的视角来看待洛杉矶的这一特征。

索托和他一样站在栏杆边，在他旁边支着胳膊。

"我到这里来并不是为了说这个案子。"她说。

"我知道。"博斯说。

她点点头。是时候说到主题了。

"我的导师是一位非常优秀的警探，他教我要跟随证据。在这件事上，我一直认为我是这么做的。但是在某个地方，我被人利用了，或者说是我转错了方向，证据所显示的东西在我看来明显是完全错误的。对这一点，我真的非常抱歉，哈里。我会一直感到很愧疚的。"

"谢谢，露西娅。"

博斯点点头。他知道她本可以轻易地将责任推到塔普斯科特身上。塔普斯科特是他们这组搭档中的资深警探，案件的最终决定权在他手里。但她将责任都扛到自己身上。她挑起了这一重担。这需要勇气，是真正的警探才能做出的事。为此，博斯不得不钦佩她。

再说了，在自己女儿的声音里他都听得出她在担心这是真的，担心哈里在案子里陷害了一个无辜之人，他又有什么理由责怪索托呢？

"那么……"露西娅问，"我们还是好好的，是吗，哈里？"

"我们很好，"博斯说，"不过我真希望人们明天能读读报纸。"

"过了今天，谁要是还心存怀疑的话，就是活够了。"

"这一点我赞同。"

索托站起身。她已经把自己要来说的话都说完了，得准备回家了。很快她就会成为眼前那条钢丝带的一部分。

她把自己杯子里剩下的波旁威士忌倒进博斯的杯子。

"我得走了。"

"好的，谢谢你能过来跟我说这些。对我来说，这很重要，露西娅。"

"哈里，如果你需要什么，或者有什么我能为你做的，记住，我欠你的。谢谢你的酒。"

她转身朝敞着的推拉门走去，博斯转过身向后靠在栏杆上。

"实际上，确实有点，"他说，"有点事情你能帮忙。"

她停住脚步，转过身来。

"黛西·克莱顿。"他说。

她摇摇头，没有明白。

"我应该知道这个名字吗？"

博斯摇摇头，站直身子。

"不。她是一名谋杀案被害人，当时你还没能来命案组。但是你现在负责调查陈年悬案，我希望你能够把卷宗调出来，查查这个案子。"

"她是谁？"

"她谁都不是，也没人在乎。这也就是为什么她的案子一直还在侦办中。"

"我是说，她对你来说是什么人？"

"我根本不认识她，她当时只有十五岁。但是有人将她带走，利用了她，然后又像扔垃圾一样把她扔了。那是个恶魔。因为是好莱坞的案子，所以我没有办法调查。已经不是我的地盘了，但还是你的地盘。"

"你知道是哪一年吗？"

"二〇〇九年。"

索托点点头。她已经知道了调取案卷和复查的必要信息。

"好的，哈里，我会调查的。"

"谢谢。"

"等我知道这案子的相关情况就告诉你。"

"好的。"

"回头见，哈里。"

"回头见，露西娅。"

42

冲完澡，换上便装之后，博斯来到房子前门旁的柜子边，从架子上取下那只防火保险箱。他用钥匙打开箱子。箱子里放着一些老旧的法律文件，包括出生证明和美国陆军的退役材料。博斯还在箱子里放着自己的结婚戒指、两枚紫心勋章，以及两份将自己女儿设为受益人的人寿保单。

里面还有一张已经褪色的博斯和他母亲的合照。这是他手里仅有的一张她的照片，所以和把照片陈列出来相比，他更想要确保照片的安全。他盯着照片看了一会儿，这一次他并没有盯着自己的母亲，而是把目光放在了自己八岁时的肖像上。他细细看着这个男孩满是希望的脸庞，思考着这份希望到哪儿去了。

他把照片放到一旁，向保险箱里面翻去，直到找到了他要找的东西。

这是一只旧袜子，里面塞了一卷用橡皮筋缠起来的现金。此时，博斯并没有把钱从袜子里拿出来数一数，而是直接塞进了自己上衣侧面的口袋里。这一卷钱是地震储备金，大多数都是他慢慢积攒下来的大额现钞。一九九四年洛杉矶大地震之后，他就时不时地攒下一张二十或五十的现金。当大地震来袭的时候，没人希望因为没有现金而受困。在发生灾难的时候，自动取款机不能联网，银行也都不会开门。在这种情况下，现金为王。博斯在过去二十年里一直在做着相应的计划。据他自己估算，袜子里面应该有将近一万美元。

他把其他的东西放回到箱子里，又最后看了一眼母子二人的照片。他对拍照姿势和拍照地点都没了印象。这是一张拍摄专业的照片，白色的背景如今已经发黄。或许是年幼的哈里跟着母亲，而她当时正为了获得群演的机会去拍摄头部特写。随后她给摄像师多付了点钱，让他快速给自己和儿子拍了张照片。

博斯驾车沿山路向上前往马尔霍兰，然后继续沿着蜿蜒的道路来到月桂谷大街，又向北下山前往峡谷。手机一有信号，他就立刻打给了贝拉·卢尔德。他以为她这会儿应该已经下班回家了。不过，她还是立刻接起了电话。

"哈里，我本来想给你打电话的，但是又想到你可能会出去庆祝。"

"哦，你是说那个案子？不，没有庆祝。就是很高兴总算过去了。"

"我也有同感。我要给你打电话是为了告诉你，他们通过指纹确认了另一名俄罗斯人的身份。在你讲这件事的时候，为了方便各方理解，你把他叫作伊戈尔，还记得吗？"

"记得。"

"嗯，这家伙还真叫伊戈尔。我是说，这得有多巧啊？"

"如果你是俄罗斯人的话，这个名字可能非常好。"

"不管怎么着吧。伊戈尔·戈尔茨——戈尔茨，年龄三十一岁。国际刑警组织认为他也是兄弟会的一名成员，和斯洛什科是长久的伙伴。他们在俄罗斯的一座监狱相识，可能是一起到这里的。"

"我猜药店案的调查就都结束了，是吧？"

"我今天正在敲定书面工作。既然你法庭的事情已经结束了，明天回来吗？"

"是啊，我的事情结束了，我明天回去。"

"抱歉，你知道我的意思。你能够回来真是太好了。"

"听着，我给你打电话是有事情要问你。之前有一天你提到过你身边有药物成瘾的人，包括你自己家里的某个人。你介意我问问是谁吗？"

"是的，我妹妹。为什么会想问这个。"

"她现在都好了吗？我是说不再上瘾了？"

"据我们所知是的。我们跟她不太常见。一摆脱毒瘾，她就不太希望周围都是见过她经历低谷人生的人，你知道我说的是什么吧？"

"我想是的。"

"她像疯了一样从我父母那里偷东西，也偷我的。"

"是会发生这种事。"

"所以我们挽救了她，但也因此失去了她。至少从好的一方面来说。她住在北边的湾区，正如我所说的，她应该已经有四年时间一直保持清醒状态，没有再沾染上毒品了。"

"这一点很棒。你们是怎么帮她摆脱毒瘾的？"

"唉，实际上不是我们做的，是一家戒毒康复中心。"

"你们用的哪家？这就是我打电话的原因。我需要给某个人找个地方，但是我不知道从哪里入手。"

"好吧，有一些花哨的，价格昂贵，也有些不是那样的。只要人觉得舒服，你付的钱越多，得到的就越多，但我妹妹基本上是在街上流浪。所以我们送她进去的地方，对她来说就像天堂一样。有房间、有床，你知道吗？里面每天都有同类聚会，单独见精神科医生什么的。每天还要进行尿检。"

"在什么地方？叫什么名字？"

"叫'起点'。在卡诺加公园那里。四年前差不多是一千两百美元一个周。因为没有保险，我们都凑了些钱。现在应该更贵了。自从有了阿片类药物这种东西，有些戒毒康复中心连找个床位都难。"

"谢谢，贝拉。我会去看看。"

"那明天警局见？"

"好的。"

博斯正从 101 高速公路上转到 405 高速公路，他可以看到前面酿酒厂排出的那缕烟气。

他给查号台打了电话，电话被转接到了起点。在转接两次后，他总算和被称为安置主任的人通上了话。她解释说这里的设施专门用于治疗阿片成瘾问题，没有床位预订服务，而是需要严格遵循先来先得的服务原则。目前该机构共有四十二张床位，还有三张空床。

博斯问了问价格，得知每周的全包费用在四年间已经跳涨了百分之五十以上，达到了一千八百八十美元，而且需要提前付款，机构建议最少治疗四周。这让博斯想起杰里·埃德加关于这场危机太大而不能关停的说法，因为所有人都在从中赚取金钱。

博斯谢过安置主任，挂断了电话。五分钟后，他已经到了路圣的院子准备停车。这一次，前面的院子里停了好几辆摩托车，他不禁怀疑自己是不是误打误撞碰上了俱乐部的月度成员聚会。从吉普上下来之前，他给西斯科打了电话，看看自己是不是来的时间不对。

"没有，伙计，我出来带你进去。因为某种原因，这里一到周三人就很多。甚至连我也不知道这是为什么。"

西斯科出来时，博斯正倚靠在吉普上。

"她现在怎么样了？"他问。

"呃，还是一如既往地气急败坏，"西斯科说，"不过我认为这是个好迹象。我还记得当时我到第四或第五天的时候，米克·哈勒过来看我。

我透过门跟他说他可以收回他那份工作，把它塞进自己屁眼里。当然，
一周后我不得不去求他再把工作从他屁眼里拉出来还给我。"

博斯笑了起来。

"那么你有没有听说过卡诺加公园那边一家叫起点的地方？"他问。

"嗯，戒毒康复中心，"西斯科说，"我听说过。但是我对那里一点都
不了解。"

"我听人说那里不错，进去的人有效果。一个周得花上两千美元呢，
所以最好还是能有点效果。"

"那可真能买很多面包啊。"

"等伊丽莎白在这里结束了，我想让你把她带到那里去，看看能不能
送她进去。先到先得，不过那里现在还有空床位。"

"我觉得她至少还需要在这里再待一天，或者两天，才能把体内毒素
排干净，去走下一步。"

"那没问题。等她都准备好了。"

博斯把手伸进上衣口袋，掏出装有现金卷的袜子，把它交给了西
斯科。

"用这个，应该可以在那地方撑上一个月。如果她需要的话，或许可
以再长点。"

西斯科不情愿地接了过去。

"这是现金？你想就这么把它给我？"

西斯科朝院子四周看了看，又透过栅栏向外面的街道看去。博斯意
识到这对任何看到这一场景的人来说可能是怎么回事。

"该死，我很抱歉。我没动脑子。"

博斯马上四处看了看。他没有看到监视的影子，但是他或许也不可
能看到。

"不用担心，"西斯科说，"这也是为了做件好事。"

"那么你来处理了？"博斯问，"这样你就不仅是把爱传了出去，还是朝各个方向传了出去。"

"我不在乎，我们在做一件好事。你现在要进去吗？"

"你知道吗？我在想或许我不该进去。如果她会感到焦虑的话，那就没必要见我。我不想再刺激到她。"

"你确定？"

"确定。如果她表现不错，就让她保持下去。这样我也很高兴。"

西斯科将袜子抛了起来，然后又一把抓住。

"让我猜猜，"他说，"地震储备金？"

"没错，"博斯说，"我想：管他呢，给它寻个好的用处吧。"

"是啊，不过你要知道你刚刚可是让整个城市都触了霉头。只要你把地震储备金花了，那么大地震可马上就要来了。所有人都知道这一点。"

"对，我们就只能等着瞧了。我就不打扰你了。谢谢，西斯科。"

"不，是我该谢谢你。总有一天，我觉得她也会感激你的。"

"现在不需要，到时候也不需要。如果你能送她进去的话，告诉我那地方情况怎么样。"

"没问题。"

开车离开后，博斯在手机上查好了起点戒毒康复中心的具体位置，然后驱车向西来到这里。他可以看出这所康复中心曾经是一座度假酒店或者其他的中档旅馆。现在这里已经完全被粉刷成了白色，看起来很干净、有人打理——至少从外面看起来是这样。他对此感到很满意。

他继续开车向前，准备回家。对自己没有进去看望伊丽莎白·克莱顿的决定，他几乎思考了一路。他不确定这意味着什么，或者说他自己这是在做什么。他想要伸手去帮助别人，不论他们是否欢迎他的帮助，而她恰巧需要帮助。他很确定如果自己和一名精神科医生聊上一个小时的话，比如洛杉矶警察局的法律顾问卡门·伊诺霍斯，就会发现在自己的举动背后有着大量心理学依据。还有那笔钱。他的储备金有着非常明确的目的，不会对自己的生活造成任何财务上的影响。所以这其中有做出任何牺牲吗？

当博斯还只是个孩子时，有一段时间他非常希望能够摆脱自己在青年堂和寄养家庭中的生活，着迷于发现新大陆和新文化的伟大探险者。这些人离开自己出生和生活的地方去追寻新的东西，或是反对旧有的东西，比如奴隶制度。在辗转各地的过程中，他一直带在身边的是一本关于苏格兰传教士和探险家戴维·利文斯通的书。戴维·利文斯通两件事都做了。博斯已经忘了书的名字，但是他还记得这个人推崇的诸多理念。随着时间的流逝，他像泥瓦匠一样将这些理念砌进了自己的信仰体系之墙，使它们构成了自己作为一名警探和一个男人的基础。

利文斯通曾经说过同情心并不能取代行动。这是博斯信仰之墙中最基础的一块砖石。他把自己变成了一名实干家，当一名死囚犯使得他一生工作的刚正不阿为人所怀疑时，他选择将自己对伊丽莎白·克莱顿的同情转化为行动。他明白这一点，但是不确定其他人是否会明白。他们会认为他有其他动机，伊丽莎白也是。这就是他选择不去看望她的原因。

他知道需要做的他都已经做了，或许之后他再也不会见到她了。

他回到家时才九点钟，但已经筋疲力尽。过去三天以来，他第一次迫不及待地想要瘫倒在床上。他进了房子，检查了下门锁，将扫帚又放回到露台推拉门的轨道上。然后他走到门厅，边走边将自己的上衣和衬衫脱下来扔到地上。他脱完衣服，躺到床上，准备要在床上好好睡一觉，恢复状态。他伸手去拿闹钟，想要关掉每天早上六点的叫醒定时，结果看到了床头柜上折起来的信封。他打开后发现是寄给他的信，地址写的是圣费尔南多警察局。

他突然恐慌起来，以为有人进来过，并把信放在这里等他发现。他疲惫的头脑开始集中精力，这才记起来是自己在三天前的晚上将信放在了这里。他完全忘了这封信，之后也一直没有在床上睡过。

他决定等到明天早上再把信拆开。他关掉闹钟和灯，把头夹在两个枕头之间。

坚持了不到三十秒，他就把上面的枕头拿开，伸手打开灯，然后拆开了信封。

里面是从报纸上剪下来的一篇报道，折叠着。这是差不多一年前《圣费尔南多太阳报》上的一篇报道，讲述了警察局再次努力调查清楚埃斯梅拉达·塔瓦雷斯的遭遇。博斯接受了这家地方周报记者的采访，希望能够从公众手里获得些反馈和可能的信息。有些消息传了回来，但是都没有什么用处，没有取得任何进展。现在，一年后，他收到了这封信。

除了剪下来的报纸，里面还有一张折了三次的白纸，上面有一句手写的话：

我知道埃斯梅·塔瓦雷斯出了什么事。

这封简短的信里还留下了安杰拉这个名字，以及一个区号为 818 的电话号码。

那是峡谷区的号码。

博斯从床上起来，伸手拿起手机。

43

给博斯写信的人叫安杰拉·马丁内斯。她非常清楚埃斯梅拉达·塔瓦雷斯出了什么事，因为她自己就是埃斯梅拉达·塔瓦雷斯。

周三晚上，博斯给信上留下的号码打了个电话。自称为安杰拉的女人接了电话，说她想第二天早上九点在自己位于伍德兰希尔斯的家中和他见面。

她住在托潘加峡谷路旁的公寓里，开门的是一名三十五岁左右的金发女子。在之前的两年里，博斯花费了大量时间寻找十五年前还是深色头发、深色眼睛的埃斯梅·塔瓦雷斯。他有一张她噘着嘴唇的照片。博斯将照片贴在了牢房的墙上，以便提醒自己注意这个案子。他从所有照片中挑出噘嘴的照片是因为他知道一个人闭合着嘴巴的样子很少会随时间而发生变化。自称为安杰拉的女人开门时脸上没有笑容，博斯立刻就认出来她就是埃斯梅。

而她也意识到他已经知道了。

"你得停下来，别再找我了。"她说。

他们坐在她的客厅里，她向他讲述自己的故事。她开始讲述后，博斯本可以在她之前补充出很多细节，但还是让她讲了下去。年轻女子嫁给了年长且专横的男人，陷入不幸的婚姻，常常遭受身体上的虐待，又被自己不曾想要的婴儿给拴住了，而这个婴儿也只是她丈夫控制她的一种手段。她做出了艰难的选择，抛下所有，包括孩子，然后人间蒸发。

有人帮助了她。在博斯的一再追问下，她终于透露帮助她的是她当时的情人，如今他们已经一起生活了十五年。他们先是搬离这里，一起住到了盐湖城。十年后，因为两人都很怀念自己长大的城市而又回到了这里。

她故事的漏洞比圣佩德罗港的渔网孔还要多。不过，博斯觉得这些漏洞和不一致都是她为了让身处幽深阴影中的自己的形象能够更好一些。对自己丢在婴儿床上的女儿以及社区为了找到她而付出的努力，她似乎丝毫没有感到愧疚。她宣称自己并不知道这一切，因为她当时一直在盐湖城生活。

她还称她的消失并不是为了让被丢下的丈夫染上嫌疑。她说她没的选择，只能逃跑。

"如果我单纯要离开他的话，他会杀了我，"她说，"承认吧，你以为是他杀了我。"

"那或许是真的，"博斯说，"但那在一定程度上是由当时的情况——你消失不见、把婴儿留在婴儿床上——所决定的。"

到最后，原名埃斯梅拉达·塔瓦雷斯的安杰拉·马丁内斯都没有为自己的所作所为表示歉意，这很是罕见。她也没有向博斯、警局或是社区表示歉意。最重要的是，她没有向她的女儿表示丝毫歉意。在妻子失踪一年后，她的丈夫让别人领养了女儿。

"你知道她现在在哪里吗？"博斯问。平心静气的警探装作此刻并不是在工作。

“不管在哪儿，我都确定她是在更好的地方，比我继续留在那所恐怖的房子里要好，”马丁内斯说，“在那里，她甚至可能没法活下来。我知道我在那里是活不下来的。”

“但是你又怎么知道你一离开后他就会放弃她？就你当时所知，她可能还要继续待在那所恐怖的房子里。”

“不，我知道他会放弃她的。他想要她只是为了能够拴住我。我证明了他是大错特错。”

博斯想起了中间这些年，以及所有为了找到她而做出的努力。他想到了如今已经成为警察局长的瓦尔德斯警探，这个案子一直萦绕在他心头。博斯知道在某种程度上，这是个好结果。谜题解开了，埃斯梅还活着。但是博斯的感受并不太好。

“为什么是现在呢？”博斯说，“为什么你现在又冒了出来？”

“我和艾伯特想结婚了，”她说，“是时候了。我丈夫一直没有和我离婚，他就是这么想要控制别人。他也一直没有宣布我死亡。但是我雇了一位律师，现在他会负责处理。第一步是要解开这么长时间以来所有人一直在追寻的谜题。”

她笑了起来，似乎对自己的行为很骄傲，为自己保守了这么长时间的秘密而感到兴奋。

“你现在不再害怕他了吗，你的丈夫？”博斯问。

“不再害怕了，”她说，“我当时还只是个女孩。现在他吓不住我了。”

她的笑容现在变成了噘嘴的样子，和博斯贴在自己工作的牢房墙上的照片一样。

他站了起来。

“我想终止调查所需要的信息我都已经有了。”他说。

“你就只需要知道这些？”她问。

她看起来很惊讶。

"目前是的，"博斯说，"如果还有其他事情的话，我会再和你联系的。"

"好的，你知道在哪儿能找到我，"她说，"总算知道了。"

之后，博斯往警局赶去。他心情抑郁。他到警局又能了结一起案子，但是一点好的感觉都没有。很多人都在埃斯梅·塔瓦雷斯身上花费了时间、金钱和感情。正如一直以来猜测的一样，埃斯梅·塔瓦雷斯没了，但是安杰拉·马丁内斯还活着。

在圣费尔南多警察局停好车后，他穿过侦查处前往警局内宽阔的走廊处。工位上空无一人，博斯听到作战室里有说话的声音。他猜警探们应该正在一起吃午餐。

警察局长的办公室位于警局的中心位置，在值班警察办公室门前的过道对面。博斯从门口探进头去，问瓦尔德斯的秘书上司是否有五分钟空闲时间。他知道自己一旦进去，他和这个男人的对话就很可能会持续很长时间。秘书给自己桌子后面的办公室打了个电话，获得了许可。博斯走了进去。

瓦尔德斯像往常一样穿着制服，坐在自己桌子后面。他手里拿着《时报》的头版。

"刚刚读完关于你的报道，哈里，"他说，"他们在这篇报道上完全消除了你的嫌疑。祝贺。"

博斯在他桌子对面坐下。

"谢谢。"他说。

在赴约之前，博斯早上读了报纸上的报道，对报道内容很满意。不过，他也知道《时报》周日版的读者远多于周三版的。有些人读了他是个坏警察的报道，有些人读了"没关系，他是个正直的警察"的报道，这两者之间总是会留下一道鸿沟。

这并没有让他感到太烦心。他最希望能够读到最新报道的人已经在网上看到了报道，并且给他发信息说她对他感到非常骄傲，对博德斯案的结果也感到开心。

"那么，"他说，"我不确定该怎么跟你说这件事，所以我就有话直说了。我刚刚见过了埃斯梅·塔瓦雷斯。她还活着，活得很好，就住在伍德兰希尔斯。"

瓦尔德斯几乎是从椅子上跳了起来。他猛地向前俯身，用胳膊撑在桌子上，一脸惊讶。

"什么？"

博斯从前一天晚上自己拆信开始，将故事讲了一遍。

"圣母玛利亚啊，"瓦尔德斯说，"十五年来我一直以为她已经死了。我跟你说，很多个晚上我都想去她家里，把她那个浑蛋丈夫拖到我的汽车后面，直到他告诉我他到底把她埋在了哪儿。"

"我知道。我也一样。"

"我是说，天哪，我感觉我都已经爱上她了。就是那种和受害人之间微妙的情感联系，你明白我的意思吧？"

"明白，我也有一点。直到今天为止。"

"那她有没有跟你讲讲她的故事或是其他的什么？"

博斯把早上他和安杰拉·马丁内斯的对话重述了一遍。在他讲述的过程中，瓦尔德斯的脸不断因为怒气而阴沉下来。他好几次都摇了摇头，在桌子上的便笺本上做了几条记录。

博斯讲完后，局长先是看了看自己的记录，然后才开口。

"你有没有劝告她？"他问。

博斯知道他是在问博斯有没有告知马丁内斯：根据宪法，她有权聘请律师，并避免自证其罪。

"没有，"博斯说，"我觉得不需要。她电话里说让我去她那里，我们就坐在她的客厅里。我表明了自己的身份，她显然早已知道我是谁。但是这都没有关系，局长。我知道你在想什么，但那些都是行不通的。"

"这是诈骗。"瓦尔德斯说，"过去这些年，我们为了找她可能花费了将近五十万美元。我还记得一开始收到她失踪的报告后，加班就像打开阀门的消防栓一样席卷而来。所有人都上了。在那之后我们也没有放弃，一直到你接手并进行调查。"

"听着，我不想听起来像是在为她辩护一样，但她是道德犯罪，不是地方检察官办公室可以指控的罪行。她是在逃脱自己认为危险的处境。她早就在加班和之后付出其他一切之前走了。她完全可以宣称自己并不知道，或是太危险了，没有办法打电话过来报平安。她有很多辩解的理由。地方检察官办公室不会接手。"

局长没有回应。他靠在自己的椅子上，盯着用绳子悬挂在屋顶上的玩具警用直升机。他喜欢说这是这个小小警察局的飞行中队。

"该死，"他最终开口说道，"我真希望我们能够做点什么。"

"我们只能忍着，"博斯说，"她当时处境糟糕，她做了错误的选择，但是人无完人。他们都是自私的。在我们以为她已经死了的那些日子里，她对我们来说是纯洁而无辜的。现在我们发现她是那种会为了拯救自己而将婴儿抛在婴儿床上不管的人。"

博斯想到了小若泽·埃斯基韦尔死在父亲药店后面走廊上的样子，脸就趴在油毯上。他怀疑是否真的有人是纯洁而无辜的。

瓦尔德斯从桌边站起身，走到布告板旁，布告板就在右侧墙边成排的矮文件柜一侧。他向后翻了几页部署单，然后在一堆通缉传单里翻拣，找出了一张二〇〇二年左右印有埃斯梅·塔瓦雷斯照片的走失传单。他将传单从布告板上撕下来，两手揉成团，把纸团拧到小得不能再小。然后他把纸团朝文件柜尽头的垃圾桶扔去。

没扔进去。

"这个世界到底是怎么回事，哈里？"他问。

"我不知道，"博斯说，"这个周，我办结了一起双重谋杀案，一起十五年前的人口失踪案，但是哪一个我都高兴不起来。"

瓦尔德斯一屁股坐回到自己的椅子上。

"关于药店的假买客，你得感到高兴，"他说，"你干掉了两个混账东西。"

博斯点点头，但事实是他感觉自己一直在绕圈。真正的正义就像是自己怎么也碰触不到的铜环。

博斯站起身。

"你要给卡洛斯打电话，告诉他他已经没有嫌疑了吗？"他问。

卡洛斯·塔瓦雷斯是埃斯梅拉达的丈夫，十五年来一直被当作犯罪嫌疑人。

"去他的，"瓦尔德斯说，"他还是个浑蛋。他可以在报纸上自己看。"

博斯走到门口，又回头看了一眼他的上司。

"我今天就把这个案子的报告写出来。"他说。

"好的，"瓦尔德斯说，"然后我们就出去喝酒。"

"听起来不错。"

44

博斯想要避开侦查处,他一句话也不想再多说。贝拉·卢尔德和其他人很快就会发现埃斯梅·塔瓦雷斯还活着,而且过得很好。这件事很快就会传遍整个警局,然后是整个镇子。但是现在,博斯已经说够了。

他从警局的前门出去,然后穿过马路。他从公共工程管理局的院子穿过,来到监狱。打开自己牢房门上的锁之后,他将沉重的铁门推开,铁门砰的一声撞在门框上。和警局局长一样,博斯走到墙边,想将埃斯梅·塔瓦雷斯的照片扯下来,但是他停了下来。他觉得如果把照片留在那里,他就一直都能看得到,从而可以提醒自己,在这个案子上,他错得多么离谱。

误导他的是婴儿床上的孩子。他知道这一点。这看起来违背了一切自然法则,也因此误导他和他之前的很多人选择了错误的方向。

他站在那里,盯着照片,思考着这一周里发生的令人啼笑皆非的画面。伊丽莎白·克莱顿无法走出失去孩子的痛苦,在地球上如行尸走肉般游荡,丝毫不在意别人对她做了什么,也不在意自己会堕落到什么地步。埃斯梅·塔瓦雷斯则将孩子留在婴儿床上，没再回头看一眼。

　　这个世界的现实黑暗无比，又让人不寒而栗。博斯坐在自己拼凑的桌子前，准备记录这一残酷现实的书面材料，结果却发现自己连该从哪里下笔都不知道。

　　他思考了很长时间，又站了起来。牢房中间有一条长凳，与他的桌子垂直。他通常沿着这条伤痕累累的木质长凳将犯罪现场的照片逐一铺开——这样可以从一个新的视角审查棘手的案子。曾经有人跟他说过，这条长凳当年被戏称为"跳板"，因为这条长凳正是过去少数在押犯人上吊死亡前脚踩的地方。他们会站在长凳上，将囚裤的一条腿绑在头顶换气孔外的铁栅栏上，然后用另一条裤腿绑住自己的脖子。

　　他们跳下长凳，跳进空寂的黑暗之中，结束自己的痛苦。

　　博斯现在站到长凳上，伸手抓住头顶的一根铁栅栏站稳。

　　他把手伸进口袋，掏出手机。他看了看屏幕，将手机向上举起，直到屏幕一角显示有一格信号。他用拇指打开联系人名单，向下翻找，快速翻到最后才找到自己要找的号码，然后拨了过去。

　　露西娅·索托立刻就接起了电话。

　　"哈里，什么事？"

　　"我跟你说的那个案子有在查吗？"

　　"黛西·克莱顿？有啊，今天早上一来我就看了。"

　　"结果呢？"

　　"你说得没错，一直无人问津。除了每年逐字重复的年度尽职报告，过去三四年里都没有人查过这个案子。你知道那报告是怎么写的吗？'目前没有可靠的线索'。"

　　"然后呢？"

　　"然后我觉得他们是错的。我看了些东西，有一些可以调查的切入口。这很可能是一个连环犯罪案。有人来往于好莱坞，犯下事情，然后离开。但我并不是很确定。我看了照片，对她和她被扔下的地方有一种熟悉感。凶手知道那片区域，我准备——"

"露西娅。"

"怎么了，哈里？"

"让我加入。"

"你说的什么意思？"

"你知道我是什么意思。我想加入，我们去抓住那家伙。"

Two Kinds of Truth by Michael Connelly

Copyright © 2017 Michael Connelly

This edition published by arrangement with Little, Brown and Company, New York, New York, USA

through Bardon Chinese Media Agency.

All rights reserved.

著作权合同登记号：图字 18-2020-019

图书在版编目（CIP）数据

两种真相 /（美）迈克尔·康奈利（Michael Connelly）著；高希瑞，李杨译 . —长沙：湖南文艺出版社，2020.5

书名原文：Two Kinds of Truth

ISBN 978-7-5404-9490-2

Ⅰ . ①两… Ⅱ . ①迈… ②高… ③李… Ⅲ . ①长篇小说—美国—现代 Ⅳ . ① I712.45

中国版本图书馆 CIP 数据核字（2019）第 297424 号

上架建议：外国文学·悬疑惊悚

LIANG ZHONG ZHENXIANG
两种真相

作　　者：[美] 迈克尔·康奈利
译　　者：高希瑞　李　杨
出 版 人：曾赛丰
责任编辑：刘诗哲
监　　制：吴文娟
策划编辑：黄　琰
特约编辑：吕晓如
版权支持：姚珊珊
营销编辑：刘晓晨
封面设计：梁秋晨
版式设计：李　洁
出　　版：湖南文艺出版社
　　　　　（长沙市雨花区东二环一段 508 号　邮编：410014）
网　　址：www.hnwy.net
印　　刷：北京天宇万达印刷有限公司
经　　销：新华书店
开　　本：875mm×1270mm　1/32
字　　数：284 千字
印　　张：11
版　　次：2020 年 5 月第 1 版
印　　次：2020 年 5 月第 1 次印刷
书　　号：ISBN 978-7-5404-9490-2
定　　价：49.00 元

若有质量问题，请致电质量监督电话：010-59096394
团购电话：010-59320018